浅绛轩序跋集

初国卿◎著

辽海出版社

图书在版编目（CIP）数据

浅绛轩序跋集/初国卿著.—沈阳：辽海出版社，
2012.5（2017.6 重印）
ISBN 978-7-5451-1969-5

Ⅰ.①浅…　Ⅱ.①初…　Ⅲ.①序跋—作品集—中国—
当代　Ⅳ.①I267

中国版本图书馆 CIP 数据核字（2012）第 075289 号

浅绛轩序跋集

责任编辑　丁　凡
责任校对　王永清
开　　本　690mm×960mm　1/16
字　　数　280 千字
印　　张　21.5
版　　次　2017 年 6 月第 2 版
印　　次　2017 年 6 月第 1 次印刷

出　　版　辽海出版社
印　　刷　北京兴湘印务有限公司

ISBN 978-7-5451-1969-5　　　　　定价：59.80 元

目 录

自　序

　　大约用了两周时间，终于将 20 年来发表过的一些旧稿重新整理完成，名《浅绛轩序跋集》。"浅绛轩"是我的第一个书斋名，第一位题写此斋名（即本书封面所用的书法题字）的是著名画家晏少翔先生。我曾写有《我的"浅绛轩"》一文，收在散文集《当时只道是寻常——收藏随笔》一书中。有关"浅绛轩"三字的含义，主要是因为我早年收藏浅绛彩瓷，所以晏公也在匾额题跋上说："国卿弟嗜浅绛瓷，富收藏，因颜所居，嘱翔书之。"所谓"富收藏"只是一种鼓励，与当年晏公一辈钟鸣鼎食之家，将汉唐三代之物视为平常的收藏相比，吾辈之藏只是古货而已。所以我的一本收藏笔记就名之曰《次公古货琐记》。

　　写作此序之时，正是共和国成立 62 周年假日，家人出游，我则独守书房。园区里人歇车停，现出少有的寂静，连麻雀、喜鹊也竞相飞到院中露台，自由出入。我喜欢这样的时光，可以关了手机，泡上一杯产自胡适老家安徽绩溪的"金山时雨"绿茶，在丝丝袅袅的茶烟里读书、写作。在这样的氛围里，我先是触景生情地对出了一联酸溜溜的诗句："阶铺红叶诗窗冷，门掩黄花秋雀闲。"然后开始写下本书自序的第一段话。

　　书有序跋，似乎已成定制。然而我记得上古时代的文章几乎都没有序言，到了春秋战国时代，诸子百家及流传下来的文章也没有序言。如《论语》、《老子》、《庄子》、《春秋》三传、《尚书》、《战国策》、《离骚》、《九辨》等，或为教科书，或为对策文章，或为历史散文，或为抒情长诗，都没有序言。即使像《吕氏春秋》这样有 26 卷、160 多篇、约 20 万字的大部头著作，也没有请人写序言。大约这些书写作目的明确，似也不必再用序言来絮叨。只是到了东汉，才有了校书郎王逸为刘向编辑的《楚辞》作章句，即注释性质的序言。

汉代以后，书籍就有了序言，一般是自序，往往放在全书的最后。如《史记》的《太史公自序》，《汉书》的《叙传》以及《论衡》的《自纪》等都是如此。古人写的序言内容一般包括个人自传、著书目的和全书纲要，很少废话和溢美之词。再后来，序言就置于书前了，如宋时司马光的《资治通鉴》，清代的《康熙字典》、《四库全书》等，前面不仅有序言，还有了编纂人等许多内容，类似于今天的编委会名单一样。如今，书之序言则更趋于讲究，出书不仅请名人作序，而且还有序一序二，甚至序三序四，大都是好评如潮，溢美有加。有的甚至环顾左右而言他，云里雾里，让人难以卒读。书之为序，颇有些泛滥成灾之势。

序之于书的作用，让我想起《战国策》中的一则。一卖马者牵马上市，三个早晨无人问津，就去请求伯乐帮忙，要伯乐去他卖马的市场走一遭，到他的马前看一看，再回头把马望一眼。伯乐去了。伯乐刚走即有不少买马者赶了过来。这匹过去卖不出去的马，很快以高于同类十倍的价钱成交。客观地讲，和当年请伯乐看马的人一样，没有名气或者名气不大的作者请名人为其作品写序，不论出于何种动机，都是可以理解的，即使是为了提高个人和作品的知名度，也属人之常情，无可厚非。甚至有的一篇序还如伯乐一样，真能发现文坛千里马。如北宋时的秘演和尚，写了大半辈子的诗都没有出名，晚年通过石曼卿结识了当时的大名人欧阳修，请其为自己的诗集作序。欧阳修写了篇《释秘演诗集序》，序中这样说秘演，"然喜为歌诗以自娱，当其极饮大醉，歌吟笑呼，以适天下之乐，何其壮也！一时贤士，皆愿从其游，予亦时至其室。"欧阳修的序使老和尚的诗名迅速传遍天下。二十世纪 30 年代的作家叶紫，27 岁就离开了人间，因为鲁迅先生为其小说集《丰收》作了序，推崇其人其文，这才使他的名气大增。从秘演到叶紫，欧阳修和鲁迅之所以作序推荐，有很重要的前提，就是他们的诗文确实写得好，作序者也是出于惜才、爱才之心，所以才有了一篇序言成就一个"千里马"的美谈。

好的序言既可成就一部著作，又可成为千古名篇，如《兰亭序》、《滕王阁序》、《春夜宴桃李园序》、《指南录后序》等，都成为后世脍炙人口之作。这也说明，序言既然是一种文章，就应该写得像一篇文章，有其结构与主题，气势与韵味，尽管旨在说理，也不妨加入情趣：尽管时有引证，也不可过于獭祭，令人难以卒读。所以，为人为己作序，如果潦草成篇，既无卓见，又无文采，那就只能视为应酬了，结果是对作者、对读者、对自己都没有益处。

这些年来，我也曾作序多篇，但实在是不谙此道，因为序言是一种被动创作的文体，与其他类文章相比，总是不那么得心应手。诚如鲁迅在《何典题记》中谈到写序时所说："正如阿 Q 之画圆圈，我的手不免有些发抖。我是最不擅长于此道的。"为自己作序作跋，认真自不必说。为人作序时，既然是半推半就地应承下来，则必须尽心而为，力求完美，所以每篇序都会用去我一周甚至更多时间。先是将书稿细读一遍，眉批脚注，几乎每页都用红笔勾涂，也几乎每篇作品都品等定级。接下来是只读重点，并将红批归纳成类，找出特点，提出不足等等，然后才可下笔成文。至于篇幅长短，可视书之类别而定。需要详介，则长文赋之；需要点睛，则短文诵焉。当年梁启超为蒋方震的《欧洲文艺复兴史》作序，一下笔就写了洋洋十多万言（此序后来独立成书，即《清代学术概论》）；而欧阳修《六一诗话》的序仅用了13个字："居士退居汝阴，而集以资闲谈也。"金庸为《镜底世界》写的序，也只有98个字。所以序之长短，因书而定，因情势而定。收在此书中的序跋，长者过万，短则近千，在字数上我从未有所拘泥。

收在这一本书中的序跋文字，大体分为三类。一是我个人著作中的序跋文字；二是我为其他著者所写的序跋；三是与期刊有关的创刊词、终刊词一类。这些文章，长短不一，风格各异；或为专书而写，或为选集而撰；或序文学作品，或序书法绘画，20多年来任其东邻西舍，南零北散，迄未结成一集。感谢朋友们多方关切相寻，今忽然一一露面，像几十个久客他乡，寄寓别家的小童，竟全部归来。"孩子是自己的好"，既然相聚，就让他们永远不再分离，围在我的膝下，按性情排座次，入住《浅绛轩序跋集》。

半生为文，如今已过"知天命"之年。两年前为追求省心之境，摆脱尘事，静心读书为文，回归到窗竹摇影、野泉滴砚的老派学人光景中。虽然身处网络信息时代，面对电脑吐字成文，但心中向往的还是书人、闲人的雅致、雍容和茶烟一榻的纸上风月。书房花木丛中，案上笔墨风景，求的无非是独养其身，独修其学的一缕书生清气耳。

2011 年 10 月于沈水浅绛轩

《佛门诸神》 自序

创世之初，什么也没有，整个世界都是一片空白。成为梵天、成为盘古或是成为上帝，机会都是均等的。逐渐，在空白中，出现了烟波浩淼、无边无际的水。混沌初开，水是最先创造出来的，尔后，水生火。由于火的热力，水中冒出了一个金黄色的蛋。这个蛋在水中漂流了很久很久，最后，从中诞生了万物的始祖——大梵天。这位创造之神将蛋壳一分为二，上半部成了苍天，下半部变为大地。为使天地分开，梵天又在他们中间安排了空间。这位始祖在水中开辟了大陆，确定了东南西北的方向，奠定了年月日时的概念，宇宙就这样形成了。刚一开始，梵天环顾四周，除了自己，世上什么生物也没有。他感到孤独、惆怅，心想，我该怎样繁衍后代呢？这个念头刚一冒出来，他马上就生出了六个儿子，六位伟大的造物主，分别出自梵天的心灵、眼睛、嘴巴、右耳、左耳、鼻孔。其中大儿子摩里质生仙人迦叶波。迦叶波造出了天神、妖魔、人类、禽兽以及遍布三界的其他生物；二儿子阿底利生了正义之神达磨。后来，又从梵天的右脚大拇指生出了第七个儿子达刹，从左脚大拇指生出女儿毗里妮。达刹与毗里妮结为夫妻，生了五十个女儿，都成为天神和大仙的妻子。……这就是印度的创世神话。这个神话延续到后来，又与佛教诸神连为一体。

一

梵天和他的后代，尽管有着创世之功，但后来却纷纷成为佛祖释迦牟尼的属下，让佛教——收编，成为佛教护法神。

而释迦牟尼却是人，是他的属下，也是他的祖宗大梵天创造出来的人，一位同中国文化圣人孔子同时代的印度人。世界三大宗教之——佛教创始人。

印度是中国西南的一个邻国。汉代司马迁《史记》将其称为"身毒"，东汉时期又称为"天竺"，唐玄奘西行之后，才将其译为"印度"？释迦牟尼就出生于印度的迦毗罗卫国。自从他在兰毗尼园娑罗树下降生，到在菩提伽耶的菩提树下成道，再到希拉尼耶代底河边的娑罗树下涅槃，他始终是一个人，一个与娑罗树、菩提树有着缘分，终生致力于佛教事业的人，而不是一个神。但在后来的发展中，佛教却形成了一个庞大的神祇系统，几欲世界难以容纳，令人眼花缭乱。这些，又都同释迦牟尼相关联。

释迦牟尼作为佛教的创始人，他不仅是具有世界影响的宗教家，还是一位具有独特价值标准的思想家。他一生对佛教神话的影响远不如对佛教其他方面大。但是佛教神话的许多内容又可追溯到释迦牟尼的后代。本来，佛教并不是多神教。佛教教义认为世界无始无终，生灭相续，宇宙万物不存在主宰，一切事物皆无独立的实在本体。人在一切物体的阶梯中占有特殊的地位。只有人能够逃脱轮回，达到涅槃。所以佛教认为"一切众生皆有佛性，有佛性者，皆得成佛"。佛到处都有，有如恒河沙数。从这个意义来讲，佛教似乎是否定神的存在。实际上，所谓的"专家宗教"就是这样做的。西方的思想家如马克斯·韦伯曾提出过应该区分"专家的宗教"和"通俗的宗教"：、由释迦牟尼以下具有文化人特征的名僧创造的佛教文化，准确讲，就是一种"专家宗教"，它与东方的固有文化相互交融，总的趋势是理性化、哲理化，其宗教神学的色彩则是十分淡薄。

然而，就佛教文化的现实存在来看，构成佛教广大而深厚基础的，却是普遍的民间信仰氛围。一方面，是世俗大众对于佛教神灵菩萨纯功利性、实用性的祈求和希冀，以及对于这种祈求和希冀有效性的强烈向往、热诚虔信；另一方面，佛教作为一种宗教，尤其当它处在追寻发展途径的时候，为了迎合社会风俗，征服俗世的信徒，它也需要构筑神祇世界，宣扬佛和菩萨的无边法力。两相结合，就形成了佛教的宇宙世界和神祇系统。

二

佛教诸神的产生是以佛教的宇宙世界为背景的。

佛教建构的宇宙世界是广漠而浩瀚的。它是以因果报应论为主导，吸取、利用古印度的天文地理知识和神话传说，运用虚构和夸张的手法，对世界的主体层面和平面图景所作的宗教描述。

佛教在对世界的界定上划为世俗世界和佛国世界，又以须弥山为中心构成世界，并有三千大千世界；在世间，又划为有情世间和器世间；在时间上又提出了成、住、坏、空"四劫"与无始无终说。

世俗世界与佛国世界是怎样的呢？

世俗世界分为欲界、色界、无色界三界。

欲界是指深受各种欲望支配和煎熬的生物所居住的处所，其中分为六类，即天、人、阿修罗、畜生、鬼、地狱"六道"。天是高于人类上界的生类，有欲界六天，称"六欲天"，从下往上排列，依次为：四天王天、忉利天、夜摩天、兜率天、乐变化天、他化自在天。人住在南赡部洲的地面上。阿修罗居于须弥山低处和轮围山一带。畜生住在地面上，多半在水中。鬼即居于阎罗王统治的阴间，也居于人所生活的阳间，如坟地、山洞等。地狱又称阴间，种类很多，由阎罗工统领。

色界位于欲界之上。相传生于此界之诸天，远离食、色之欲，但还未脱离质碍之身，有所居住的宫殿与国土。所谓"色"即有质碍之义。由于此界众生没有食色之欲，所以也没有男女之别，生于此界之众生都由化生，依各自修习禅定之力而分为四层，分别是初禅天、二禅天、三禅天、四禅天。具体为四禅十七天。初禅三天：梵众天、梵辅天、大梵天；二禅三天：少光天、无量光天、极光净天。三禅三天：少净天、无量净天、遍净天。四禅八天：无云天、福生天、广果天、无烦天、无热天、善观天、善见天、色究竟天。

无色界是三界中最高的一界，又称无色天。这是既无欲望又无形体的生存者居住的处所，是没有宫室居住和自然国土的处所。因此界没有任何物质性的东西，故名为无色界。无色界中，也因修行的深浅而分四种差别：一是空无边处，二是识无边处，三是无所有处，四是非想非非想处。此四处称为四空处，四空天，或四无色处、四无色天等。

佛国世界又称"净国"、"净土"、"净刹"、"净界"，与世俗众生居住的所谓"秽国"、"秽土"、"欲界"相对。佛国世界主要有弥陀净土和华藏世界等。

弥陀净土又称西方极乐世界，由阿弥陀佛主持。它原是指许多同样重要的佛围中的一个，在东方中国和日本的佛教僧众心目中，它是佛国中声誉最高的一个，因此影响也最大。中国佛教最大的一宗净土宗就是以专念阿弥陀佛，死后往生弥陀净土为目的。在这个极乐世界里，国土以黄金铺地，所用一切器具都由无量杂宝、百千种香共同合成，到处莲花飘香，鸟鸣雅音。众生没有任何痛苦，享受着无限的欢乐。

华藏世界，义称莲花世界，认为世界是毗卢舍那佛的显现。中国佛教华严宗就特别突出毗卢舍那佛的地位，强调他是莲花藏世界的教主。说莲花藏世界由须弥山无数风轮所持，最下风轮能持上面的一切宝焰，最上风轮能持香水海，香水海中有大莲花，四周为金刚轮山所围绕。莲花藏世界有无数香水海，每一香水海中各有大莲花，每一莲花中又都包藏无数世界，所以称为莲花藏世界。莲花中包藏的多层次世界，次第布列，其中第十三重为娑婆世界，为人类所居住。由于整个华藏世界是光明灿烂的世界，因此在娑婆世界里，人人都有佛的本性，人人都可以成佛。

此外，密宗还有菩萨行十三地，相应也有十三天，毗卢舍那就住在最高的一天。佛教徒修行圆满，死后要辗转经过十三地而达到毗卢舍那所在地。禅宗则反对在世间之外另建净土的思想，认为只要内心清净即是佛土净，提倡即心是佛。只要无妄念，就见到佛境，进到佛地。佛围净界就在众生心中。

三

佛教世界是以须弥山为中心的，大地、山河、星球都围绕着它而排列。须弥山由金、银、琉璃和玻璃四宝所构成，山上宫殿林立，树木茂密，鸟语花香。山高八万四千由旬。山顶上为帝释天，四面山腰为四天王天，周围是七香海和比金山。七重香水海位于须弥山和比金山之间，总名为内海。第七金山外还有由铁所构成的铁围山所围绕的咸海。咸海中有四大洲、八中洲和无数小洲。四大洲分东南西北，分别是：东胜身洲，南瞻部洲，西牛贺洲，北俱卢洲。每一大洲各有两个中洲。四大部洲所处的咸海周围有铁围山周匝围绕，形成一个世界。每一个世界的上空都有一个太阳、一个月亮和众多的星星。每两个世界中心须弥山之间的距离为一百二十万三千四百五十由旬。

一千个以须弥山为中心的完整世界称为小千界。以小千世界为一个单位，一千个小千世界称为中千世界。以中千世界为一个单位，一千个中千世界称为大千世界。也就是说，一千个世界为小千世界，一百万个世界为中于世界，十亿个世界为大千世界。因一大于世界包含有小千、中千、大千三种千，合称为三千大千世界。佛教认为三个大千世界为一佛土，是佛祖释迦牟尼教化包括人在内的众生世界，也称娑婆世界。而且还认为宇宙并不是几个三千大下世界，而是由无数个三千大千世界所构成的无限空间。

在世俗世界中，佛教又分为有情世间与器世间两种。有情世间又称为"众生世间"，就是有情识的众生自生体，有情生命的种种领域。有情出生的状态有四种：胎生、卵生、湿生和化生。器世间也称为"国土世间"，指山河大地、草木禾稼、宫室园林、日月光明等无情识的事物，是有情众生所依止的生存环境，因为能容受有情众生，故名为器世间。

在佛教认为这无限的宇宙空间中，时间也是无限的，既有消长而又无始无终。世界消长一周期中经历成、住、坏、空四期，也称成、住、坏、空四劫。"劫"是梵语"劫波"音译的简称，意为极其久远的时间。它源于婆罗门教，后为佛教沿用。婆罗门教认为世界要经历许多劫，一说一个劫等于大梵天的一个白天，或一千个时，即人间的四十三亿二千万年。劫末有劫火出现，烧毁一切，然后重新创造世界。另一说认为一劫分为四时：一是源满时，相当于一百七十二万八千年；二是三分时，相当于一百二十九万六千年；三是二分时，相当于八十六万四千年；四是争斗时，相当丁四十二万二千。四时合为四百三十二万年。据称前三时已过，现正处于争斗时，谓此时开始于前3102年2月17至18日的夜半时分。认为四时相较，时间越来越短，人的体质和道德也越来越坏，争斗时结束即为劫末，世界就要毁灭。佛教认为劫有多种，从人的寿命无量岁中，每一百年减一岁，如此减至十岁，称为减劫，再从十岁起，每一百年增一岁，如此增至八万岁，称为增劫。合此一减一增为一小劫。合二十小劫为一中劫。成、住、坏、空分别是一中劫。总合成住、坏、空四中劫为一大劫。据此统计，大约一千六百万年为一小劫，三十二亿年为一中劫，一百二十八亿年为一大劫。成劫是世界生成的时期，即第一期。住劫是世界安住的时期，即第二期。坏劫是世界坏灭的时期，即第三期。空劫是世界空虚的时期，即第四期。

这样一个时间概念，无量无边的每一三千大千世界都要反复历经，或成或住，或坏或空，各不相同。在无限的时间里，有无限的世界相继消长。前冈后果，因果相续。因前有因，果后有果，永远不能知其始，漫漫不能测其终。

无边无际，无量无尽的空间与无前无后，无始无终的时间交织成了无限的佛教宇宙世界，一个变化有序、悠久无疆的世界。

四

正是在这个世界背景上，佛教构成了自己庞大而严整的神祇系统。依等级划分，则为佛、菩萨、罗汉、护法神。

在佛国世界的诸神谱系中，至高无上的神是称为"释尊"的释迦牟尼，一位太了出身的古印度迦毗罗卫国人。他是以人的身份和佛祖的名位充当起"佛门第一神"的。但是后来发生了变化，大乘佛教兴起，佛的队伍在不断扩大。一世千佛，以释迦牟尼为中心，前前后后构成了一个佛的阶层——佛国的最高领导集团。其中著名的有佛祖的六位祖师，即"过去七佛"中的前六位。他们是毗婆尸佛、尸弃佛、毗舍婆师、拘楼孙佛、拘那舍佛、迦叶佛。以佛祖为中心，又形成"竖三世佛"和"横三世佛"。竖三世佛是就时间而言的，即过去佛燃灯，现在佛释迦牟尼，未来佛弥勒。横三世佛是就空间而言的，即按地域划分的，是指东方净琉璃世界的药师佛，娑婆世界的释迦牟尼佛，西方极乐世界的阿弥陀佛。佛祖可以显现多重身份，因此有了"三身佛"，即法身佛毗卢遮那，报身佛卢舍那，应身佛释迦牟尼。与中国古代方位神五帝相类似，密宗系统中有五方佛，即中央毗卢遮那佛，南方宝生佛，东方阿閦佛，西方阿弥陀佛，北方不空成就佛。还有带着一层神秘色彩的欢喜佛。以上这些都是佛国中最有名的佛，另外还有许许多多佛，只是很少为世俗所知。

菩萨在佛国的地位仅次于佛，其职责是用佛的宗旨和教义帮助佛解救在苦海中挣扎的芸芸众生，将他们度到极乐世界，了却一切烦恼，达到永远欢乐的目的。佛国中有数不清的菩萨，其中著名的有"八大菩萨"，即文殊、大势至、弥勒、金刚手、虚空藏、除盖障、普贤、地藏。汉化佛教有"四大菩萨"，即文殊、普贤、观世音、地藏。并依托四座名山，形成四大道场，山西五台山为文殊菩萨道场，四川峨眉山为普贤菩萨道场，浙江普陀山为观世音菩萨道场，安徽九华山为地藏菩萨道场。

菩萨以下是罗汉，这是大乘佛教的认识，小乘佛教则是以罗汉为修行的最高果位。后来大乘佛教则为罗汉规定了新的任务，在世间流通佛法。传说佛祖释迦牟尼圆寂之际，特别指派了四位弟子住世不涅槃，为佛教护法弘法，这就是最早住世的阿罗汉。这四位罗汉是：大迦叶比丘、君屠钵以比丘、宾头卢比丘、罗睺罗比丘。后来又形成十六罗汉，即宾度罗跋啰惰阇、迦诺迦伐蹉、迦诺迦跋厘惰阇、苏频陀、诺矩罗、跋陀罗、迦理迦、伐阇罗弗多罗、戍博迦、半托迦、罗怙罗、那伽犀那、因揭迦、那婆斯、阿氏多、注荼半荼迦。又有十八罗汉，即在十六罗汉的基础上，再增加降龙罗汉嘎沙鸦巴尊者和伏虎罗汉纳答密喇尊者。后来又形成五百罗汉，并由南宋工部郎中高道素起名造姓，将五百罗汉姓名勒石建碑，置于江阴乾明院中，世称《江阴军乾明院罗汉尊号石刻》。自此，许多寺院建五百罗汉堂，皆援用其名。

佛教的护法神是一支庞杂的队伍，规模浩大，且出身不凡。

天龙八部：这是一支佛国的百万大军，有天众、龙众、夜叉、乾闼婆、迦楼罗、紧那罗、阿修罗、摩睺罗迦。每一部众都是一个系统或是一大家族。

二十诸天：是一支更为强大的佛教护法军团。他们是：大梵天、帝释王、北方多闻天王、东方持国天王、南方增长天王、西方广目天王、密迹金刚、大自在天、散脂大将、辨才天、功德天、韦驮天、地天、菩提树神、鬼子母、摩利支天、日天、月天、水天、阎摩罗王。后来又加上紧那罗、紫微大帝、东岳大帝、雷神，形成"二十四诸天"。

在护法神中另外还有十大明王和护寺伽蓝等。

以上只是世俗所熟知的佛教诸神，实际上在佛教神殿中，佛门诸神远不止这些，各门派还有各自的体系，有时难以数清。综观佛教诸神的生成，主要有以下几个方面。

历史上确有其人。如佛祖释迦牟尼自不必说。许多佛教初创时期释迦牟尼的弟子后来都被佛教信徒尊奉为神，如"十大佛弟子"，第一次结集的五百比丘后来成为五百罗汉等。还有后来的方丈、高僧等都涂上了神的色彩，汉化佛教在这方面尤为突出。

从其他神话中吸收过来成为佛门之神。这方面在佛教护法神中最为明显。佛教的百万护法神灵几乎都是从外教中吸收和改编过来的。如"天龙八部"和"二十诸天"中的绝大部分护法神都是从印度古代神话中吸收过来的。婆罗门教和印度教的一些神话在佛教神话中有了新的解释，并占有特殊的地位。另外，佛教在发展中还不断吸收大量的地方神话，即某个地方神与某个菩萨相等。如在西藏，格萨尔成了佛教中的战神，达赖喇嘛或说成是观世音的化身，而班禅则是阿弥陀佛的化身。汉化佛教同道教相融合，有时也将道教神吸收进去。如汉化二十四诸天中的紫微大帝、东岳大帝、雷神等原本就是道教神，是后来为佛教吸收的。在日本，佛教一直同神道并存发展，神道对佛教产生了明显的影响。神道的主神许多都成了佛教的菩萨。

五

佛教在印度起源，却在中国发展。佛教诸神是经过汉化色彩才更加丰富和完整起来的。

佛教在东汉时传入中国以后，很快就在哲学思维方式、心理建构、文学艺术、语言传播、日常生活等方面与中国传统文化相契合。尤其是在民间世俗上作了许多让步，取得了中国老百姓的认同。因此，佛教诸神到了中国这块土地上就入乡随俗，听凭中国人的改造和涂抹了。如按佛教的说法，人生在世就是痛苦，情缘未了，痛苦无尽，修行的目的就是为了求得解脱，即跳出"六道轮回"，不生不死。主张不生，即不要子嗣，但汉化佛教却有"送子观音"、"送子弥勒"和"送子娘娘"。这三位送子之神同佛教的一贯主张看起来自相矛盾，实际上这也是佛教术发展的一种手段，是佛教传入中国后，对中国传统文化的让步，对儒家忠孝思想的让步。只有这样，佛教才能在中国站住脚，才能得到中国老百姓的认同。又如佛教认为佛、菩萨皆无生无死，亦无性别。但观世音到了中国却变成了女性，变成了一尊"东方维纳斯"，不仅如此，其他菩萨也大都跟着着上了女装，一派汉唐的贵族妇女的华衣丽服。这样就使一向崇尚阴柔之美的中国人很容易接受这位慈眉善目的女菩萨，"婆性"心理得到了满足，女性也可以更多地出家拜佛，和菩萨保持亲切。

佛教进入中国发展到唐以后，则更加世俗化。世俗化的佛教突出的特点就是对神灵的过分崇拜。众生在接受了今世痛苦磨难之后，对死后能往生西方极乐世界为信仰；在目睹了现实生活的变幻多端之后，对与之息息相关的福、禄、寿、财等利益加倍渴求。这些愿望和祈求通过烧香、念经、许愿、布施、拜佛、法事之类得到满足。于是阿弥陀佛、观世音等佛门诸神即深入人心，妇孺皆知，佛教通过诸神得以家喻户晓和真正扎根；俗众通过诸神而更加了解和信奉佛教，虚构的神灵由此成为佛教与大众相互沟通的纽带和中介。因此，许多佛教诸神是经过汉化以后才得以获得尊崇和扬名的。如"四大菩萨"只有到了中国才这样显赫，才"占山为王"，成为中国民间拥有信奉者最多的神灵。

汉化佛教的世俗化还带来一个更为普遍的问题，就是佛教诸神和汉族本来的迷信神话风俗习惯融合，形成一个遍及全社会的迷信风俗，这在观世音和地藏菩萨形象上最为明显。汉化佛教的世俗化使两位菩萨从众菩萨中脱颖而出，成为香火最盛的代表，并有明显的分工。观世音以救度活人为主，地藏以救拔鬼魂为职。地藏的头衔为"幽冥教主地藏王菩萨"，还由此形成了普遍的地狱迷信，在民间产生极其广泛而深刻的影响。

佛教诸神的汉化色彩还有一个突出的特点就是"化身说"。汉族向来有彻底改造外来佛使之归化的民族心理，唐以后，佛教诸神同中国民间神话传说的同化过程进行得特别快，许多菩萨有了地方特征。不仅观世音改变了性别，涅槃观念部分地失掉了意义，而且还把佛教诸神同中国地理历史联系起来，出现了许多颇有名气的"化身佛"和中国本土佛神。如五代的布袋和尚成为未来佛弥勒的化身，大肚笑口，极富个性化的形象传遍千家万户，世间几乎忘了真正的弥勒。泗州大圣成为观世音的化身；金乔觉成为地藏的化身；少林寺僧成为紧那罗王的化身；李靖成为北方多闻天王的化身等。另外像济公、疯僧、哪吒、哼哈二将、关羽等都成了佛门之神。还有一些历史名臣如韩擒虎、寇准、范仲淹、包拯等，死后也变成了地狱之主阎王。这些实际上已将中国民间的信仰、迷信同佛教诸神有机地融为一体了。

任何一种宗教都在宣扬神的世界，佛教在这方面更为明显。西方宗教多是由多神教发展而为一神教，如基督教最终只信仰一个神，就是耶和华专横独断，唯我独尊的声音。而东方的佛教正好相反，是由一神教而发展成为多神教，由一个不具神性的教主释迦牟尼开始，逐步注入神性，扩大神的数量，形成一个复杂而庞大的诸神系统。

佛教诸神到底有多少，恐怕难以统计出来，尤其在中国，一向有造神的传统，就更难以统计了。但是有一点可以明确，就是佛教诸神不管有多少，都是由人创造出来的，是人们编织出来聊以自慰或寻求解脱的美梦。殊不知，诸神非但没有使众生解脱，反倒束缚了编织这片美梦和创造了他们的人。精精灵灵的善男信女一片虔诚地匍伏于泥胎木像面前，那种可怜巴巴相，足可让无灵无情的泥胎木像笑破肚皮。

不能否认识，从文化哲学意义上讲，佛教的创立是人类文明的标志；但从世俗神灵意义上讲，佛教的创立则又是人类愚昧的反映。人类的悲剧发源于愚昧，有时也发源于文明。发明创造神的人最终还跪拜在他自己的创造物面前，想来真是哭笑不得。难怪五百罗汉堂中来报到晚了的济公半边脸哭半边脸笑了，想必他是真正参透了人生和佛生。不难想象，当跪拜着的人终于有一天站起来，洞晓了诸神的历史，一定会暗自哂笑自己。

本书所述基本是有代表性的在民间影响较大的佛门诸神，以级别的高低和种类的不同进行排列。在写作过程中，除叙述诸神的产生历史、主要职能、发展过程、传说故事以外，还结合佛教基本知识，注重了汉化佛教诸神的文化色彩的描述。

拙著因在较短的时间内完成，舛误难免，诚望诸位专家和读者批评指正。

《佛门诸神》，初旭著，北岳文艺出版社 1994 年 3 月版

魂在山海间

大地到此结束，

海洋从这里开始。

葡萄牙诗人卡蒙斯确实没有到过旅顺，但他这两句诗却很像是为旅顺而写。

"旅顺"，据说是六百多年前明朝人从山东渡海至此，取"旅途平顺"之意而命名，在那之前，晋人称其为"马石津"，唐人称其为"都里镇"，宋元人称其为"狮子口"。不管前人怎样称呼，当它真地称为"旅顺"之后，尤其是在近代，似乎就没有一天"平顺"过。

本来，这里有着美丽的自然风光。湛蓝的海水，金色的沙滩，耸峭的山峰，神奇的岛屿……构成了一个神话般的仙境。那江南一样灵秀的韵味，具有鼓浪屿般的精致玲珑；那穿洞而出的豁然开朗，又深得武陵桃源的神韵。在这里，山与海实现了完美的交融与创造。黄金山和西鸡冠山对峙，形成了有名的旅顺口，海水顺口而入，在山的中间弯成一座天然良港。围绕着一泓湖水般海湾的是一座座一听名字就令人神往的山峰：黄金山、白玉山、白银山、尔灵山、老龙山、蟠龙山、二龙山、海鼠山、九头山、东鸡冠山、西鸡冠山、松树山、椅子山、最有名的是九十九峰的老铁山。老铁山漫卷海雾，轻摇山风，尽日缥缈着山与海的灵雨；空谷梵音，好像是在低吟着牧羊城的古歌。黄渤海在它的脚下交汇，阴阳相割，南北对话，那是海魂的共鸣。

美丽的旅顺不乏美丽的历史和美丽的自然。然而到过旅顺的人却很少顾及它的美丽，而更多的是思及它的屈辱和沧桑。如果有谁在旅顺单单是为了乐山悦水或是吟风弄月，那似乎是太薄和太浅。如今，当游人裙裾翩跹漫步白玉山上，凭栏凝眸，尽情享受山海的清欢时，不知是否能想到当年万炮齐鸣、硝烟弥漫、血肉横飞、折戟沉沙的情形。近代史上的两次战争，旅顺两遭屠城的浩劫。第一次日军杀了近两万旅顺人，留下了今天的"万忠墓"。对那次大屠杀，事过九十五年后，日本《朝日新闻》在1989年8月23日登载加藤周一《从南京大屠杀想到旅顺大屠杀》的文章披露：在甲午战争中取得黄海战役胜利并掌握了制海权的日军把由大山岩大将率领的第二军调到辽东半岛，攻陷了旅顺，时间是1894年11月21日。当天开进旅顺的日本兵"不分军民男女老幼"，大肆屠杀中国人四天。躲在家里的人全部被杀，一般的人家都有二三人至五六人被杀。旅顺大屠杀43年之后，就爆发了南京大屠杀，从中可见日本军阀可恨可憎可鄙可悲的野蛮性遗传。第二次日军虽然打败了俄国人，但也伤亡惨重，据说在日本天皇为出征者举行的凯旋式中，满城相迎的竟是阵亡将士家属天愁地惨的一片哭声。为了诬骗他人，侵略者在白玉山顶建造了一座"表忠塔"。谁来为造塔出力呢？还是"万忠墓"里那些忠魂的后代，"忠魂"而造"表忠塔"，"忠"得山海为之泫然，这真是公然对人类文明和良知最无情的挑战。还好，苍天有眼，"表忠塔"最终更名为"白玉山塔"，白玉山下"万忠墓"里的忠魂们总算合上了怒睁的眼睛。

旅顺最终回到中国人自己手中是在 1955 年。此时的旅顺已失去了许多往日那自然明媚的色彩，到处是战争的遗迹，到处是屈辱的泪痕。数不清的炮台堑壕，数不过来的大小纪念碑，数都不愿数的各种陵墓。山有魂，海有魂，山海风光虽依然楚楚动人，但最撩人肺腑的已很大程度上是那些惊心动魄的历史遗迹了。所有的沧桑荣辱，所有的苦涩甘甜，既不属于埋骨陵墓中的人，也不属于白玉山上的清欢者，一切都为山海之魂统摄而去。

山是永存的，海是永存的，集中、沉重、深刻、活生生的旅顺历史是永存的。

不曾见过旅顺历史地区的遥感照片。现代摄影技术可以拍出北京北海公园的园林布局原来是一座巨大的"景山大佛"，一架"傻瓜"相机也可拍出长四公里的乐山"巨形睡佛"。旅顺地区是个什么形状呢？它不会是佛，佛是不能允许"六道"中的阿修罗们在他身上动枪动炮，滥杀无辜的。晚清的黄遵宪居高临下说旅顺"海水一泓烟九点，壮哉此地实天险"，虽然是从天上俯视旅顺，但也未能说出它的形状，实在是梦天一类的朦胧。从地图上看，旅顺倒很像是一个"心"形，似乎是一颗跳动的心脏，心尖正是那老铁山角。这说明，旅顺是跳动的，旅顺是有灵性的，在中华民族的版图上，它的灵魂永远充满着活力。

揭开旅顺的面纱，钩沉旅顺的历史，并不是为了回顾旅顺的旧梦，而是为了展示旅顺的今天。多少年来，旅顺一直是神秘的，抛开历史，旅顺的现代更为神秘。《旅顺——山海魂》这本散文集就是以现代人的眼光看旅顺，将旅顺的自然风光、人文景观展现给世人。以散文的形式集中写旅顺，这还是首创，只想能通过这本散文集，让更多的人了解旅顺，到旅顺来，走走旅顺的山，探探旅顺的海，访访旅顺的神秘。在旅顺的山魂海魄中透彻一下凝重的轻情与苍凉的明丽。

希望喜欢涉足山海之间的人都读一读旅顺这一部立体的"半部近代史"。

散文集《旅顺——山海魂》，张冼星、初旭主编，香港新世纪出版社 1992 年 4 月版

《辽海名人辞典》前言

　　所谓"名人"，即是指知名人士，杰出的或引人注目的人物，显要人物等。大凡社会上所发生的一切政治、经济、军事、文化、宗教、民族等重要活动，都与人的参与、策划和具体实践分不开，所以，没有人类的活动就不会有人类的历史，也正是从这个意义上，社会上的事件和人物应当成为社会的主体。而知名人物又是社会思想的创造者和左右社会发展的动因，所以对这些知名人物给予纪念，对他们的思想和业绩予以传承，是推动社会文明不断向前发展的重要内容。记得郁达夫先生曾经在鲁迅逝世后说道："没有伟大人物出现的民族，是世界上最可怜的生物之群；有了伟大人物而不知拥护、爱戴、崇仰的国家，是没有希望的奴隶之邦。"郁氏之言应当让国人警醒。我们中华民族的传统文化之所以绵延了五千年仍在不断发展，最重要的是我们有许多创造历史和改变历史的先人，有一代一代对这些先人们的纪念和对他们精神的传承。正是基于以上的认识，我们编此《辽海名人辞典》，为研究和弘扬辽海历史文化做一点基础工作，同时也表达我们对先哲们的敬仰。

　　作为一个人文地理的区域名称，"辽海"一词，自晋、唐、宋辽以来，就是一个与"燕赵"、"齐鲁"、"吴越"、"荆楚"、

"巴蜀"等地对举的概念。如《魏书·崔光传附崔鸿传》所载,西晋倾乱之际,北族纷纷入主中原,北魏崔鸿论其时局时就说:"赵燕既为长蛇,辽海缅成殊域。"《魏书》的作者魏收在评价北魏太武帝拓跋焘时,曾赞其有"平秦陇,蔚辽海"之功。《旧唐书·李密传》赞语则有"摇动中原,远征辽海"之语。从这些史书中可见,早在晋时,"辽海"就是一个成型的人文区域名词了。

那么,"辽海"一词最早出自何时,金毓黻先生的《辽海丛书刊印缘起》将其追溯到北齐时成书的《魏书》。其实早在《魏书》之前就已有"辽海"一词,如《后汉书·公孙瓒列传》中记述公孙瓒曾于易水之滨营建易京,此地"临易河,通辽海";袁宏《后汉纪·孝和皇帝纪下》也有:"朔野、辽海之域,戎服不改"的话;《三国志·谯周传》裴松之注引孙盛《晋阳秋》轶文,中有桓温"管宁之默辽海"之语。公孙瓒为辽西令支望族,桓温出身安徽,孙盛祖籍山西,由此可以推知,"辽海"在东晋时期已是一个南北悉知的地域概念。唐以后,在史书和诗文中,"辽海"则已然成为一个热词。一部《全唐诗》中就有几十位诗人、近百首诗写到"辽海"。由此可知,"辽海"这一称谓到今天已有近2000年的历史。

关于"辽海"地望,古文献记载有四说:一是辽海即辽东;二是辽海即指辽河;三是指辽河上源;四是指渤海。著名学者陈涴先生综合大量史料对这四说予以辨证,最后结论:"辽海"其地理含义就狭义而言,相当于今山海关以东至渤海、黄海间的空间范围,广义而言则涵盖渤海、黄海以北之整个东北地域。故从地理概念和历史渊源上说,"辽海"作为辽宁文化名称是恰当的。陈氏所言,颇中肯綮,可视为权威解释。

基于以上关于"辽海"的释义，我们将这部汇集辽宁名人的辞书名之为《辽海名人辞典》。

"辽海"文化源远流长，底蕴深厚。从旧石器时代的营口"金牛山"人、本溪"庙后山人"、喀左"鸽子洞人"到新石器时代的"查海文化"、"兴隆洼文化"、"牛河梁文化"，辽海大地是率先进入人类文明的地区，尤其是牛河梁文化，学界曾誉其为"中华大地上第一道文明曙光"，将中华文明的历史提前了1000年。尔后，辽海先民从制陶渔猎、祭舞雕鹏到秦开拓土立邑、始建候城；从汉魏玄菟、慕容三燕至隋唐复土，王师东定；从辽金继起，沈州中兴到汗王建都、盛京繁华，以及奉系霸业，汉卿易帜，在辽海这块土地上生息的辽宁人以智慧、豪迈、旷达和勤劳创造了7000年的文明和2000多年的繁华。在2000多年的历史上，辽海大地出现了众多的历史名人，他们为辽海历史乃至中华民族历史的繁荣与发展做出了许多贡献，我们后人应予以充分的纪念与弘扬，这样我们才对得起我们的先人和我们生于斯长于斯的这块土地。

纵观辽海地区的历史，从先秦开始，每一朝每一代都名人辈出，并且随着时间的演进，名人之数量更是一代超过一代。然而，在辽海地区2000多年的历史进程中，各个时期出现的历史名人又极不平衡，这是由辽海地区频繁的民族和政权更替特征所决定的。

战国之际，先于匈奴而崛起于中国北方，同时构成了燕、赵等国严重边患的东胡，其活动中心即在地当辽海的燕北辽西一带。从这个时候起，辽海地区不仅与中国北方后起的游牧民族崛起密切相关，同时也成为中华续生型国家文明的重要策源地。继东胡之后，秦汉、魏晋之际，匈奴、鲜卑等古代游牧民族先后统治辽海地区，或于此建立国家。十六国北朝之际，慕容鲜卑以今辽宁朝阳为都建立起"三燕"。隋唐时期，这里有高句丽、渤海等少数民族政权。公元十世纪初，契丹在中国北方建立了幅员辽阔、民族众多的辽朝，实行"以国制治契丹，以汉制待汉人"的一国两制式治国方略，成功地维系了这个空前强盛的草原大帝国的统一。那一时期，辽海地区以"东京"辽阳为中心，形成独特的区域文化。金代的女真族，元代的蒙古族，直到明末的满族于辽海崛起，辽海地区始终处于多民族的更替交融状态。直到清王朝入关统一全国后，才使阻隔南北的长城界限最终化为陈迹，在此基础上，辽海才真正地高度融合与统一到中华民族这个版图上。

正是这种襟带辽河，地濒大海的地理特点和胡汉文化交融的区域文化内涵，才使辽海地区形成了多民族文化的聚合，不同经济类型中的文化碰撞和交融，多种社会文化类型的重叠交替，从而也形成这"辽海文化"的兼容、复杂与多元性特点。这也是辽海地区历朝历代所出现的名人极不平衡的一个重要原因。

由于辽海地区的历史特点所决定，在编写本辞典之前，辽宁还没有一部相对比较完整的名人辞典，因此许多历史人物要靠从各种史料中寻觅和重新发现。这些寻觅和发现虽然费时费力，但其中也不乏收获与快乐。如曾创作《秋胡戏妻》的著名元代剧作家石君宝，过去的辞书里均注明他是山西平阳人，今人孙楷第在《元曲家考略》一文中根据王恽墓志铭等考证出石君宝实为盖州女真人，后迁至山西平阳。又如民国时的著名作家孟十还，青年时曾在苏联留学十年，回国后到上海，在鲁迅指导下，翻译了许多优秀的苏俄文学作品，于黎烈文主编的《译文》、林语堂主编的《人间世》、周作人主编的《语丝》等报刊上发表，一时闻名遐迩。同时主编《作家》和《大时代》杂志。与鲁迅来往密切，曾合作翻译《果戈理选集》等书，《鲁迅全集》里收有多封鲁迅写给他的信。1936年鲁迅逝世，他曾是16位抬棺者之一。1949年赴台湾，任"国立政治大学"东方语文学系第一位系主任，早年台湾自行培养的俄语人才都是他的学生。译作有《果戈理怎样写作的》《果戈理选集》《普式庚短篇小说集》《杜勃洛夫斯基》《密尔格拉德》《黑王子》等十几种。然而就是这样一位知名的辽宁作家，现在却很少有人知道了，即使在《鲁迅全集》中对其注释也语焉不详。我还是从《维基百科全书》里找到关于他的生平介绍。再如金毓黻的侄子金城，早年毕业于东京帝国大学农业工程科，抗战时回国参军，于中国第九战区司令薛岳将军麾下担任情报参谋，参加过"万家岭战役"、"长沙会战"。抗战胜利后任浙江大学与贵州大学教授。1946年赴台湾大学创办农业工程系担任教授并任该系首任主任。教学之余，主持规划设计台湾西部海埔新生地的开发，使从前海水覆盖下的滩地变成桑田和饲养海鲜的鱼塘，为台湾农业发展做出重大贡献。至今台湾新竹客雅溪口还有以其命名的"金城湖"和"金城路"，并立有其雕像。

还有辽海地区的许多著名人物，经过寻找发现，不仅其本人有着不凡的历史，其背后还有一个著名的家族群体和众多的家族人物。如政治人物群中的襄平公孙家族、义州韩氏家族、龙城慕容家族、北镇耶律家族、懿州萧氏家族、铁岭李氏家族、宁远祖氏家族、抚顺佟氏家族、盛京范氏家族、盖州耿氏家族、沈阳张氏家族；文人群体中的盖州王氏家族，辽阳张氏家族、高氏家族、王氏家族和金氏家族，北镇冯氏家族，沈阳甘氏家族，北票尹氏家族，庄河许氏家族，盖州于氏家族，复州徐氏家族等，这些家族与人物在辽海历史上都做出过重要贡献，几乎每一个人都曾演绎过可歌可泣的故事。他们当中的许多人既是历史的创造者，同时也是闻名一方的饱学之士。他们的名垂青史，让人想起《吕氏春秋·劝学》中的那句名言："不疾学而能为天下魁士名人者，未之尝有也。"

历史真是有太多的微妙，又留下太多的遗憾。比如有的人虽然昙花一现，却留下了很大的声名；有的人成就粲然，到头来却湮没无闻。这些被历史烟云湮灭了的知名人物，如果他们幸运，就会让后人发现，将其归入他应该具有的位置。不可否认，在辽海的历史上，还有许多著名人物，他们被历史湮没了，直到今天还没有让我们发现，或是我们功力不逮，未能发现。但只要是对历史做出贡献的名人们，总会让后人发现并记住的。因此，我们也希望这部《辽海名人辞典》只是一个开端，期待今后会有更完备的关于辽海地区名人辞典问世，以补全我们的不足。

《辽海名人辞典》，初国卿主编，辽海出版社 2011 年 12 月版

古玩情致的"三重境界"

——《当时只道是寻常》自序

人到中年，易生怀旧之情，似乎越旧越好，以衬自家岁月尚轻。我每个周末必去逛坊间旧物地摊和古玩店，从中获取一番清赏旧时月色的情致。搜求到一只清末浅绛彩瓷名家汪友棠的仕女盖盅，好像就有了一次与百年前的新安画家在落日楼台之上品黄山毛峰般的惬意；而把玩一件清初的竹刻臂搁，又宛如与三百多年前的钱谦益或是吴伟业时代的文人虚席对坐，清茶一杯，指点细论诗词书画一般，趣味横生。我称此为古玩情致，于古玩中玩得其所。

一

何谓"古玩"？用一句浅显的话讲就是"老年间的玩意儿"。既是"玩意儿"，它的意义就应在于"玩"。玩是一种福，玩"古玩"更是一种对艺术对美丽的消受。明代的董其昌在《古董十三说》里有一句妙论，说玩古董有却病延年之助。这话说得在理，玩古玩，寄情于物，忘却人间诸多烦恼，思绪沉浸在艺术品的精致与粗糙、真实与虚幻、研究与把玩之间，自然会心胸悠畅，神情怡然。再加之经常于坊间地摊、市场店铺中穿行，轻松愉悦间得散步之身体锻炼，自然会有"却病延年之助"了。

人类有五大层面的需要，即生存、安全、归宿、尊重与精神。它们依次由低级向高级，由物质到精神，互为联系互为依存，缺失了哪一个也不行。这其中，只有精神需要是最高级的需要，它包含了人类理想、信念、审美、创造、自由、快乐等需求。古玩属于雅玩的范畴，它无疑是人们精神文化和审美的需求。一个古玩鉴赏家未必是个金钱富有者，但他一定是个精神文化与审美经验的富有者；一件古玩，它也未必价值连城，但它一定具有某一方面的审美价值和情致意趣。能从古玩中玩出意趣与快乐的人无疑是最具精神内涵的人和精神最富有的人。

既然是玩，免不了会玩出些名堂来。玩到寝食难安，玩到四处淘取，玩到去粗取精，玩到难舍难分方成境界。我早年喜藏竹刻匏器、粉盒壁瓶、青花梧桐纹外销瓷、浅绛彩瓷、民国月份牌、文革绘画等，一边买一边读书学习，从"吃药"到痴迷，从泛猎到专一，逐渐进入了一个敏求而挑剔的境地。闲下来静思前尘影事，虽然庆幸自己此生有癖，不致活得苍白而无深情，但个中甘苦，却也很让人体会情深易老，风物长移之感。几年前，我曾卖掉一批浅绛彩瓷，其中有一件晚清张炎茂所绘的双狮辅首梧桐仕女方瓶。瓶上的梧桐和仕女画得极雅致。春意阑珊，梧桐树下款步走来的仕女着一袭藕荷色长裙、橘黄色薄衫，衣袂轻飘，体态盈盈。她怀中抱一长箫，脸微扬，精致的发髻衬着似有浅笑的端庄五官，一派绵绵的情致和出尘的空灵，似乎满身都散发着幽幽的书乐之香。只因瓶口上有一小磕而归入处理之列。卖掉的当天，就多了一份寂寥清愁，少了一段冷香幽韵，如同姜夔身边不见了低唱的小红。没办法，只好第二天就同买家商量，将这一只仕女方瓶买回。一日小别,重逢时看她似鬓云纷乱,薄衫不整,浅笑的粉脸也暗淡和憔悴了三分,自是收入书房之中,从此朝夕相伴了。玩是要花费心智的,这种心智的花费有时是需要寸心投入、痴迷人境的,但有时也应该是平和心态、气定神闲的。把古玩作为怡情物,作为对古人的一种幽思缅想,才是和古玩的真缘分。

古人之于古玩主要是"玩",而今天的古玩爱好者大都是刻意去藏,或说以藏养藏,赚取利润。这也没什么错处,但独缺了玩的乐趣,实在是有悖于古玩本义。米南宫曾言:"博易,自是雅致。今人收一物与生命俱,大可笑。人生适目中,看久即厌,时易新玩,两适其俗乃是达者。"明白道出古玩不但是用来玩的,而且要经常交换着玩。我每得一幅好画或一件好瓷,总要设榻置几,烹酒煮茶,呼三五知己共同欣赏。字画、瓷器如此,古玉砚石、竹刻匏器之类更是日常随意的把玩之物,摩挲到棱角浑圆、通体包浆、光可鉴人方显出它们让人由爱而玩的价值。而如今这种随意在多数人的身上不见了,古玩之"玩"的属性淡化了,这不能不说是现代收藏者的文化缺遗。

董其昌在《古董十三说》里又说:"古董非草草可玩也。先治幽轩邃室,虽在城市,有山林之致。"董其昌是一种大玩,后人鲜有玩得过他的。我辈玩古玩,其实大可不必效他的"幽轩邃室",书房一室或是小厅一间足矣。但我们可仿效他的心性行径,以求"山林之致",借以增加我们自己的乐趣与隋致。我有一位工人朋友,家中只一室一厅,他收藏古钱币多年,手中藏有多种珍贵的雕母钱和历代古钱币上万枚。他工作之余最大的乐趣就是沉浸在他的小屋中读书或是和朋友研究钱币,快乐无比。可见玩的快乐在于那一份投入,在于那从中获得的精神愉悦。在社会需求不断多元化的时代，在生活快节奏的今天，"玩"是休闲的最佳表现形式，而"古玩"则又是最具情致的一种"玩"，玩中获得追寻之乐、鉴赏之乐、研究之乐、著文之乐……有这许许多多乐趣可玩，我们又何乐而不玩呢？

二

每个人或多或少都有玩心，从先师圣人孔老夫子到 20 世纪的文学大师鲁迅，都可谓是会玩之人。记得孔夫子曾说过"玩索而有得"的话，可见他是主张要玩，且要玩有所得的。怎样才能玩有所得？古玩是最属玩有所得的一类，当年鲁迅先生曾涉足多个收藏领域，对他的学术思想和文学创作有很大的帮助。在今天的文学界，香港的董桥，北京的高洪波，都属于创作之余会玩的人，会逛坊间旧物摊和古玩店的人，他们由此而生发的情思、增长的学识和个人的修养以及写出的文章都显得与众不同。玩有所得，在他们身上体现得最为明显。

记得苏雪林在一本书中说过这样的话："骨董家，其所以与艺术家不同者只是没有那样深厚的知识罢了。他爱艺术品，爱历史遗物、民间工艺以及玩具之类，或自然物如木叶贝壳亦无不爱。这些人称作骨董家或者不如称之曰好事家（Dilettante）更是适切。"说玩古玩是"好事家"倒是有道理，但说古董家"没有那样深厚的知识"倒是不尽然。玩古玩的人来自社会各个阶层、各个行业。论学识，确实有人目不识丁，但也有人学富五车；论财富，有人可能身无分文，但也有人富可敌国。这一类人哪怕身无分文，也怀揣巨富的梦想；即使目不识丁，也藏着学者的追求。这里有大喜大悲，这里有大起大落，姑且不论发现和探索的无穷魅力，仅仅是真和假，古和今，美和丑的争论就让古董人接触到人类永恒的主题和无尽的奥妙。

记得前些年社会上曾有"不到北京不知……，不到上海不知……，不到海南不知……"的顺口溜流传，其实这里倒是应加上"不到古玩店不知学问小"一句。确实如此，古玩穿越时空，上承远古，下启明清，是中国人心的行囊和梦的家园。每一类每一件旧物都蕴含着诸多方面的学识与掌故，都记载着前朝先贤们的精心追求与创造；每摩挲一件古玩都不知与多少先人的掌心相合，每查明一件古玩的来龙去脉，都会获得一份学识的增长。玩古玩如同读书，在玩中获取学识与智慧，在玩中求得升华与永恒。因为古玩大都是手工时代的艺术品，满蕴着人类的艺术创造与情感投人，相比大工业时代现代化生产线上制造出来的东西更具有价值要素。同时古玩又是最具个性化的体现，每个人所喜欢的不同，情致的不同，修养的不同，都能在对古玩的喜爱中体现出来。而每个人所守望的古玩，也都能打上个人的烙印，有了个人的气息和光泽，这种气息和光泽将随着岁月的流转而成为永恒的美丽。

有人说，这样玩下去快乐是快乐了，是不是久玩会丧志啊，这恐怕是"玩物丧志"的古训对人的影响。其实"玩物"与"丧志"之间本无太多的必然联系。玩物是一种寄托，有的人寄情山水，有的人寄情红颜，有的人寄情游乐，有的人寄情于物，同样是一种"志"。问题的实质是对这种"玩"和"寄"的度的把握。如果度把握不好，任何"玩"与"寄"都会失当，因为身外之物的兴趣跟自身建设的要求有时并不同步共荣，更何况失度的物之恋有时竟能致疾呢？人们常以淡泊身外之物为高格，大体也包含了这点因由在此。如果度把握得好，不仅能玩出情致，还能玩出成就，玩出事业。京城的大玩家王世襄先生，玩了一生，玩鹰玩狗玩鸽，玩葫芦玩竹刻玩家具，玩古琴玩香炉玩漆器，"玩"到晚年，他本人则成了中国文化的一宝。他的即兴玩物，他的"俪松居"藏品，在 2004 年成为拍卖界最大的亮点与新闻。还有京城另一玩家马未都先生，不仅玩得学问越来越大，身价越来越高，还玩出了一个京城颇具实力与特色的"观复博物馆"。什么样的玩能与此相比呢？山水，游乐，钓场，麻将桌？我想，其乐其得都与此相去甚远。

三

历数世间，惟有古玩是情趣与财富共增的投资方式。即在玩中一边获得精神上的愉悦与情致，同时又开辟了一条生财的渠道。

如今，古代的和传统的艺术品，对现代心智的吸引力越来越强烈。有媒体说这是受一种怀旧情绪的影响，人们意识到古人的遗作比现代人的艺术更能准确地传达着过去与现代之间的娴亲感。我想这只是其中一个方面的原因，另一个重要因素是消费者选择的自由化程度的提高，市场让他们感到这其中有钱可赚。过去在商者常说这样的话：米是一分利，布是十分利，盐是百分利，茶是千分利，古玩是万分利。这种说法未免有夸张的成分，但也说明在诸种经营中古玩是一个暴利行业。所以古玩界又有"三年不开张，开张吃三年"的说法。

董其昌在《古董十三说》中还说："古之好古者聚道，今之好古者聚财。"这也未必，好古者聚财与聚道也不能分古今，况且董其昌的"今"如今也成为古了。但古玩一定是要经营的，玩占玩也要讲究赚，倘若越玩越赔，越玩越穷，那还有谁来参与，还有什么情致可谈呢？

据国内主要艺术品拍卖公司统计，从 1994 年以来的十几年间，明代青花官窑器市场价增长了 40 倍。而在全国各大古玩市场调查得知，从 2000 年以来的四五年间，清末民初的浅绛彩瓷的市场价增长了近 10 倍。试想，除去学识、情致、艺术品把玩的乐趣不计，就投资本身说，还有什么比艺术品收藏更能赚钱？另据全球投资市场调查，近十年间，在股票、房地产和艺术品三大投资领域，增幅最高、获利最大的是艺术品。这些都足以说明，古玩不仅是玩有所乐、玩有所得，还会玩有所赚。当然了，玩古玩也有玩赔的，玩进去的，但那是非正常因素，这就归结到另一个话题，古玩虽好玩，但不是人人都可玩的，它是学识、财富与悟性的综合之玩，情致之玩，是玩的最高境界。

有人会说，玩占玩得需要大手笔投资，小钱如何玩得！此话说得既有道理，又没道理。有道理是说要进出拍卖行，玩古代名家字画，玩宋代五大名窑，玩明清官窑，玩汉唐古玉，那是需要大投资，手中最起码得握有几百万。这是玩，更重要的是投资，求回报。大众之玩之赚不必有这样的大手笔，三五万足可玩得开心，赚得快活。我有一位朋友，用了三年时间，花了 6 万元人民币，藏了 500 把民国以前的瓷壶，其书房取名"五壶轩"。同城几位企业家看好了他这 500 把瓷壶，欲出 10 万、15 万元收藏，他执意不肯。据专家称，以当下的市场行情，再过十年，他的这 500 把壶，其价值少说也在 50 万元左右。最近，他已与一家出版社签约，正在整理他的壶，准备出版《中国瓷壶鉴赏图录》。还有一位书法界的朋友，两年时间，花了不到两万元人民币，利用出差的机会，跑了全国十几个城市，收藏了二百多件水盂。最近，他也在搜集整理资料，开始写一本《中国水盂》的书，将来待书出版后，他这两万元集藏的水盂，其价值将远在两万元之上。

然而，玩有所赚又不仅仅是金钱增值这么简单。我熟识的一位收藏书画的老先生，曾将一幅倪云林的山水拿到北京找一位专家鉴定，谁知这位专家一眼没看就婉言拒绝了。专家说，我不鉴定，一是让老人免遭可能的坏结果打击，二是不急于卖钱就没必要鉴定，三是真正的艺术品无论真伪收藏永远有价值。专家的意见让我折服，说得极为在理。是啊，你的收藏既然感官和心灵都得到了愉悦，且还从中体验了历史时光的流转，那么，让它继续陪伴你几十年又有什么不好？所以说，古玩是要在玩中赚，但又绝不同于做买卖那般简单地赚现钱，古玩最主要赚的是一个赏心悦目的心情、胸襟饱满的状态和颐养心性的途径。所以玩有所赚的过程应当是这样的：爱而藏之，藏而玩之，玩而研之，研而赚之，赚而益玩之，直至成为一个有学识、有悟性、有眼力、有财富、有境界的大玩家。

不管是从玩的角度讲还是从赚的角度讲，古玩是个永无止境的世界。古玩的价格永远让人摸不着头绪，离谱、惊世，甚至于荒诞。一件古玩，价格可以数倍于一个人几生或多个人一生的积累。但是只有玩古玩的人才知道，人之一生的光景要远比一件古玩生动得多。所以，在玩古玩的人看来，古玩的价格又最是好把握，一点也不离谱，一点也不荒诞。当有人因为豪宅香车、金钱美女而变得激昂张扬起来的时候，玩古玩的人会从容一笑，因为他知道，标志财富的永远是天文数字，而只有古玩能将这种天文数字演绎得如火如荼，有情有致；只有古玩这种尘世最美好的结晶，能代表永恒。玩过古玩，面对多少财富，不再心怯，不再失措，天文数字也可成为茶余饭后的谈资。如同历经沧海，不再惧怕大河；上过高山，难再敬畏小丘，从而能平淡看待财富，看待一切。这就是张伯驹将国宝级的《平复帖》、《游春图》献给国家的境界，是绚烂之极归于平淡的心态，也是古玩情致的最高境界。

　　《当时只道是寻常——收藏随笔》，初国卿著，中国林业出版社 2007 年 8 月版

《当时只道是寻常》后记

之江兄为我的这本书寻了一个很雅致很好听的名字，原出纳兰性德的《浣溪沙》，以此来说收藏之事，倒也极为恰切，让人喜欢。

这本书涉及散文和收藏两个方面，散文是形式，收藏是内容，如果给其定位，似乎当称作"文玩散文"。收藏是近些年十分热闹的一个行当，但将收藏之行为诉诸文字，写成散文倒不如收藏本身热闹。我们平时见到写收藏的文章不少，但多属鉴定、投资或是讲故事的，真正研究收藏及收藏背后的文化内涵，写每一件文玩古物情致的文字并不是很多。其实，收藏是一件很情致很品位的事，散文也同样，两者结合起来，即使文章有点青涩而不通顺，但却能避开俗气而趋于典雅，未尝不是一件快意阅读的美事。

收藏对我来说本是件很难的事，一是祖上没有传下什么宝贝，二是身边缺少同好，三是自己不具备收藏的经济实力。说条件只是自己喜欢，喜欢古典文学，喜欢有文气的古物，不忘前尘影事，怀念旧时月色，也只有这些。但这种喜欢也是上大学以后的事。上大学前，我在公社广播站工作，那时有人向我兜售一块外方内圆的黑色石头，要价十元钱，我竟理都不理，那时我每月只有三十元的工资。后来才知道，那块黑石头是价值连城的红山玉琮，因我的老家在努鲁儿虎山下，正是红山文化一脉。大学毕业后，开始喜欢古物，第一次动手买进是在 1983 年，在一个地摊上花了 12 元钱买的两只青铜爵，一对紫砂蛐蛐罐。后来知道那两只爵是仿品，一对蛐蛐罐是清代的老物，上面满是铭文。东西拿回家后，家里人都反对花钱买这类东西，浪费钱财不说，在家里放着太不卫生。后来那对蛐蛐罐一只送给了教我女儿书法的老师，一只送给了玩围棋的朋友，装围棋子去了。留下来的两只仿青铜爵算我早年玩过收藏的纪念。

现实生活中，每人都有所好，都有寄托，在喜欢收藏者看来，一杯一爵，一书一画，它们都是有灵性的，都是可以陪伴自己晤谈的。《胡适晚年谈话录》中记载：1950 年 2 月，胡适在美国用友人赠送的二百美金买了一套《四部丛刊》初编缩印本一部。过后他给赵元任写信说：因有"二千一百册，我这里绝对没有地方安放"，加以"冬秀对于书架，绝对不感兴趣，她绝对不能帮我的忙"。胡夫人江冬秀更有兴趣的是方城之战。1961 年 2 月 4 日，胡先生接待罗家伦夫妇等来访时，指着四壁的书架对客人说："我的太太以前对人家说：'适之造的房子，给活人住的地方少，给死人住的地方多。'这些书，都是死人遗留下来的东西。"这就是人不同，情致不同，对藏书价值的认同和评价也自然不同。我喜欢的文玩古物，我总认为它们是可以和我作精神对话的，所以我对收藏也从没有死心，但最好的时机却错过了，再开始玩收藏，已是上个世纪 90 年代末期的事了，对于收藏者来说，那已是到了强弩之末，过了"捡漏"的时代。

我喜欢的文玩古物，必是有书卷气有情致的一类，比如天然老葫芦，比如浅绛彩瓷、青花梧桐纹外销瓷。即使书画典籍，我也是喜欢背后有深厚文化内涵的学者之作。所藏之物未必有多少经济价值，但却有文化涵量和学术价值，有值得深入探讨和挖掘的余地。在这个原则下，我尤喜静美雅致的文玩古物。

文玩之美，贵在雅静。这就好比"静女彤管"的意境，让人怀之难忘。所以好的文玩定是不炫耀、不妖艳、不露声色和极为内敛的。虽静处一隅，却很会惹人情思，凝眸间，如同静思的美人。琢刻其上的几个字的隽语妙句，就能打动你的心神，除却世间所有凡尘之思。记得鉴藏大家张伯驹生前钟爱一方脂砚，是明代红伶薛素素之物。砚匣盖上镌刻着她风姿绰约的倚栏小像，旁刻"红颜素心"四字。当年伯驹先生拥此雅静爱物，案前朝夕相对，静心已然超脱凡尘之外了。

记得数年前我曾在北京琉璃厂一古玩铺里看到过一件文玩，是一个竹制文具盒。文具盒通体呈枣红色，包浆锃亮，线条和圆角都做得极美。打开盒，只见里面按格摆放着大小竹刀三件，竹锥、竹镊、竹剪各一，每件都镶有象牙柄，极为精致。店主说这是清代读书人的文房之物，竹制文具。我拿在手中抚弄，每一件都是那样的做工考究，且有题款。这样雅致静穆的文玩，令人抚之不忍释手。但终因一念之间嫌贵而失之交臂，使得后来每次谈及念及都会怅然良久。后来我又在沈阳北站的古玩地摊上见到一件伶宫式古琴形竹刻文玩，长25厘米，宽2厘米，厚0.8厘米。这样一截小竹条，里面却是中空的，似盒似筒，卖家还在其内装了几枝檀香，上有一紫檀盖。这配在橙色古琴形竹盒上的紫檀盖正恰似古琴的琴头琴额。此件小巧的竹刻通体包浆，上刻有四字隶书"如月之曙"，下题"录诗品句、竹士"款。我询之卖家："这是何物？"答曰"香筒"。但我深知它不是香筒，它肯定是一件文房用品，否则不会刻上"如月之曙"这雅致极了的唐人司空图《二十四诗品》中的句子。于是我同卖家讨价，几个回合，最终以低于 1000 元的价格买下。第二天我揣上这件东西到晏少翔先生家，请他鉴定此为何物。我刚一拿出来，老先生即说"好东西，好东西"。我问："做什么用的？"晏老笑而不答，从画案上拿来一件红木的类似这件竹刻但却大一些的东西递给我。我拿起来打开盖，发现里面装着几件金属刀、笔一类的东西。我终于确定了我的判断：文具盒。晏老告诉我：这不是普通的文具盒，而是比较讲究的书画大家所用之物，看其包浆色泽，至迟也当是清代嘉道年间所制。

这类"如月之曙"文玩小件我是喜欢不够的。静心对静物，一件如此这般沉静古穆的东西放在你的面前，你只能轻抚，不能轻视；只能赏玩，不能赏卖。想一想，那些为生计而卖掉心爱之藏品的情景，该是何样的况味。曾在台湾故宫博物院见到一纸米芾的信札："丹阳米甚贵，请一航载米百斛，来换玉笔架如何？早一报，恐他人先。"想不到当年米芾竟然到了要用玉笔架换米下锅的窘境，那是如何也不会有"静心对静物"的悠闲心情了。

我喜好文玩收藏，从没有预备将来为生计窘迫而换米的想法。一是我的收藏实在是价值有限，到了要换米的程度时也未必能换到米；另外，人生之计总要为老时、窘境做点必要的准备，以免到时拿所爱之物来换米果腹。我曾说，人生分为三个阶段，出生到大学毕业为第一阶段；步入社会工作到退休为第二阶段；退休之后到死为第三阶段。三个阶段中，前两个阶段过着锦衣玉食天天高兴的生活也算不得是真正的幸福，惟有第三个阶段快乐充实才是真正的幸福。所以人生为了最后一个阶段的幸福，必须在前两个阶段就要做准备。怎样准备？那就是寻一种越老越有价值的职业或是爱好。比如有的人退休之前车来人往，电话不断，夜以继日忙个不停。一旦退休，生活瞬间寂静下来，顿改以往的热闹，他受不了这种孤寂，心情与身体与日俱糟。有的人退休之前即有自己的职业技能或业余爱好，退休之后有了更充裕的时间做自己喜欢的事，如鱼在渊，事事遂心，心情反倒更为畅快和愉悦。我的收藏无非就是为后一种快乐方式做准备。届时我会翻出我各种各类藏品，进行研究考证，从中获得把玩与鉴赏之乐。

宋人洪迈《容斋随笔》中引舍人朱仲友的一段话，说得非常好："人生有五计：生计、身计、家计、老计、死计。"其老计为："五十之年，心怠力疲，俯仰世间，智术用尽；息念休心，善刀而藏，如蚕作茧。"我今年刚好五十岁，过五十岁生日时我多有所思，最终的考量是五十岁以后要做一个丰富而单纯，放达而内敛的老派男人。一方面，要始终保持儿童般的天性；另一方面，要让天性中蕴涵的各种能力和兴趣尽可能地得到充分的发展和实现。收藏与写作，就是我能力与兴趣的一个重要方面。我不想当收藏家，也不想当专业作家，只是想做自己喜欢的事，做自己感到快乐的事。

收在此书中的文章是近几年来应一些报刊之约而写的，没有什么选择和系列，对哪方面有感觉就写哪方面，拉拉杂杂，但总归都与收藏有关，都与我的情致有关。所写到的我的收藏，多是稀松平常之物，但它有一定的文化内涵，或许还会有同调欣赏。民国时的"龙阳才子"易顺鼎说："人生必备三副热泪：一哭天下大事不可为，二哭文章不遇知己，三哭从来沦落不遇佳人。"其响当当的个性让人佩服。我未有过做天下大事的想法，但也想得遇佳人，不过未曾体会过沦落之感，所以佳人也难遇。只好希冀自己的文章能遇知己，那也就对得起为此书牺牲了的那几棵大树了。

感谢为此书策划、编辑、设计、校对、印制的诸位朋友！

《当时只道是寻常——收藏随笔》，初国卿著，中国林业出版社 2007 年 8 月版

《春风啜茗时》后记

　　我真正开始喝茶是在大学毕业后，虽然此前也喝过茶，但比较而言，那不是真正意义上的喝茶。上大学前在公社广播站工作，经常下乡，喝的茶是老乡家里特产的努鲁儿虎山的"君梅茶"，或是公社、大队部里的红茶末。大学四年，不知什么原因，喝的多是花茶，也是年少春衫薄，花香袭人多的缘故吧。后来读了不少咏茶诗，其中最喜杜甫《重过何氏五首》中的前两句："落日平台上，春风啜茗时。"于是就幻想此生何时遇一个这样去处，得一个此番情境：楼台之上，夕阳余晖洒下橘色的薄纱，丝瓜或是瓠瓜的叶蔓正爬上楼台花架，或半倚楼台栏干，或闲坐石桌旁，手捧一杯清茶，茶中荡漾着春日的花光水影，于云淡风起时，看远山如黛，听天音袅袅。

　　工作以后，喜欢上了绿茶，于是二十多年，喝了多少种绿茶名品，竟连我自己也记不清了，绿茶给了我精神与物质的双重享受。出于对绿茶的喜欢，我曾特意到庐山云雾、黄山毛峰、杭州龙井、太平猴魁和洞庭碧螺春等名茶产地，参观茶园，采摘新芽，感受茶叶原产地的风情风物，并由此得出绿茶才是真正意义上的茶，喝绿茶才算是真正意义上的喝茶。我此言没有否定其他茶的意思，只是说诸种茶中，唯绿茶最是茶的本原，是我最喜喝的一种。我的另一本散文集《不素餐兮》后记题"感谢绿茶",也是出于此意。

茶应当如何品,古来喝茶有道,多种多样。但我不太喜欢"茶道"一词,本来作为解渴的一种饮品,为什么偏要扯上"道"呢?尤其是不喜欢它一入"道"就呈现出的日本式的繁缛。茶道的繁缛复杂,是与寺院有关的。古代先民们最初是含茶嚼茶,用以驱毒和清口,那时简单得多了。到了唐代,饮茶得到空前的提倡,并成为寺院生活主要内容之一。寺院僧侣们因戒律要求戒酒,于是以茶代酒、以茶待客,使饮茶的意境与佛教提倡的精神——清雅、宁静、和谐、超脱、俭德结合在一起,进一步丰富了饮茶的理论内容。在这个大背景下,封演在《封氏闻见记·饮茶》中提出了茶道说:"因鸿渐之论润色之,于是茶道大行,王公朝士,无不饮者。"尤其是茶道在唐代经过了日本僧人圆仁在日本的传播之后,日本的寺院无不设有"茶堂"或"茶寮",以招待游人和香客,其茶道的程序也变得更加复杂和形式化。而这种复杂形式又于近代由日本传人台湾。二十世纪80年代初,随着改革开放,台湾的茶道传人中国内地,从此中国的城市里,到处可见大大小小的茶馆,而多数茶馆里的茶道茶艺均来源于台湾,所用茶也多是台湾产的高山茶。

到茶馆里喝过几次茶艺小姐用"茶艺六君子"表演的有"道"之茶后,尤其是在上世纪90年代作为评委参与了某市茶艺小姐大奖赛之后,我再不去茶馆喝茶了。我想,现实生活中,喝茶就是喝茶,喝的过程应当简约而不轻率即可,过多的细节讲究,过繁的动作设计,过量的表演成分,则成为喝茶的障碍,反倒减却了茶的实用功能和精神享受。最好的喝茶当是在需要喝的时候,一个雅净的所在,茶多茶少自己把握,洗茶滤水亲手操作，一杯一壶，简约洁净，从而能体味到陆游那种"归来何事添幽致，小灶灯前自煮茶"的悠闲与情致。或者如周作人所说的："喝茶当于瓦屋纸窗之下，清泉绿茶，用素雅的陶瓷茶具，同二三人共饮，得半日之闲，可抵十年的尘梦。"另外我还认为，喝茶解渴是所有凡尘之人的物质享受，而将喝茶作为一种精神享受，则不是所有人都能得到的。试想，匆忙为生存所奔走的人，整日为债务而东躲西藏的人，倾其所有买股票而被套牢的人，贪污受贿接到纪委电话就心哆嗦的人，哪里会有泡一杯或煮一壶清茶，在阳光下悠闲地品着，能品出龙井的豆花香、敬亭绿雪的兰花香、黄山云雾的翠竹香、碧螺春的枇杷香等等细微感受呢？当然，他们从茶中也更不会品出人生大美的悠闲与淡泊的至境了。而追求这种悠闲与淡泊之境的品茶人，就更不需要到茶馆中去感受茶道的繁文缛节了。这也难怪当下的都市茶楼所面临的无奈：八成不是靠喝茶来经营，而是靠足疗、按摩、棋牌、麻将、上网等项目来维持了。因为喝茶不是奢侈之人所好，喜欢热闹，喜欢歌舞喧嚣，喜欢宝马香车、金碧辉煌之人断不会牵挂一杯龙井或是碧螺春的清香。

我在本书《美食是素心人的事》一篇中说，大凡带着一种政治、经济或是情色而坐到餐桌上的人，都很难将美食吃出美味。在此还当另加上一种奢侈之人。从饮食科学上讲，太奢侈就不能保健康。养鱼人都明白这样一个简单的道理：为了让鱼长得快会往鱼塘里投一些有机肥料，肥料投得少，水则缺少养分，鱼就长得慢；肥料投得多，则会造成富养，容易缺氧，鱼就会翻塘。施肥多少，关键在于掌握平衡。人的健康，同养鱼的道理一样。上个世纪80年代以前，中国人营养不良，但生病的没这么多。如今富裕了，病却多了起来，诸如肥胖症、糖尿病、高血压、脂肪肝等富贵病的发病率都呈增长趋势。这里就有个生态健康问题。身体要健康，生活就不能太奢侈；生态要健康，资源消耗就不能太奢侈。记得清代学者朱锡绶在其《幽梦续影》中说："素食则气不浊，独宿则神不浊，默坐则心不浊，读书则口不浊。"毫无疑问，在到处充满喧哗与躁动的今天，"不浊"已是一种难得的境界了。只有具备一颗"不浊"的素心，才能品出美食之味，才能品出佳茗之趣，才能在餐桌或是茶肆中表现出一缕淡泊萧散之清气，做人做事才有不浊之境。

现实生活中，人各有归属，也各人其境。政治家关乎时势，所谓时势造英雄；企业家关乎运气，所谓时运来了财源滚滚；艺术家关乎天赋，所谓先天就有艺术细胞。我自认政治家或企业家的时运不会光顾于我，因此不敢涉足政界和企业界；艺术家的天赋我也不具备，所以更难奢望玩文学，于是只好选择一条做编辑或曰媒体人的生存之路。在我二十多年的报刊编辑生涯中，曾为六本期刊写过创刊词，为两本期刊写过终刊词。到现在，我又编了三年的报纸，可见我这样一个缺少天赋的人，一生注定是要为别人作嫁衣裳的。工作之余，只能在文学的边缘转一转，瞧一瞧，在品茶与饮食间，连带写点有关饮食的给自己看的小文章。人往往都是崇高一瞬间，平庸一辈子，写了文章，总想成书，甚至成名。其实说起来美食、品茶本无统一的标准，各人有各人的享受，读了文章或是一本书，那美食就好吃，茶就好喝吗？未必然。许多好吃好喝之人可能从来就不读你的书，也不去理会"素心人"一类说法。但饮食文章还是不断出现，此类书籍也大行其道。在写者或者在我来说，这是不是有些"不做无聊之事，难度有生之涯"嫌疑呢？也不完全是，说得堂皇一点，也是一种文化传承吧。文化传承有诸多手段，其中最主要也最常见的方式，则是书籍的生产和传播。中国最早的书，是刻在兽骨上的，后来是竹简，是木刻板，是铅活字，再后来是今天的电脑键盘，是数字化。书写了给后人读，后人读了书又写书，写了书再给更多的后人读。文化就是这么传承和这么发展的。德国有一句名言：看一个男人是否成功，就是看他一生能不能做成三件事——盖一间房子，种一棵树，写一本书。盖一间房子是要成家立业，有经济实力；种一棵树是要延续生命，有责任意识；写一本书是要遍历人生，有生活感悟。这倒和中国传统成功男人的标志有些相同：立德、立功、立言。尤其是立言，古人还誉其为"经国之大业，不朽之盛事"。

我的这一本《春风啜茗时》无论如何也归不到立言一类，只是一种闲适的小品。如果分文体，似可归为散文一类。为什么说"似可归为"散文一类呢？因为在天下诸种文体中，散文是最好写的大众文体。三尺童子偶出妙文，百岁老人能写杰作，偶然灵光一现，说不定就会成就一篇千古妙文。但这只能说是特例，常人难得有这样的运气，这样的福分，多数人的文章都成了平庸之作，只能湮没在历史甚至当时的文字烟海中。因为在中国所有的文学体裁中，散文虽然是最好写的大众文体，但它又最具自己的文体特质，内涵最为丰富，品格最为高卓，情致最为生趣，是一种最见学识、才华、品质和性情的文体。若真以为散文是粗通文墨者即可随意创作，那真是不知散文为何物的粗鄙之见。这样说，我的这些文章也就是沾了散文的边，是按文体划分不可不归的那类。书中所选之图片，是我的一些平常之藏品，不一定与每篇文章相吻合，但在意境上倒也有相融之处。美食佳茗，艺术藏品，都有赏心悦目之共性，形而下的实用功能与形而上的精神愉悦可互补。

晚唐诗人韩偓在《三月》诗中说："四时最好是三月，一去不回惟文章。"又到了一年三月时，再有两个多月，江南的雨前茶就要上市了，每到那时，我都会盼着江南的朋友有新茶寄来。以往，面对朋友的吴瓯湘水、绿芽白毫，我总有"愧君千里分滋味"的感觉，今年我想我会释然一些。收到他们的茶，我会在我多年前梦想的楼台之上，在夕阳余晖洒下的橘色薄纱中，在丝瓜和瓠瓜细嫩叶蔓织就的瓜架下，捧一杯朋友刚刚寄到的新茶，遥望如丝的远山，送去对江南朋友的问候。我还会寄给他们这一本《春风啜茗时》，投桃报李，虽然"李"不及"桃"之灼灼其华，但也代表了我的一番素心。

感谢为此书作序的蝴蝶装先生，他是我二十多年的一位好朋友，风度翩然，虚怀雅致，为人为事颇为讲究，凡事拿捏有度。"蝴蝶装"是中国古籍中的一种考究的装帧形式，从这个名称中可见出他的爱好是什么了。他从事出版业二十几年，主持和编辑了多种书香味颇浓，在中国出版界颇有影响和声誉的图书。他还研究中国书史，收藏"有关书的书"，许多版本和品种甚为罕见，在我闻所未闻，令人称羡。

同时还要感谢为本书费神劳作的所有朋友和出版社诸位编辑！

《春风啜茗时——饮食札记》，初国卿著，中国林业出版社 2007 年 8 月版

《唐诗赏论》后记

秋声瑟瑟，秋雨绵绵。秋声秋雨中，窗前那几树枝繁叶茂的碧桃，渐渐由墨绿变成了暗黄或是暗红。微风里，不时地飘下几叶，带着湿润和厚重打在轻飏的淡蓝色的窗纱上，簌簌而落，那正是成熟了一个过程的心音。每睹那清晰的、暗红的纹理，我总会油然地想起远在白云生处的家乡，想起家乡尽为红枫装点的淡淡远山，以及走出远山后多年来难以忘却的红叶情思和红叶诗缘。

在家乡那一方少人知晓李白、杜甫的土地上，有谁会做起光顾唐诗的梦呢？记得是在那个大革文化命的癫狂年代里，还是稚童的我，有一次看红卫兵们横扫一个老私塾先生的家。在一片翻箱倒柜的叫喊声中，我于一个紫铜佛座下发现一本破损了的小诗集，揉褶的封面上没有书名，只剩一朵淡墨晕染的牡丹花。后来知道那是上海古籍出版社第一版的《唐诗百首》。当时第一下翻到的是杜牧的《山行》，懵懂中只觉那是四句极为美妙的诗句，实在舍不得扔在破"四旧"的火堆里，犹犹豫豫，脸红心跳地把它塞在了上衣的内兜里。当时，那内心显然是一种少年犯罪心理。从此，这本《唐诗百首》便成了我的启蒙读物，一直保存到大学毕业。

那以后，早晚我便对着山岚山影凭感觉去读那些唐诗，其中最喜欢的还是初恋般的那首杜牧的《山行》。诗中之情境，在我就以为那是我的家乡。那碧草葳蕤，坎坎石阶盘旋而上的蜿蜒小路；那早晨轻纱般柔雾笼罩，傍晚炊烟伴着白云升腾，远远望去有如仙境的小村，那山冈上老态龙钟的两株古枫和占枫四围大片的枫林组成的秋山红叶风景，不正是《山行》诗中描绘的吗？夜晚曾梦见十月金秋，满山红叶抖动着如燃烧的火焰，小蝌蚪形的枫树籽飘然而落，像是迸出的火星。杜牧乘着花轱辘车，远远望着我们这个小村指点着，晃着带纱帽翅的脑袋念念叨叨："远上寒山石径斜……霜叶红于二月花。"那时曾暗下决心，长大了一定也要为我的家乡小村写一首诗，写一首关于古枫、关于红叶的诗。然而直到现在还未兑现，每回故乡，面对古枫红叶都殊觉赧然。

孩提时代的梦，总会像蒲公英一样徐徐飞起又悠悠落下，永远难以释怀。像我，虽说早已走出那片远山，但却总也走不出那片山的梦。每天虽然读的都是隽秀的字，如画的诗，但在梦中翻动的，一页页，多半还是那些山。记得莱辛在著名的《拉奥孔》中说过这样一句话："意象是诗人醒着的梦。"看来，诗真能将梦境中的潜意识同艺术审美活动联系在一起。正是童年时代的那个红叶梦，让我喜欢上了红叶，喜欢上了由红叶引发的唐诗，于是便开始做起了探求唐城古道、追寻盛唐之音、研究唐诗的梦，于是便有了这点点有关唐诗的文字。而心中更多的是注满了红叶情思，不自觉地刻意去读"荆溪白石出，天寒红叶稀"（王维《山中》），"玉露凋伤枫树林，巫山巫峡气萧森"（杜甫《秋兴八首》），"雨径绿芜合，霜园红叶多"（白居易《司马宅》），

"红树蝉声满夕阳，白头相送倍相伤"（元稹《送卢戡》），"山明水净夜来霜，数树深红出浅黄"（刘禹锡《秋词二首》），"雨后碧苔院，霜来红叶楼"（韩偓《效崔国辅体四首》），"好是经霜叶，红于带露花"（李中《江村秋晚作》）这类诗。并从审美高度上觉得杜牧《山行》已不限于描绘每个人所熟悉的景致，诗人当风劲霜严之际，独绚秋光，将笼山络野的红叶比之春花，而实际上春花并不能当此大观，可见诗之真意是在秾桃艳李之外。后来读《西厢记》第四本第三折中的"碧云天，黄花地，西风紧，北雁南飞，晓来谁染霜林醉？总是离人泪"的句子，又觉红叶出好诗，不惟唐人，王实甫也深谙此中之道。崔莺莺一句"晓来谁染霜林醉？总是离人泪"，诉尽了千古哀音，其悲绝处不知倾倒了多少痴男怨女。后又发现"碧云天，黄花地，西风紧，北雁南飞"也是元代另一杂剧高手关汉卿散曲《张生赴选》中的名句。而"晓来"一句则是隐括金代《董解元西厢记》卷六中"莫道男儿心如铁，君不见满川红叶，尽是离人眼中血"而成。王实甫、关汉卿的名句又是拟宋初词人范仲淹《苏幕遮》"碧云天，黄叶地，秋色连波，波上寒烟翠"所为。据早期宋词版本，"黄叶地"是作"红叶地"的。红叶也好，黄叶也好，实际上都是祖唐人杨凌《江上秋月》中的"惊秋黄叶遍，愁暮碧云深"；或是司空图《寄永嘉崔道融》的"碧云萧寺霁，红树谢村秋"。一片红叶，引出如许诗情，难怪意气风流的唐人会演绎出那么多"红叶题诗"的故事。这也正可见出我们民族文化心理传统中历史积淀的审美情趣。于我，大学四年的读书生活，书中总是夹一二红枫叶，既欣赏它凋伤后的凝重色彩，又醉心于用它作书签的诗意美。还曾郑重地将它夹在唐诗欣赏的手稿里，送一位自己倾心的要看手稿的女孩，并题上"何当红叶如斯艳，疑是花魂窥我诗"的句子，可临送她时却又怯生生地抽出。现在想来，那经过风雨的红叶，并不都是"霜叶红于二月花"的。它很艳，但更多的是幽艳；它很美，但更多的是凄美。

去年秋季回故乡，童年梦中白云生处的人家已多了些现代社会的商品色彩，少了许多昔日的恬淡、幽静和深邃。但黄昏里，漫山遍野依然流曳着一组组红色的旋律，依然跳动着蝌蚪形的音符。微风吻着洒满红叶的驳驳山径，像是在提示着一个童话般的回忆。抚摸着那两棵儿时爬上爬下的占枫，感慨和着忧伤如朦胧的梦旋转着，同片片红叶一起轻坠在远古如初的寂寞里。那一刻，云绕山巅，雁飞残月，使人顿生一种百感苍茫的复杂意绪。树树如此，叶叶犹红，而人再也寻不回稚嫩的童梦。三十而立，建立了什么？体认了什么？感悟了什么？一时难以说得出，也难以说得清楚。只有从那飘落的万千中拾一片最红的、红得凄然的枫叶，裹一缕秋风，染一抹白云，然后夹在淡绿色的《全唐诗》里，扁扁的，像是压过的不曾有过承诺的悠悠相思。

岁月流逝，枫叶红了一秋又一秋，而自己从大山里带出的红叶情思也一年浓似一年。十几年了，望着选出来的这点有关唐诗的文字，心里惴惴不安，是否太浅了，太披离了。梦痕断续，或轻或重。如说还有可取，就是对唐诗艺术峰巅的零星体认多少还有些幽微之处。其野芹之献，还恳望学界同仁批评指正，并借此向为本书作序的袁行霈先生和帮助出版此书的徐彻、陶然先生致以深切的谢意。

此书编就之际，又是满山红叶之时。听淅沥秋声，义想起了家乡那两株高大的古枫和洒满红叶的林间小路，梦里依稀，这幅家乡秋景多少回都拂之不去。何时能聚一二知己，将心灵契合在时空的波光里，怡然自得中，听大自然的韵律和节奏，"林间暖酒烧红叶,石上题诗扫绿苔"(白居易《送王十八归山寄题仙游寺》),或多或少各自都能获些幽然与遐思。

《唐诗赏论》,初国卿著,辽宁人民出版社 1991 年 7 月版

也是“杂格咙咚”

——《诗文艺术琐论》跋

这本书的内容很杂，记得 20 世纪 80 年代初三联书店曾出版过一本书，名《杂格咙咚》，其实我们二人的这本书也是“杂格咙咚”，但水平无法同《杂格咙咚》相比。

我们二人的相识是在去蛇岛的小船上，时间是 1983 年秋。那次去蛇岛只是虚行一场，船绕岛一周，管理部门拒绝登岸，尽管船上载有好几位北京来的知名教授。去蛇岛而未见蛇，只好望着蛇岛的山岚雾影失望而归。

过了八年，1991 年秋，我们二人组织了一次“旅顺之秋”散文笔会，为圆八年前的梦，特意去了次蛇岛。一行人在蛇岛足足考察了大半天，连岛上的小黄狗都和远来的作家们成了朋友。本书扉页上的合影即是那次所摄。

相识蛇岛是一种缘分，尽管一个在大连，一个在沈阳，但友谊从此建立起来。平平淡淡，从从容容，多年来，工作虽然繁忙，联系却未间断。每年夏季住在沈阳的总要携三五朋友到大连、旅顺度假，漫步海滨、品尝海鲜，于波光云影中洗去酷暑的烦躁。每届年底，家在大连的也会自己开着车，拉着妻子女儿到沈阳住上三五天，不是为了踏雪，更无处寻梅，而是聚聚朋友，乃至朋友的朋友。咖啡一壶或是淡酒半樽，谈天说地，品茶论文，从未有过的放松。

生活、友谊就是这样平和悠长，想起来很有些像旅顺的大葱、鱼酱咸鱼大饼子，又似沈阳的家嫂炖干豆角，尽管平常，但总让人忘不了。

细数年轮，二人都已近不惑之年，这本集子里的文字，虽是稀松平常物，但毕竟是工作之余的点滴积累。结集为《诗文艺术琐论》，只是为了一种保存，或是留给自己品尝。如此，或许少些方家哂笑，不致过于汗颜。

时值深秋，沈阳街道两旁的银杏树叶已呈鹅黄，大连也正是菊香蟹肥的时节。秋高云淡，金风送爽，借此机会特向帮助过我们二位的朋友致谢，尤其感谢赐序的周汝昌先生和责任编辑于洪乔先生。

《诗文艺术琐论》，张冼星、初国卿著，辽宁人民出版社1996年9月版

感谢绿茶

——散文集《不素餐兮》后记

我始终认为文章首先是写给自己看的，因此文章最应写出自己的爱好，自己的性灵，不管别人如何评价，自己得喜欢。本书所选文章有些人或许会感到平凡得不值一谈，但对我来说却是十几年的生活积累，是我对文化和人生的观察、体认与参悟。想一想，从大学毕业到不惑之年，我的全部业余爱好就是买书、读书、喝茶与写文章。今天的这本书就是我在业余时间里喝着茶，喝着绿茶而写出来的文字。

读书，喝茶，我想这是谁都不会否认的良好习惯，要比古时的"《汉书》下酒"、"唐诗佐饮"及今天的一篇文章一包烟或一壶咖啡要好得多。在当今咖啡和可乐大举登陆中国，几乎占领年轻人消费市场的情势下，喝茶在某种程度上已成了中国的国粹，尤为值得提倡。对此一问题，鲁迅先生早在《三闲集·革命咖啡店》中就曾说过："我是不喝咖啡的，我总觉得这是洋大人所喝的东西（但这也许是我的"时代错误"），不喜欢，还是绿茶好。"

绿茶好在哪里？不妨多说几句。

绿茶在选料早（上）极为讲究，多取茶之嫩芽，所有的茶都有一个美丽动听的名字，或同神话传说连在一起，或与名山胜水结合一块。每种绿茶都各具特色和香气，如龙井有豆花香，碧螺春有瓜果香，太平猴魁有兰花香，信阳毛尖有鲜玉米香。凡此种种需要敏感和训练有素的喝茶者才能体会出来，所以品茗者总是把喝绿茶的人称为"绿茶阶级"。"绿茶阶级"多少有点贵族气，这是和绿茶本身的名贵与喝茶者的审美能力联系在一起的。

我很羡慕产绿茶的地方，也很羡慕喝着绿茶长大的人，那是一种文化的蒸煮、熏陶和浸泡。我从小是喝山村里的井水长大的，骨子里难免有山野气；上了大学才开始喝茶，大学毕业后才会喝绿茶。因此很欣赏绿茶的诗意，向往生产绿茶的地方。晚唐杜牧《茶山》诗说："山实东吴秀，茶称瑞草魁。"产茶的江浙之地到底与其他地方不一样。这种不一样有时只可意会不可言传，借用宋人杜耒的《寒夜》诗就是："寒夜客来茶当酒，竹炉汤沸火初红。寻常一样窗前月，才有梅花便不同。"在寒冷的夜晚，朋友来了，是以茶相待好，还是以酒相待好？如果要静看一下窗前月下的梅花，当然还是喝茶好。什么茶，诗人没有说。我想当是绿茶。

产名茶的地方，给人的感觉是山好水好人好，甚至连狗也好。那一年在西湖灵隐村，我们几个人到一家茶农里买茶，那家的女主人是个少妇，叫缪云荷。我们买了她家的龙井新茶，还参观了她家的茶作坊和炒制茶叶的工艺过程。又在她家的小院里喝了一通她亲手炒制出来的龙井新茶，那茶清香得真有如六月里雨后绽放的豆花。泡茶的水是村里特有的山泉水，虽比不上虎跑泉的水，但也别有一番甘美。我们同女主人一边拉家常，一边品着龙井新茶，不知不觉就喝完了一大壶。品完茶后，我们要去天竺寺的"三生石"，女主人领着一只小花狗执意要送我们。从她家到天竺寺要翻一座长满竹子的山岭，岭上竹林蔽日，莘草摇曳，一条小路蜿蜒前伸。小狗在前边跑，不时就没了踪影，女主人只是轻轻地"呶，呶"两声，它马上就从草丛中折了回来。女主人一直将我们送到山顶，直到看见了天竺寺那黄色的院墙才在我们的劝说下不再相送。有趣的是那只小花狗似乎同我们很有感情，跟在我们身后，任主人怎样呼唤也不回去。眼看快到了天竺寺，才在我们的大声喝斥下往回返，跑了很远还依依不舍似地回头瞧着我们。茶乡有韵致，那山那人那狗也有韵致，真像极品绿茶一样让人难忘。

好茶是大自然中存在的，能品出好茶还在于人的审美意识与审美层次。

明朝的屠隆在其《考槃余事》中说："使佳茗而饮非其人，犹汲泉以灌蒿莱，罪莫大焉；有其人而未识其趣，一吸而尽，不暇辨味，俗莫甚焉。"他说若用好茶来招待不会饮茶的人，无异于将甘泉灌溉没用的蒿草，罪过是很大的。有那么一种不识茶趣的人，不辨茶味，一口就将佳茗喝光，世间再没有比这更俗气的了。怎样喝茶才算不俗呢？清人梁章钜在《帝田琐记》里记述静参道士把茶的品等分为香、清、甘、活四种："茶品之四等，一曰香，等而上之则曰清，香而不清，犹凡品也；再等而上之，则曰甘，香而不甘，则苦茗也；再等而上之，则曰活，甘而不活，亦不过好茶而已。活之一字，须从舌本辨之。微乎！微乎！然亦必瀹以山中之水，方能悟此消息。"由此看来，只有用舌头才能悟得茶的好消息，或说有什么样的舌头就会有什么样的茶，还可以说好舌头比好茶更重要。那么，好舌头是哪里来的？答曰：是从美好的情趣与不俗的修养中来的。

茶品如此，文品亦然。文章虽然一时难分四等，但明眼人一看也便能分出超拔高雅与平庸鄙俗。《青箱杂记》中曾有这样一段话："山林草野之文，其气枯碎；朝廷台阁之文，其气温溽。晏元献诗但说梨花院落、柳絮池塘，自有富贵气象；李庆孙等每言金玉锦绣，仍乞儿相。"这即是品位高低的关系。文章之品位最主要的还是得之于文化的熏陶，并不仅仅在于人的勤奋或是作品的多少。悬梁的孙敬，刺骨的苏秦，囊萤的车胤，映雪的孙康，追求的还只是读书入门的基本功，因此我们直到今天也未见到他们的好文章。乾隆作诗四万三千首，没有一首让后人口耳相传；张若虚平生只留下两首诗，一首《春江花月夜》就让后人永世难忘。道理何在？明末清初之际的钱谦益在为李君宝的《恬致堂集》写的序言中说："文章者，天地英淑之气，与人之灵心结习而成者也。与山水近，与市朝远；与异石古木哀吟清唳近，与尘埃远；与钟鼎彝器法书名画近，与世俗玩好远。故风流儒雅、博物好占之士，文章往往殊邈于世，其结习使然也。"可见，"灵心结习"是成就好文章的根本，这当与品茶的"舌本"是同一种道理了。

茶是喝给自己品尝的，文章是写给自己看的，甘苦自知，高下自识，尽管有"文章老婆，不同之好"的说法，然而理智面对，个人还是心知肚明。

我说文章首先是写给自己看的，当然了，一旦布之媒体，也会对他人产生影响，因此还是小心为是。前些天偶然翻看一本杂志上的文章，就吓了我一大跳。那文章开头说："整理旧报纸的时候，翻出一篇初国卿先生写的散文——《烟雨文溯阁》。一种古老凝重的历史气息扑面而来，令我禁不住在这个寒冷的日子里，想到故宫去怀古。"文章的作者名姜含愫，一个很诗意的名字，想来一定是位喝着绿茶长大的人。还好，我的散文只是一个中性的影响，没有别的，后果只想去沈阳的故宫走走。这说明，文章又不仅仅是写给自己看的，除非是写完了你自己读一遍就锁起来，但那又不是平凡人所能做得到的。像我，还想要出版这本书，俗了不是？大概也是一个见了好茶而"未识其趣，一吸而尽，不暇辨味"的俗人，像那个唐代的卢仝，连喝七碗，惟觉两腋习习清风生，饮牛饮骡一般，全然没有妙玉那种用绿玉斗"一杯为品"的情致。

说到情致，想起了董桥先生说过的一段话，他说："文字可以素服淡妆，也可以艳若天人，但万万不可毫无情致，毫不婉绝。"我特别赞成这一说法。记得清人蒋坦在记情小品《秋灯琐忆》中写秋芙所种芭蕉，叶大成阴，秋来风雨滴沥，枕上闻之，心与俱碎。一日，蒋坦在芭蕉叶上戏题云："是谁多事种芭蕉，早也潇潇。晚也潇潇。"第二天见叶上续书数行云："是君心绪太无聊，种了芭蕉，又怨芭蕉。"字画柔美，为秋芙所作。这种情致是多么地可爱，说女人是"解语花"，即应是秋芙这一类，想必也该是喝着绿茶长大的吧？

本来想写后记，稍不留神则陷到了绿茶的氤氲气氛中，好在我的这本书也是在写喝茶与读书，没有离了大谱，同是"不素餐兮"。感谢帮助我成就这本书的所有朋友，正因为有了你们，我的生活才每天充满了阳光。你们之于我，那是真正的"绿茶"，是西湖龙井、洞庭碧螺春或是敬亭绿雪。

《不素餐兮》，初国卿著，作家出版社 2002 年 4 月版

清茶一杯，说淡淡心事

——《期刊的 CIS 策划》后记

我有一件清代浅绛彩瓷笔筒，做工周正，瓷质细密，典型的光绪早年浅绛瓷画。深山古木，平水沙洲，陂头茅亭，小桥流水。桥上一高士拄杖而行，画之上方一行书："杖藜扶我过桥东。凌瘀山人。"满蕴元人黄子久的笔间风情。"杖藜"一句出自南宋僧人志南之诗："古木阴中系短篷，杖藜扶我过桥东。沾衣欲湿杏花雨，吹面不寒杨柳风。"这首诗是宋人绝句中的名篇，童蒙尽知。作者僧志南的名气显然没有诗大，而那位在笔筒上作画的"凌瘀山人"更鲜有人知。我曾遍寻有关典籍，终不见关于此人的记载，为此惆怅久之。转想苏轼有诗："泥上偶然留指爪，鸿飞那复计东西。"今日我所认真收集求证的事物，可能不过只是当日飞鸿偶然留下的爪印。昔人或许无意流传，率性随喜，偶一为之；后人如我者则孜孜求证，辗转考校。而此后的人也许会如此对我，可我们有限的一生里能留下多少可供指认的印记呢？对于从事文字工作的我们来说，不过是自己所编辑的一本期刊或是写成的一本书，像当时的一件浅绛、一首绝句，不管有没有想过要流传，只要作品本身传承了真情美意，就会成为千秋之间的一份精神食粮。所以，作为报刊人，且在认真地做着报刊的人们，不知道将来要引得几多后人的考据和研究，从我们留下的雪泥指痕中去印证一段历史，探索一份情怀，那就是我们留给后人的每一份报刊，每一本书。

因为这蓦然的感悟，在写这本书的时候，我则不敢有丝毫的怠慢。这一方面是回头看自己多年的期刊生涯，最初可能只是因为对期刊事业的热爱，就像当日的志南和尚面对春光时的心情。在期刊的编辑领域里，从最初的"古木阴中"起步，历经无数次的"杖藜"而行，从桥西走向桥东，其间既有乍暖还寒的"杏花雨"，也有吹面温煦的"杨柳风"，每一幕都让我难忘。"新闻是历史的史稿"，就如同面对僧人志南的诗或是凌瘀山人的笔筒，想到印在纸上的出版物总会有引起后人保存或是注意的时候，为了不让这样的后人失望或是弃之如敝屣，我们当认真去写认真去做。

《期刊的 CIS 策划》是我思考了三年多的时间，在 2003 年完成的。从 1983 年当期刊编辑开始，20 年间，我当过杂志社的编辑、编辑部主任、社长、总编辑、主编。20 年间，曾为四本杂志写过创刊词，也为两本杂志写过终刊词，备尝了做期刊的辛苦与欢乐，同时也感到期刊作为一种内在理念与外在形象相结合的特殊产品，最应当有一个带有共性的规范化的策划方略。2001年，在给省里期刊编辑培训班讲课的时候，我读到了一本《现代企业识别系统》，书还未读完，我就有了期刊也应实行 CIS 策划的想法，觉得我们的期刊在进入市场化的过程中缺少基本规范和品牌效应，而这种规范和品牌效应最应当有一套适用于所有期刊的可操作方案的。这个方案应该就是 CIS 策划，而且期刊相对于其他企业还最有进行 CIS 策划的必要性。于是我利用了大约一个月的时间接触了多位进行 CIS 策划的专业人士，形成了一个初步的《期刊的 CIS 策划》写作提纲，并在工作之余积累资料，终于在 2003 年秋完成初稿，当年冬定稿。

列宁曾用"齿轮和螺丝钉"比喻商业社会与期刊的关系，强调期刊不该跟时代脱节，不该跟读者疏远。商业社会给期刊带来的难题越多，报刊越应该设法在这台大机器中发挥一点作用。如今，"只问编刊，不问市场"的做法已经行不通了，期刊跟读者的关系是生产者跟消费者的关系。期刊的策划、编辑、排版、印刷、装订、发行等工作都是商业社会所开动的大机器上的"齿轮和螺丝钉"。期刊有读者买，有读者看，小齿轮小螺丝钉在大机器上才算发生作用。如何让期刊更好地发挥小齿轮、小螺丝钉的作用，最好的办法就是将期刊办成品牌。

什么是期刊品牌？用中国期刊协会会长张伯海先生的话说："期刊品牌就是指期刊媒体里面那些由内在的丰富底蕴与外在的完美风采结合而成的高智力产品。"如今，人类已进入一个"速读"时代，或说"资讯烦恼"的时代，在这样的一个时代，读者更多地是寻求"精品阅读"，而"精品阅读"的重任毫无疑问地将由具有沉淀性、深层感、精致度的品牌期刊来完成。那么，将期刊办成品牌，最好的行之有效的办法是什么呢？是 CIS 策划！

《期刊的 CIS 策划》如能给期刊人在打造品牌期刊的过程中一点点启发，我愿足矣！

董桥在《夜读浮想》一义中曾有"立言三境界"之说："著书立说境界有三：先是宛转回头，几许初恋之情怀；继而云鬟缭乱，别有风流上眼波；后来孤灯夜雨，相对尽在不言中。初恋文笔娇嫩如悄悄话；情到浓时不免出语浮浪；最温馨是沏茶剪烛之后剩下来的淡淡心事，只说得三分！"相比较而言，《期刊的 CIS

策划》不管是在对期刊策划的理解上，还是文字功夫上，充其量都只是第一种境界："几许初恋之情怀"，希望诸位方家和读者对此书多提批评意见，以使我今后能有机会在孤灯夜雨之中，捧一杯明前龙井，在一袭豆花香里，与大家再说淡淡心事。

《期刊的 CIS 策划》，初国卿著，辽宁人民出版社 2004 年版

作家为了消遣，也写点书法

——序《九秩挥毫——李正中书法集》

十七世纪欧洲大画家、巴洛克绘画代表人物鲁本斯（Peter Paul Rubens）曾任荷兰驻两班牙大使，常在御花园里作画、有一天宫中一位侍臣走过，打趣说："唷，外交家也画几张画消遣呢。"鲁本斯正色道："错了，艺术家有时为了消遣，也办点外交!"去年春天，我在采访李正中夫人朱媞时，说起李先生当年曾就学于长春法政大学，毕业后当法官，也曾有过涉外经历，于是我就将鲁本斯的这件轶事告诉了他。折冲尊俎或事业专攻而义寄情于艺术的，当然不止鲁本斯。如民国时的叶公超，身为外交家，但还是著名书法家。辽海学人王光烈，本身是报人，同时也是著名书法家和篆刻家；于省吾曾是张学良"东北新建设"时代的辽宁省税捐局局长，但却是著名的古文字学家，其书法作品如今一字难求。李正中先生也是如此，他本身是法学科班，东北沦陷时期的著名作家，《东北文学》的主编，当过东北民主联军，做过工人、农民，任过沈阳石棉制品厂红专学校的校长，这些不但没有妨碍他，相反却更激励他成为一个著名的书法艺术家。正因为如此，我才向他讲述了鲁本斯的轶事，也很情愿地应其所约，为他的书法集写下如许文字。

一

东辽河的源头伊通，是李正中先生的故乡。1936 年，他 15 岁时考入吉林一中，这是一所著名学校。在这所学校里，他不仅遇到了两位影响他一生的老师——李文信和孙常叙，而且还在这座城市里找到了自己的红颜知己——后来成为东北沦陷区著名作家的朱媞。两位恩师给了他超拔的学识、诗人的气质和不俗的书法境界；朱媞则给了她爱情、亲情和创作激情，并与之携手终生，成为东北沦陷区文学创作中的著名夫妇作家。

说起李文信，李正中先生颇多感慨。在他的记忆中，李文信先生非常朴实严谨，既不趋附，也不张扬。他入学不久，市里派来日本人教日语，又要求校职工均须按伪政府规定着装草绿色"协和服"。老师却不改常态，经常穿一身深色粗质地的西装，项间系着黑色蝴蝶结或黑色领花，间或穿着直领的中山服，可谓别具风范。他记得老师还兼任一部分美术和音乐课，亲见老师画雄鹰图，题名《苍穹振翅》。上美术课时老师经常带着学生到松花江边速写捕鱼人的生活，音乐课则吟诵唐诗，诸如李颀的《古从军行》，开头一句"白日登山望烽火"，每每让学生激情暗涌。在这样的老师引领下，不仅使他学业大进，其思想、人格也得到健康向上的发展。七十多年后，他收到李文信之子李仲元先生整理出来的他与老师的合影一帧。见到当年与老师在榆叶梅边的合照，他激动异常，特意到摄影社复制放大，并撰写《记忆中的不朽形象》一文，以此纪念这位恩师。

他在中学时的另一位恩师孙常叙，诗书传家，与李文信先生一样，为东北地区的顶尖学者。他研究甲骨金石，擅长考据训诂，兼涉书法篆刻与古琴绘画。在孙先生的指点下，李正中的文学创作与书法创作自然起点不凡，连他早年的书法用印都是孙先生所刻。多少年过去了，展转城乡，许多收藏都一一散失了，但当年老师写给他的几页信笺始终带在身边。他说这是老师对他的关爱，更是对他的鼓励。

在这样一生难遇的两位高师指点下，李正中的中学时代就颇呈才情，经常在报刊上发表诗歌、散文。在此期间，他认识了朱媞。那时朱媞刚刚 15 岁，正在读吉林女子中学师范班，本名张杏娟，也喜欢文学创作，是女子中学里有名的美才女。朱媞是李正中为她起的笔名，她正是以这个名字载入了中国现代文学史。我曾就"朱媞"之名询问过张老师：为什么要起这样一个名字？她说那是李正中的主意。我询之李先生，他也是笑而不答。我想这也如同他当年曾用过的笔名"杏郎"，一样有着才子浪漫而缜密的情思。"朱"的本义是"赤心木"，即树心为红色的树小。《说文解字》道："朱，赤心木，松柏属。从木，一在其中。"他是寄望朱媞赤心为情，忠贞不二。"媞"的意思是美好安舒。《诗经·魏风》里有"好人媞媞"之句；晋傅玄《艳歌行·有女篇》中则说："有女怀芬芳，媞媞步东厢"唐人张九龄在《酬通事舍人寓直见示篇中兼起居陆舍人景献》诗中也有："飞鸣复何远，相顾幸媞媞。""媞"成了美好女子的代称，如郁达大的夫人孙荃就小字"潜媞"，张学良的夫人赵一荻亦名"赵媞"。所以李正中为他的恋人取名"朱媞"，真是运足了才子心智。当然，朱口更没有辜负"杏郎"的美好憧憬与期望，以其一片芬芳之才情，创作出了一批"媞媞"之作？1943 年起发表成名小说《大黑龙江的忧郁》，此后陆续在报刊上发表文学作品，《小银子和她的家族》、《渡渤海》广有影响，朱媞之名开始为时人所关注。1945 年在长春出版小说集《樱》，这是东北沦陷时期的最后一部文学作品。1986 年，春风文岂出版社出版了梁山丁编选的东北沦陷时期女作家小说选集《长夜萤火》。书中选了 8 位女作家的 31 篇作品，以生年先后排列，分别是萧红、刘莉、梅娘、但娣、吴瑛、蓝苓、左蒂、朱媞。当然这都是她嫁给"杏郎"之后的事。

1941 年，李正中毕业于长春法政大学法学系。1943 年 3 月与朱媞在长春结婚。那一段时间他在伪满长春地方法院任法官，任上的两件事，显示了他作为一个中国人，中国学人的良知与血性。

第一件事是 1942 年冬在长春发生一起震惊全东北的事件，即一名日本警察夜间被人在街头勒死。日伪统治者用酷刑逼供把王本章等 8 名农民屈打成招进行杀人罪公审。李正中和三名实习法官自愿担任辩护律师，据理力争，迫使法庭不得不做出无罪判决，8 名农民当庭释放，一时间巷相传，百姓拍手称快。

第二件事是为同班同学梁肃戎做辩护律师。梁肃戎是辽宁昌图人，大学期间即在长春从事地下抗日工作，曾任国民党长春市党部书记长。1943 年通过司法官高等考试聘为伪满长春地检厅检察官。1944 年被日本人以"反满抗日"罪逮捕入狱。为了营救这位老同学和抗日志士，李正中挺身而出，毅然做梁肃戎的辩护律师，并通过在法院的各种关系，最终使梁肃戎获得减刑并假释。梁晚年曾任台湾"立法院"院长，长期主张和坚持中国的和平统一。

1946 年，李正中夫妇于哈尔滨参加东北民主联军，在参加了"三下江南，四保临江"和"辽沈战役"后，定居沈阳。在沈阳六十年间，他被误解过，审查过，既做过车间的装卸工，义做过石棉制品厂红专学校的校长。"文革"期间还曾下放到建昌县碱厂公社东大杖子大队，茅檐蓬窗，瓦灶绳床，过了十年戴月荷锄、积肥薅草的劳作生活。1979年回到沈阳后，继续到原厂任职并相继离休，同时聘为沈阳市书法家协会副会长、沈阳市文史研究馆馆员。

九十年的岁月，对于李正中来说，可谓大起大落，经历颇多。从少年才子到血性法官，从知名作家到军旅戎装，从做工务农到著名书家，不管是腾达还是落寞，焚膏继晷，兀兀穷年，他始终如一地保持着清高而低调的人格本色。我常到浑河岸边那个极普通的住宅小区，到他那个光线虽然有些暗淡，但却满蕴书香墨韵的书斋里和他聊天。听他讲最喜欢的古人倪云林的故事，听他吟哦倪高士《怀归》中的两句诗："鸿迹偶曾留雪渚，鹤情原只在芝田。"他说虽然相隔了七百多年，但这两句诗仿佛也写出了他的心境。

二

李正中的心境从来都是诗意的，书卷的，淡泊的，有时或许还是无奈和血性的。但不管怎样，他从来对生活都充满着无限热爱，总是坚守着自己精神的制高点。世间每一个人都有着自己的精神制高点，即对精神富有的追求与坚守。李正中的精神制高点是诗，是散文，是小说，是与此相关的文化。在他看来，这些才是他人生的不朽之盛事。

在人生进入九十岁的时候，谈起故乡，谈起诗，李正中依然难忘母亲对他的启蒙教育。母亲不仅能持家理财，还是诗的爱好者，当他咿呀学语时，母亲就吟诵浅显的唐诗给他听，使他从小就倾心于诗的美妙韵律。外祖父的堂屋里，悬挂着老人家的手书诗轴，多少年后李正中都记得开头的两句："三十三年一刹那，人生到处可为家。"一个相当长的时期，夜晚灯下母亲边做针线边教他读诗，成为他固定的日课。

如果说是母亲从小给他诗教，那么从懂事起随着父母漂泊于白山黑水之间的背井离乡则给了他诗思。后来，一家人坐着新开通的火车来到吉林这个古老的城市并停留下来。从此，吉林北山的泛雪堂、旷观亭乃至湮没无闻的小玲珑埋香处，以及江边的渔火、天主堂的钟声和豪门大宅的壁咏楹联都让他徘徊其间，不忍离去。这样的诗教与诗思，终于让这位少年才子一发而不可收："有一天胸中的躁动终于喷薄而出，流入笔端，坠人诗魔，从此与诗结下了不解之缘。即使是后来处于万马齐暗的年代，身遭胼手胝足之苦，对于诗的依恋钟情始终牢牢萦系，不离不弃，如影随形，直到暮年的今天。"这是李正中先生70多年后对自己一生的回顾，也是对诗的执着表白。

1937年，16岁的李正中出版了处女作《余荫馆诗存》。这是一本旧体诗集。如今这部诗集已成珍本，很难见到，连作者本人手中也没有了。几年前孔夫子旧书网上曾拍卖过这部诗集，最终让人以几千元的价格拍走。因为第一部诗集难以寻到，所以在李正中后来出版的诗集中，几首上大学之前的诗作还是从当年的报刊上找到的，每一首都写得有模有样，见树见林。如16岁时写的《诉衷情·登北山》：

> 小桥曲径绕疏林，飞阁笼残阴。登临一眺千里，万事不再萦心。笙磬远，幽香沉，禅房深。江山隐约，尘海纷纭，暂驻低吟。

这样情景交融，感慨低吟的词作竟然是出自一位 16 岁中学生之手，不能不让人感叹。多少年后，他又出版了三部旧体诗集，《行行吟草》、《扶桑畅咏》和《正中吟笺》。了解李正中的人都说他的旧体诗写得好，格律严谨、充满性灵，殊不知"当时年少春衫薄"，先生早就是"新丰美酒斗十千"了。

1938 年，李正中考入长春法政大学。虽然学的是法律，但业余时间更多的是关注文学，同时为了更适应那个特定时代的感情表述，他的创作也由旧体诗转化为新体诗、小说和散文。在国破家亡的年代里，在日本占领者的高压政策下，和许多沦陷区的青年一样，李正中更是不甘做亡国奴，他内心深处怀着强烈的民族大义，始终坚守着作为一个中国人的道德和人格底线，不忘以自己的笔抒写自己的良知，将那一段我们民族所承受的苦涩、难堪、头悬杀身之祸的历史真实地记录下来。从 1938 年到抗战胜利之前，在《泰东日报》《大同报》《盛京时报》《满洲报》《斯民》《新青年》《兴满文化月报》《健康满洲》《学艺》《电影画报》《新满洲》《麒麟》《新时代》《新潮》《兴亚》《青年文化》《满洲映画》《民生》《干城》等报刊上经常能见到他的作品。为了既能隐蔽自己，又能使作品顺利刊发，他不断地变换着笔名：柯炬、韦长明、李征、郑中、郑实、杏郎、葛宛华、万年青、木可、李鑫、靳革、韦烽、韦若樱、魏成名、魏之吉、小柯、小金、余金、里刃、常春藤、史宛、紫荆等。作品不仅数量多，影响和知名度也越来越高，尤其是 1943 年他与朱媞结婚之后，他的创作达到高峰期。二人在东北沦陷区，成为与吴郎和吴瑛、山丁和左蒂、柳龙光和梅娘并称的知名夫妇作家。

关于李正中夫妇当年的创作，2004 年 9 月 2 日《长春晚报》

曾刊有上官缨《东北沦陷区长春作家群》一文，其中对李正中夫妇评价道：

> 尤其是沦陷后期，大约是 1943 年前后，由吉林市来到长春的青年夫妇作家韦长明（李正中）、朱媞（张杏娟）犹如乍起的一股清风，涌进岑寂的文坛，大批文学作品先后出版。有韦长明的长篇小说《乡怀》，短篇小说集《笋》《走向旷野去的人们》《绿色的松花江啊》《炉火》，散文集《无限之生与无限之旅》，诗集《七月》《春天一株草》，等等。接着朱媞短篇小说集《樱》问世，这是东北沦陷区长春作家群中出版的最后一本书。

我还读到过长春电影制片厂老职工王爱集的一篇文章，回忆当年他在沈阳读到李正中所编《炉火》一书的情景：

> 说起来，还是在我读中学的时候，从书摊上买到了一本《炉火》……虽说将要过去半个世纪了，可至今我还记得是黑面的封皮。封面的上方横写着书名，书名的下面又写着韦长明著。记得购书的当晚我没有看完，第二天我又逃学躲到学校附近的运河沿上将这本书读完了……虽然几十年过去了，应该说书中究竟写了些什么我都记不得了。但是，这本书所营造的那种压抑忧伤凄凉的情调，我至今也挥之不去。

一本沦陷时期所出且又早已湮没了多年的书，能让一个读者这样萦系多年，这不能不说是李正中和他那一代作家所升起的《炉火》在当年所燃烧的价值和意义。

三

在当年，李正中虽然是小说、散文、诗歌诸体兼擅，但在文坛影响最大的还是诗歌，即到长春之后的新诗创作。《七月》是他的成名作，在这部诗集里，表现出作者追求人间正义，憧憬光明的强烈愿望。在后记里他这样道出心底的声音："什么时候，我能够远离了我抑郁的思绪，向太阳底下放纵全盘的欢乐，忘掉了昨日，忘掉了那许多无用的幸福呢？"集子中《霜花》这首诗，则成为他在国破家亡之际，感时伤怀的寄寓：

我和你是小小的
凝在人家窗板上的霜花

从开始了小小的生命
小小的心里充溢了恐怖

你说咱们要溶化
要为人一嘘就溶化
……

我们战慄于寒冷的日子
织就了一片没有颜色的花纹
……

这首诗写在日伪统治的特殊年月里，以特殊的语意和符号，表达了内心深处的压抑与苦闷。明眼的读者当会有所意会，不难理解到诗人的本意所在。当年，他和那一代有良知的作家们用信念、勇气和文字做着精神上的抵抗，其中李正中的诗作，尤为让人关注。正因为如此，新中国成立后，他的多篇诗作才入选《中国新文学大系·诗歌卷》和《东北现代文学大系·诗歌卷》。

今天，李正中九旬已过，他已是当年不愿做亡国奴的爱国者和知名作家的极少数健在者。他和他们那一代作家几乎已经淡出了人们的视野，但他们已在中国现代文学史，特别是东北沦陷区文学史上书写下浓重的一笔。每每看到柯炬或韦长明这样的名字，都让我们发出深深的敬意。

1945 年 8 月，抗战胜利。李正中第一时间在长春和朋友创办了《光复日报》，并任主编，同时还任《东北文学》月刊主编。1946 年，他参加了东北民主联军，从此逐渐告别了文学创作，直到 1979 年，即早年其舅父魏近辰乩其"红羊劫后功名立"那一年，他从农村回到沈阳，才又拿起笔来。

1979 年以后，李正中老当益壮，笔耕不辍，先后以常风、里予、李一痴、李少秋、李莫等笔名在《吉林日报》《长春日报》《友报》《消费者报》《沈阳日报》《沈阳晚报》《文汇读书周报》《青少年书法报》《解放军文艺》《诗林》等报刊上发表了大量诗歌、散文和随笔。其中多篇文章都能有针对性地提出问题，针贬时弊，切中肯綮。如 2011 年 4 月 11 日刊发于《文汇读书周报》上的《谈梁任公集词联》一文，针对该报此前《梁任公的集词联》一文的诸多错处提出纠正，如：

　　"芳径雨歇，流莺唤起春梧"这一联的出处并非来自梦窗词，而是梅溪（吏达祖）《谒金门》与竹屋（高观国）《风入松》。另一下联"一春惟悴"应为"憔悴"。下半联出处为稼轩《新荷叶》，并非《鲜荷叶》。等等，等等。

以91岁高龄，尚能这般认真阅读，这般清晰地挑出一篇文章中诸多之错处，实乃奇绝，足以见出先生的敏锐与博学。另如刊于《青少年书法报》的《不只需要胆量——与蒋圣琥的几点商榷》、《闲谈"为人作嫁"》等也都颇有针对性和现实意义。

　　晚年的李正中先生虽然性情更趋低调与淡泊，他对生活态度却一如既往地充满了热爱，这也在他的散文创作中表现出来。如2007年创作的《有女儿真好》《耀眼的小花》等。其中《耀眼的小花》一篇写他家二楼南窗前没有封闭的平台上，铺着十多块匀称的水泥板，相连接的隙缝涂着一条条黑色的沥青，春天里，在那狭窄的沥青隙缝里生出了一枝小花：

　　　　我跨过窗台走近它，慢慢试着用手拨动花根处的沥青，但黑色的沥青已经与根须绞结在一起不可剥离了。我又唤妻提来水桶为它缓缓注水，但隙缝填得满满的，一任清水漫流向四周的水泥板，没有办法供它吮吸。看来它不需要援助，它倔犟地自力更生，它是自己生命的主宰。我伫立，我沉思。我所能做的只有拨动快门为它留下宝贵的身影。

小花的"身影"自然有着他自己的人生写照和感情寄托。后来，他拍的这幅照片和《耀眼的小花》一起刊于《沈阳日报》"万泉"副刊。其悲天悯物的细腻幽婉之情，博得了许多读者的赞许。

2008 年春天，家里养的春兰盛开了。兰花的清香和兰草的葳蕤让他格外欣喜，于是赋词《一剪梅》：

> 无风无雨小阳天，昨晨芊芊，今夕娟娟，绮窗悄放惹人怜，素萼翩翩，紫蕊珊珊。应是凡尘未了缘。
> 屏息香传，豁眸颜欢，也宜默对也宜言。记取花前，翘待来年。

面对一丛兰花，竟能生出这样一腔翩然而至的好情致。谁能想到这是一位快 90 岁的老人？这一年，先生 88 岁。

四

全媒体时代的最大特点就是信息发达，而信息发达最终的结果又是信息不对称。比如李正中先生，这样一个在文学领域颇有建树的作家，在那个年代卓有影响的人物，却在今天物质至上的社会转型期，渐渐被许多人忽略，而未被一些人忽略的部分却又是他无心插柳的书法艺术。即使是知晓其书法的人，也往往忽略其最核心的所在，盲目而世俗地追问"每平方尺多少钱"？

每当遇到这样的询问时，我都会反问："你了解李正中吗？"其实，当下的许多人并不了解李正中，包括辽海地区书法及文化界中人，就像这个地区的文化人并不了解这个地区的王庭筠、函可、郎廷极、年希尧、杨钟羲、郑文卓、金毓黻、于省吾一样。

而那些关注李正中书法的人，也未必有多少人真正了解李正中在书法方面的成就。比如：

——你知道他在 1938 年 17 岁时参加第六届东北地区书法展获

得银奖的作品写的是什么吗？是楷书马子才的《燕然亭》。

——你知道 1939 年他参加"中日书道展"获得金奖的作品写的是什么吗？是节临晚清赵之谦的《潘公墓志铭》，那幅作品将赵之谦"魏底颜面"的书法风格临摹得惟妙惟肖。

——你知道他的书法在日本的影响吗？他曾于 1991 年和 1993 年两次应邀在日本东京和长野举办"李正中书道展"，至今长野县商工会院里的巨石上还刻有他题写的篆书"商魂"二字。

——你知道他的书法在台湾的影响吗？1995 年 9 月，他应时任台湾"立法院"院长梁肃戎和"行政院"院长李焕的邀请于台北举办"李正中书法展"。李焕亲致开幕词，台湾故宫博物院院长秦孝仪、历史博物馆馆长黄光男、海基会副会长兼秘书长焦仁和等台湾许多高层人士及文化界名流悉数出席，分外隆重。其间秦孝仪和黄光男还分别邀请并陪同参观台北故宫博物院和历史博物馆。

——你知道他的书法在北美的影响吗？2001 年，他应邀于加拿大温哥华阜诗大学亚洲中心举办"李正中求索书法展"，时居北美的华人艺术家大都到场祝贺。

——你知道他的书法在长春的影响吗？2003 年，应邀于长春举办"李正中返里书法展"。此次书展汇聚了一大批长春文化名流到场，长春所有媒体均刊发对李正中的专访。

——你知道他的书法在英国的影响吗？2004 年应邀到世界知名的英国牛津大学举办"墨海留痕书法展"。旅居英伦的亚洲艺术家们大都到场，对其书法创作给与了很高的评价。就是那次书展期间，他与朱媞坐在牛津大学访问学者办公楼前庭院的长椅上，地上铺满了秋日的红叶。两人怡怡然，笑态可掬。他说"那是一生从未有过的恬适"。

——你知道他在当今中国诗坛和书坛的影响吗？2011 年，中央美院编辑了一部《中国当代学人自书诗词墨迹选》，选人 33 位在世的 80 岁以上学者兼书家的自书自作诗，每人五首。此书汇集了当今中国学界和书界的大师级人物，如饶宗颐、冯其庸、周汝昌、周退密等，其中东北只有李正中一人人选。

尽管他在书法创作上有了这许多成就与影响，但他从未将书法作为一种职业追求甚至艺术创作，更没有将书法作为换钱的"艺术品"。他始终认为书法之于他是一种恬适生活的自娱，是挥洒性灵的载体，这正如其《西行吟草十二首》之一所言：

> 人誉我书我不喜，人贬我书我不馁。
> 但求自娱兼娱人，得失乖戾任评议。

他写于 2003 年的《癸未岁暮》一诗表述的是同样的心境：

> 我书非古人，先贤俱往矣。
> 我书违时风，唯写我自己。
> 登山叶纷披，入室杯浮蚁。
> 泚笔漫涂之，妙趣孰逾此。

李正中的书法创作，大体可分为两个时期：一个是少年时代至参加东北民主联军时期，一个则是 1979 年从农村回到沈阳以后。

第一个时期的书法虽然早早获奖，但更多的是将其作为一种书写工具，或说一种创作载体，从未想到将来要当书法家。在长春读大学时，他与当时著名书法家、篆刻家、报人王光烈多有交往，并师从王氏习隶书和魏碑。有一次，王光烈拿了一函装裱好的魏碑字帖，让李正中为其题签，并说"你的魏碑比我写得好"。这让李正中很是惶恐，但违不过王光烈的意思，还是斗胆在字帖上写了题签。这件事让李正中感到在那些学人师者辈中，从未将书法当做一种了不起的艺术而获取名利，更未将书写者分成森严等级，而是将其作为一种传播思想文化，与文字相生相伴的一种工具而已。几年前，我曾求李先生在我收藏的一副王光烈的对联上题跋。他说老师的作品不敢乱说话。我说如 70 年前你在老师的字帖上题签一样，正是老师所希望的。于是他在这幅对联上题道："希哲老乃东北文苑耆宿，诗文书篆俱精，世誉为东北三才子之一。上世纪三十年代有幸识荆长春，承蒙不弃，结忘年交。其间馈我墨宝泉文印多件，均失落乌有。今国卿兄以所藏见示，当系早岁习作。睹迹怀人，能不怆然。乙丑李正中拜观记之，时年八十九。"于此正可见出他与王光烈的深沉情缘。

从参加东北民主联军开始，李正中的书法创作基本就中断了，直到 1979 年从农村重新回到沈阳，回到石棉制品厂，他才又拿起几乎三十年没有摸过的毛笔。那时他的办公室是一间废旧的仓库，就是在那间旧仓库里，他又找回了少年时的感觉。因为有着丰厚的文化底蕴和良好的学养，他虽然三十年不写字，但提笔后稍加调整，在别人看来即有"气自华"的感觉。1981 年，他参加"沈阳市群众书法大赛"获得一等奖。他儿子李千在报上看到后回家对妈妈说："有个人名和我爸一样，挺厉害的，得了书法大赛一等奖。"他妈一听笑了，说那个人正是你爸爸呀！那一年儿子已经 26 岁，但从不知道他身边还生活着一位大书法家。这就是李正中的本色，从未将自己当书法家，也从不跟孩子们说自己擅长书法。

1986 年，他参加"沈阳市新楹联比赛"荣获一等奖。他创作的对联是《题友园宾馆》联："胜友如云，名扬塞北；涉园成趣，美越江南。"不仅音律对仗工稳，且巧妙地将"友园"二字嵌入其中。主办方评论此联是："熔裁古语，妙笔天成。"后来此联刻石在友园宾馆的门柱上，成为沈阳楹联文化的一道风景。

五

晚年的李正中先生在书法创作上更关注的是书法背后的文化内涵，这方面他写了多篇文章，或是批评，或是呼吁。如他 2007 年 6 月 12 日刊于《青少年书法报》的《诗文不容随意写》一文，针对当下书界中颇著声誉者的"佳作"，每每出现意想不到的文理不通或信笔篡改，甚至有见怪不怪，蔓延成灾之势的现象，提出严肃批评，并举例当年《书法》杂志第五期介绍的某个"百强榜人物"书写的柳永词条幅里的错别字说："'箫'作'肃'，'吟'作'金'。'临'作'望'，'年来'作'来年'，'恁'作'凭'，令人不忍卒读。我孤陋寡闻，所见尚如此，如果博闻强记，那恐怕真会是骇人的另番风景了。"同年 7 月 31 日，他又于《青少年书法报》刊发《虚伪的炒作——评"中国二十人在日本书法展"》一文，针对某媒体"中国二十人在日本举办书展"的报道中称："把代表现代中国书坛最高水平的书法家及其最新创作成果介绍给日本同仁。"在列举了参展成员名单后，又说此次展出"几乎囊括了当今中国书坛的领军人物和精英创作层"，并且"将对日本书道界产生深远的影响"。先生看了参展成员名单，挑出参展作品多处错别字后，对这种吹嘘和浮夸之风给予了深刻的批评，并斥之为"狂妄无知"！

不可否认，中国书法近些年来确实涌现出不少的"狂妄无知"之辈，致使当下的书法艺术已沦为官场化、市俗化和市场化，并成为沽名钓誉的工具。"朝学执笔，暮即自夸其能"，不讲笔法，专讲构成，不讲传统，专讲流行，以及"鲁鱼亥豕"不分的种种现象随处可见。对于书坛之种种恶情劣趣和奇闻怪象，李先生早就深恶痛绝。他曾在 2005 年写的《书坛揽胜五首》中予以深刻的揭露：

> 书坛景致又翻新，十丈洁宣染墨痕。
> 只是凡人那得看，腾云驾雾美猴揪。

> 保安林立气萧森，声势威严不可侵。
> 谁搞暗箱谁肚晓，焉劳武士大敌临。

> 如今展事太新鲜，作品归咱又索钱。
> 金奖银牌鸳谱点，虚名肥水尽欢颜。

又在《回首年来书事戏为三律》中揭露书坛之怪现状说："俚句俗谣凭照录，居官营贾竟登先。""立说开派皆盟主，办展出书不夜天。""适履削足日创新，只求形貌不求神。""北辙南辕事聒噪，西风东土漫联姗。"以诗的形式对书界歪风立此存照，让那些混迹书坛的浮躁粗鄙之辈无地自容。

　　我一向认为书法是一种艺术，更是一种载体，离开所承载的内容，书法就只是墨的涂抹。所以在所收藏的诸种书法作品当中，我最喜欢的是题跋，其次是自作诗稿，再次是信札。因为题跋从来都是书家综合能力的体现，能题跋者，首先要读懂和理解所题作品的内容，其次是组织精到的题跋语言，最后才是提笔落墨。可见题跋作品首要的条件是学识与学养，其次才是书法技巧。诗稿也是同样的道理。然而时下满大街的书法家，能在宣纸上写出自作诗的人却不多，能题跋的则更少见。大多提笔就是"白日依山尽"或者"春眠不觉晓"，连"迢递高城百尺楼"都难见到。所以当有人问我对书法喜欢唐诗还是宋词的时候，我宁愿说"喜欢菜谱"，因为菜谱多少还有些个性。

　　对于书法的个性问题，李正中先生曾有过中肯的意见。早在2004年长春"李正中返里书法展"上，当有记者问他对时下的"流行书风"有何评价时，他则说：

　　　　每一个历史朝代的书法都有自己的个性，没有个性，书法就没有生命力。但个性是靠学养和功力支撑的，对于那些学养一般、功力较弱的人来说，会很容易陷入"个性"的陷阱而出不来。呈现个性固然重要，但传统的东西不能丢，个性只有用学识和素养积淀起来，才会更坚实，更有美学价值。否则一味追求"流行风"，只会浮夸一时，终会被历史所淘汰。

　　对于自己的书法，他说："我的书法作品要呈现一种精神，一种真诚。在书写的时候，不要总是想着要有人赞扬、成名。要以一颗真心来写，要以真诚的态度来对待书法。我写故我在！我写我自己！"如今，当所有流行都成为过眼云烟的时候，回过头去看李正中的这番话，更觉语重心长。

正是以"我写故我在，我写我自己"的平常心，才使李正中的书法表现出了一种精神，一种真诚，同时也充满了个性。尽管他的人生遭逢战乱和动乱，但由于其笔底毫端饱含着丰厚的文化修养和沧桑的人生阅历，这就无形中使其书法作品带上了郁勃的时代风采和醇雅的文化意蕴。

关于李正中的书法艺术，书界中人都知晓他师法清人赵之谦。这一点他自己也承认并以此为宣示，如他在《临池杂咏i首》之所道：

> 龙门大乘臻丰妍，凝重雄浑孰比肩。
> 慎伯更生功倡导，百年低首赵悲庵。

如同当年李白"一生低首谢宣城"一样，李正中则是"百年低首赵之谦"，由此足见他对赵之谦的崇敬与服膺之情。

在晚清的艺坛上，赵之谦是一位书画篆刻都让人耳目一新的全能大师。李正中学书伊始从"龙门二十品"入手，以北碑为基础，兼容秦篆、汉隶笔意，最终归结到赵之谦一路。晚年在赵之谦风格上又融入萧散冲澹、直率朴拙之书卷气，从而形成自己沉稳老辣、古朴茂实、雄浑洒脱、奇伟峻拔的风格，字里行间既有跌宕的风致，又有翩然的气韵，既显现出自由而又充沛的生命本原，又真正达到了"人书俱老"的境界。

通观李正中的书法笔调，可谓扎实而又不失灵动，两者风格结合得非常到位。说其扎实，是指每一字的点画波磔、提按顿挫，均起迄分明，交待得清清楚楚，毫无含糊拖沓之处。说其灵动，是指落笔之时重处不浊不滞，不积不累，轻处血脉流贯，游丝掩映。至于用锋的偏正藏露，也是随机应变，交替互出，不主故常，从而达到一种丰腴而不剩肉，清劲而不露骨的效果。

在具体结字上，他也是匠心独运。如每一个字中，都有一个精神绾结中心，然后再由中心舒展四旁，有敛有放，像本书所收的"何处春江无月明"和"云帆转辽海"句，每字的精神绾结处都凝聚在字心的中心偏上部分。再有每字的疏密结构也是苦心经营，真正做到疏处可以走马，密处不使透风，如"发"字的上密下疏，"浪"字的左疏右密。从而造成了一种艺术上布白与留黑的强烈对比，茂密和疏朗的相映成趣。另外，平整之中略取右倾之势的结字习惯，排列起来，风樯阵马，颇为壮观，如"好风吹梦客思家"一句，字字相倾相依，很好地达到了奇正相生的美学效应。这些结字艺术说到底还是他取诸碑所长，深悟笔意和精神气骨的结果，更是他在良好学养下随心所欲，心手双畅，一任自然，率真挥洒的结果。

率真的书法，自然的人生，曾有人这样归纳他："视岁月如砚开砚合，淡名利如墨浅墨深，汇古今在毫起毫落，融沧桑于歌诗歌吟。先生乃真人也。""真人"之晚年尤为崇尚元代的倪云林，倪氏的高洁、疏简与幽淡对他影响很大，最终养成心中"芝田雪渚"那一缕乾坤清气，从而铸就了一个既有文人情怀，又有学人博识，更有书人儒雅的文化遗民型作家和书法家。在他的生活里，尽管电脑吐字的时代早就到来，但窗竹摇影，野泉滴砚的光景依然挥之不去，心中向往的总还是青帘沽酒和纸上风月。90岁之后，他的大部分时间是陪夫人朱媞在家中读书写字，很少到公开场合。2011年"七一"之前，沈阳市文联在市中心的恒隆广场举行"相聚党旗下"辽沈文学艺术家走红地毯活动。那一天，全省的知名艺术家都来了，连多少年从未露面的老艺术家也在保姆的搀扶下来到现场。李正中也在多方的动员下到场，但他只露了一面就悄悄回家了，更没有去走那红地毯。电视台女主播拿着话筒采访他，他却摆摆手什么也没说。这让我想起了倪云林。当年吴王张士诚的弟弟张士信差人拿了金钱画绢请他作画。倪氏大不高兴，撕绢退钱。他不想与这样的人有来往，更不想为其作画。过后泛舟太湖，正遇到张，于是他被痛打一顿，却始终噤口不出一声。事后有人问他，他说："一出声便俗。"

身上颇有云林之风的李正中先生从未将自己视作什么大书法家，当然更不会给自己不喜欢的人写字。在他心中，属意的还是文学，自负的仍是当年沦陷时期的良知与血性。这一点，或正好比照鲁本斯的话："作家为了消遣，也写点书法！"

辛卯秋月于沈水匏斋

《九秩挥毫——李正中书法集》，辽宁人民出版社 2011年 12 月版

中国瓷本绘画

——序胡越竣、陈树群《浅绛百家》

　　夏至这天，沈阳高温 33 度，累计已 22 天没有降雨。中午，到收发室取回了来自宁波的特快邮包，打开一看，是越竣寄来的宁波特产望海茶。精致的大包装盒里，规矩地摆放着六小盒新茶。里面还有一张光盘，是他和陈树群先生新近撰写的《浅绛百家》一书的初稿。他在电话中嘱我为其写序，不想还有新茶相赠。茶礼难却，想起《红楼梦》里王熙凤对林黛玉说的话："你喝了我们家的茶，怎能不作我们家的媳妇?"看来我也得给他作好这篇序才是啊。于是忙不迭地打开泡上，一边轻啜着云精雾华的望海茶，一边在电脑上细读着文强的新书。鲜爽略带微甜的茶香伴着文字的清雅细腻，更有一幅幅浅绛彩瓷图片所折射出的山水华滋、美人情韵和书卷气息，33 度的夏热倒浑然不觉了。我一边看《浅绛百家》图文并茂的书稿，一边想到了一个词：瓷本绘画。这四个字在大脑中一出现，我立时精神起来，这应该是界定浅绛彩瓷艺术定位和艺术价值最好的一个词，这可能也是前人从未用过的一个词，于是我立即在 google 和百度上搜索，结果，两个目前使用频率最高的搜索引擎上均没有"瓷本绘画"一词。这一天是公元 2007 年 6 月 22 日，我为我们这一代收藏、研究浅绛彩瓷的玩家们创造了一个新词：瓷本绘画。

一

瓷本绘画，这是以中国绘画载体进行分类的一个概念，可以和绢本、纸本并列的一种绘画形式。中国绘画以载体即用材而论，有绢本和纸本，另外还应当有"壁本"（即壁画，其中分为寺观壁画、洞窟壁画和墓室壁画）、"石本"（石刻，岩画及画像石一类）、"木本"（如黄杨浅浮雕及留青竹刻等）等等。但最主要的还是绢本和纸本，接下来论成就与普及程度，则当属"瓷本"。

然而瓷本绘画在中国绘画史上从来都难以和纸本、绢本绘画相提并论。美术史中虽然涉及瓷绘，但那是将其作为瓷器的一个手段列入工艺美术中讲的。而中国绘画史则根本不讲瓷绘，版画、壁画，甚至岩画都可以进入中国绘画史，但瓷画却难以列入其中。这里最主要的原因即是瓷绘多是匠人之作，缺少个性与文化内涵，尤其是官窑器，画得再好也是"依样画葫芦"，只能列入工艺美术类。

传统的绘画史可以这样认识，但瓷绘尤其中国民间瓷绘从来都是与中国纸绢画有着紧密关系，深受纸绢画影响的。《邓白美术文集》中曾有这样的论述："瓷器的彩绘装饰，自从吸收了绘画的技法以来，使它得到了惊人的发展，不论青花、五彩等瓷器，出现了绘画风的装饰以后，更发生了崭新的面貌。"考察中国绘画史，我们可以得出这样的结论：瓷器上的绘画始终是与中国纸绢画同步或是相应出现的。这方面，孔六庆先生在《中国陶瓷绘画艺术》一书中有更具体的归纳："如随着宋代白描的成就而出现了宋磁州窑黑花；随着元代水墨画的成就而出现了元青花。随着明代成化朝宫廷绘画的成就出现了成化斗彩；随着明清版画的成就出现了康熙古彩；随着恽南田没骨花卉的成就出现了雍正粉彩，随着文人山水画的风行出现了晚清浅绛彩。这个动态发展的历史过程，显示了较为清晰的陶瓷绘画系统。"从这个系统里我们可以看到，浅绛彩瓷成为中国瓷本绘画是经历了一个漫长过程的，它是中国绘画发展的必然，也是中国瓷器发展的必然。

"瓷本绘画"也是随着瓷绘的发展应运而生的一个词。早年，"瓷画"一词在一般的辞书中都难以查到。1958 年，中国古陶瓷专家王志敏先生根据出土的明代残瓷与传世整器为研究对象，出版了《明代民间青花瓷画》一书，这可能是"瓷画"一词的最早使用。1989 年，张浦生先生出版了《青花瓷画鉴赏》，2004 年，孔六庆先生出版了《中国陶瓷绘画艺术史》，2006 年，萧湘、李建毛先生出版了《瓷器上的诗文与绘画》，逐渐将瓷画纳入了理论化与系统化的研究。尤其是后两本书，都对浅绛的绘画艺术进行了深入的探讨。看起来，浅绛的瓷本绘画属性不仅在收藏市场上得到人们的追捧，在理论上也为人所认可了。

其实在刚刚进入二十一世纪的时候，浅绛的艺术价值就及时地得到了专家的首肯。朱裕平先生在《明清陶瓷》一书中说："浅绛彩虽在清末民初有相当影响，但真正卓成大家的还是屈指可数。这些大家的作品，流传下来的又很少，因此其价值实在不在清三代官窑之下，这是一个有待于人们逐渐认识的艺术宝库。"朱先生此书 2001 年 2 月由上海书店出版社出版，那时，浅绛彩瓷还刚刚为人认识，梁基永先生的《中国浅绛彩瓷》一书出版还不到一年，许多古玩店的陶瓷经营者还不知道浅绛彩为何物，称其为"软彩"的时候。那时，我虽然已收藏到了近百件浅绛彩瓷，但还没有程、金、王三大家的作品。那时候，追寻得到一两件三大家的作品，是我梦寐以求的事。随着浅绛的不断升温，大约到了 2002 年前后，民间收藏的浅绛精品逐渐露面。最为重要的是雅昌网的推动，在这个平台上聚集了一大批中青年浅绛收藏家，交流、探讨、转让，许多浅绛精品纷纷面世，并从海外不断回流，一个世界性的浅绛彩瓷收藏热蓬勃兴起，有机会让我们在最快的时间里见识了那么多的大家精品。

通过这些浅绛彩瓷精品，让我们感受到了那个时代艺术创造的生命力。某种程度上说，瓷绘发展到晚清官窑即已到了没落阶段，而浅绛无异于是让瓷绘起死回生的一剂丹药。正是浅绛瓷绘的一场革命，不仅挽住了以官窑为主的瓷绘的堕落之势，同时也使中国瓷绘艺术步入了一个新的里程。

浅绛彩瓷以文人画的内涵与雅韵确定了中国瓷本绘画的地位，为中国瓷器赎尽了千年匠做之罪，使其能堂而皇之地登上绘画这个大雅之堂，这正是浅绛的千秋功绩。

二

从公元八世纪唐人设立官窑到 1911 年清朝覆亡，封建社会的官窑制存在了一千多年。这样一个漫长的历史过程中，尤其是在道光朝以前，我们很难在官窑器的制作史上找出一个富于个性的瓷绘大师。那是因为官窑器的制作制度决定了它不可能出现大师，制作官窑的工匠只能按照朝廷发来的经过皇帝审定的样子，以专门分工流程，勾原则为线的专门勾线，填色的专门填色，根本没有个性可言，作品上更不能署上瓷绘者的名字。官窑器虽然精美绝伦，但却缺少艺术个性和文化内涵。所以，尽管陶瓷上的绘画与丝织品上的绘画几乎同时面世，但中国绘画史上从来没有瓷绘的位置，瓷绘只是工艺美术史中的一个类别。千百年来，瓷绘始终背着一个"匠做"的罪名，徘徊于绘画史的边缘。

在这个过程中，官窑器丢掉了一个自新的机会，那即是清代著名督陶官唐英所制的"唐窑"。唐英督造的瓷器不但集过去所有制作之大成，而且制作水平和质量都达到前所未有的高度。如他绘制的诗文笔筒和书写的《朱文公家训》瓷板等，颇具文人气与书卷气，完全脱开了宫廷官窑的碧丽堂皇和缺少文化内涵的窠臼。然而，唐英这种形制的官窑却没能坚持发展下去。尤其是清三代以降，以程式化和精美度为主的官窑器越来越缺乏个性和文化内涵，纹饰、款式总是局限的那些，瓷绘步入了宫体的、衰老的、贫血的时代，萎靡不振的堕落时代。

然而同任何事物一样，堕落到了尽头，转机也就自然来了。

清王朝到了道光、咸丰朝，国势江河日下，尤其是道光二十年"鸦片战争"以后，朝政和整个社会陷入令人窒息的阴霾中。景德镇御窑厂也一改往日的繁盛，珠山石畔，半弓园里，浅草残枝间都是细弱的虫吟，入夜的窑火也显得虚空而疲倦。在这样的情势下，千年古镇里忽然吹进一股清新的风，接着是小楼细雨，深巷杏花声声。这就是兴起于民间的瓷绘艺术：浅绛彩瓷。这种由瓷绘者独立完成的低温釉上彩瓷深受市场欢迎，也为喜欢文人画创作的画家们找到了一条新的生存之路。同时，这种瓷绘艺术也很快传入濒临倒闭的御窑厂中，在金品卿和王少维的两支笔下，民间艺术得以进一步升华，御窑厂里出现了"瓷本绘画"——浅绛彩瓷正式登上了中国瓷器的最高殿堂。

浅绛彩瓷的出现，是中国瓷业走到绝望之时的新生。它的诞生过程先是民间，然后进入御窑厂，高潮时达成御窑厂与民间同生共荣。从当今存留下的浅绛彩瓷作品看，在清同治和光绪两朝，浅绛彩瓷以生龙活虎般腾踔的节奏，让瓷绘艺人们如大梦初醒般心花怒放。从来没有过的创作热情，从来没有过的多产。当年，景德镇御窑厂和民间共有多少人绘制浅绛彩瓷，浅绛彩瓷共生产了多少，我们今天已无从考证，可能永远也难以考证清楚。最终我们可能会统计出今天存世的浅绛彩瓷作品有十几万件，作品上有名有姓可查的也会有近千位瓷绘者。有人会说，这不是很多啊。但是你想过没有，当年的浅绛彩瓷多是实用瓷，至今历经百年，而且在这百年中它既进不了博物馆，也人不了收藏家的眼，绝大部分都成为历史的残片，掩入尘土之中，而留存下来的可能不足万分之一。这一点我深有体会。沈阳的肇新窑业是著名的民族瓷业公司，1923年由著名爱国人士杜重远创办，1982年关闭。在它最兴隆的1928年，年产瓷器一千余万件，曾向沈阳的每一户居民赠送餐具一套。这样的规模和生产数量，生产时间离我们现在也不是很远，但目前在沈阳想寻找一件肇新窑业的瓷器却是很难了。我用心搜求十来年，也只得到五十余件，已是很难得了。而离我们已一百余年的浅绛彩瓷，且在一种集体无意识的忽视下，能有多少留存下来。今天我们还能见到这样多的浅绛彩瓷，说明当年它的生产量是相当大的，以我们现在比较常见的俞子明、汪照黎、高恒生等大众化的作品计，每个人的存世量当不在二百件以下。如果以十分之一的比率存世，那就是每人产量在两千件；如果以百分之一的比率存世，那就是每人产量两万件。以此而推，七十余年，几千人的创作队伍，当年共生产了多少浅绛彩瓷，可想而知。所以在今天，经过一百多年的使用、摔打，我们还能在全国甚至海外大部分地方都能见到浅绛彩瓷，不能不说与当时浩大的产量有关。当然这样大的产量并不都是精品，或者说绝大部分都是普品，甚至许多作品还是粗制滥造之作，只有极少部分能成为艺术精品，这就是我们今天见到的程门、金品卿、王少维、王凤池、任焕章、汪藩、俞子明、汪友棠等人的精心之作。

浅绛彩瓷的繁盛一直延续到光绪末年，这是一场美丽的瓷本绘画的创作热潮。这热潮里有灵性，灵性里有战栗，瓷绘家们终于在瓷作上寻找回了自己，实现了个性价值的最大发挥。

三

浅绛彩瓷的诞生确实是瓷绘领域里的一场革命，它将瓷绘工艺转变为瓷本绘画，并使这一绘画形式得到定型，让民国的新粉彩和后来的文人画家在瓷上绘画有了一个良好的开端。它的价值与地位可以从以下几个方面予以探讨。

第一，从技法上看浅绛彩瓷的绘制更接近于绘画。

第二，浅绛彩瓷打破了官窑瓷的制作程序，瓷绘者从图稿设计到彩绘完成均出自一人之手。

第三，瓷绘艺人第一次将自己的名字落款于瓷画。

第四，"浅绛"作为中国瓷本绘画的定型之作，集中国瓷、中国画、中国书法、中国诗词、中国篆刻这五种最具中国特色最有文人气的艺术于一体，可谓国粹艺术的大集合。

第五，浅绛彩瓷的拓荒之举为后来的以"珠山八友"为代表的文人新粉彩及青花瓷本绘画打下了一个坚实的基础。

有了这五点，浅绛彩瓷集最具中国化和书卷气的艺术于一体，第一次集体有意识地署上创作者的名款和纪年，形成中国陶瓷史上的两个重大转变：瓷上绘画由御窑匠人和民间匠人向文人的转变；由"描"向"写"的转变。将瓷绘变成了真正意义上的个性创作，使一批有个性且在纸绢画上有不凡功力的文人画家一反官窑程式化的描摹手法，在瓷上浑洒笔墨，尽情抒写胸中逸气，表现了文人画那种超凡脱俗的艺术风骨，创造了中国瓷绘艺术史上的一个高峰。它那一个个在以往瓷器上难以见到的诗书画印和谐统一的清雅画面，一个个或寥廓或幽秘或温婉或张扬的夐绝而脱俗的境界，都会让人的审美情致深陷其中，陶醉其中。在这种艺术面前，让人没有错愕，没有疑惑，没有杂念；有的只是赞叹，还有透过那清澈的釉彩，与文人瓷绘家的亲切如梦境的晤谈，以及文化观照下的传统魅力和我们欣赏者所升华的一片无尘的心境。这是瓷绘艺术中的顶峰，是美术领域里的国粹。从这里回头一望，似乎连清三代官窑器都是一种过程了，不用说唐代的铜官窑和宋代的瓷州窑，那更是过程中的过程。至于鸦片战争后晚清所留下的最黑暗时期没落官窑的罪孽，有了浅绛这样的中国瓷本绘画，不也是洗净赎清了吗？向前替官窑器赎清了千年匠做之罪，向后将中国瓷本绘画的圣火传给了另一个顶峰，以"珠山八友"为主的新粉彩手中——浅绛彩瓷的千秋功绩就这样得以彰显出来。

四

越竣和树群的大作《浅绛百家》，正是为浅绛这中国瓷本绘画树碑立传之举。我和树群先生不熟，但他肯定也是一位文雅的性情中人，因为能玩浅绛骨子里必有书卷气。越竣我是知道的，他生活中最大的乐趣是喜欢浅绛、收藏浅绛和研究浅绛，这在全国浅绛爱好者群体中无人不知，在雅昌网上以"高堂清雄"之名颇具名气。这方面，不需要我再多说。

越竣收藏浅绛的时间并不是太长，大约在 2002 年前后，但他的执着，他的悟性，他对浅绛的独特审美体认，却是一般人难以企及的。因为他的执着，他的可爱，大约是 2004 年，他感动了韦强先生，转让给他一件金品卿的人物瓷板。那件瓷板曾在《景德镇瓷板画精品鉴识》一书中著录过，古枫婆娑，红叶离离，江楼上，窗户半开，窗纱半掩，忧郁的美人独倚窗畔，低眉敛目，神思黯然。是在追想远山含翠的金粉记忆，还是在倾听雨打枫叶的昨夜遗音？瓷板上的行书题款是杜牧《南陵道中》的诗句："正是客心孤迥处，谁家红袖凭江楼。"颇能让人想像。记得 2004 年 9 月 1 日韦强在雅昌网的论坛里发贴子说："历时半载探寻，在众友和《江南都市报》同好的协助下，终于找到了著录于《景德镇瓷板画精品鉴识》第 57 页图 38，金品卿作于 1877 年'谁家红袖凭江楼'瓷板下落，并顺利收入囊中，为书屋又添一块浅绛三大家之一的佳品！'花间'老师义帮忙告之画意诗句出处，深表感谢！"后来韦强在电话里对我说，他得到这块瓷板不久，在一次聚会上遇见了越竣，他感动于越竣对三大家浅绛精品的焦渴之情和神伤之态，慷慨以进价转让。

"谁家红袖"，红袖谁家？如今，江楼绿纱窗里那略点忧郁、轻倩出尘的红袖美人终于落驻胡家。从此，越竣一发而不可收，浅绛大家的精品源源入藏，蔚然成为汀南浅绛收藏大家，这不能不说是"红袖"带给他的艳福。当然，他也有犯傻的时候。2003 年，他得到了一对金品卿梅花盖杯，发照片给我看，那真是金品卿的绝品。不料半年后他竟然鬼使神差地出手了，他告诉我后，我在电话中大发感慨，说这是中国浅绛彩瓷收藏史上最大的一宗"打眼案"。事后想想，也怪不得越竣，大凡聪明之人，总会有犯傻之处；一味聪明而不犯傻者，必不可爱。越竣可爱，所以必然会犯傻，这才是真正的聪明。

如今，越竣和树群合作，又拿出了他的另一件得意之作《浅绛百家》，这是他几年来收藏浅绛，研究浅绛的成果荟萃。通读他们的书稿，让我获益良多。

据我所见，在梁基永先生《中国浅绛彩瓷》之后，树群和越竣的《浅绛百家》之前，有关浅绛彩瓷方面的书籍不下十余种。但给人印象比较深刻的还是梁基永的《中国浅绛彩瓷》和陈建欣的《浅绛彩瓷画》，另外如赵荣华的《瓷板画珍赏》、香港艺术馆的《瓷艺与面艺》尽管不是专述浅绛之作，但也颇多创见。其他的浅绛彩瓷书籍，虽也不乏个人之见，但总的印象不深。个别书籍还编辑粗糙，许多赝品赫然列入其中，误导读者多多。在诸多的浅绛彩瓷书籍中，《浅绛百家》可谓是内容充实，理论与实用价值并存的一部，颇具可读之处。

首先，《浅绛百家》将近十年来的浅绛研究成果集于一体，成为浅绛彩瓷研究的集大成之作。这里有梁基永先生等人研究的基础，也有雅昌网上浅绛爱好者的研究所得，更有越竣与树群二人的研究成果，使此书体例科学严整，内容丰富翔实。比如书中的前言部分，分别叙述了浅绛彩的概念、浅绛彩的起源、浅绛彩的发展历程、浅绛画师的生平、浅绛画师的籍贯、浅绛画师的轩室号、浅绛画师的名号、浅绛彩瓷的历史地位，如同为读者提供了一个浅绛彩的发展简史。在书中，两位作者比较详细地介绍了107位浅绛名家，并分为早期浅绛：书画入瓷的历史开篇；中期浅绛：名家辈出的璀璨星空；晚期浅绛，文人瓷画的一抹晚霞；客串浅绛，彩瓷史上的独特绝唱。将浅绛各个发展阶段的特点及重要瓷绘家进行了系统的归纳与考辨,为浅绛彩瓷收藏者和研究者提供了一份比较全面而具体的第一手资料。

其次,《浅绛百家》颇具实用和参考价值。几年前越竣就在电话中对我说,我们玩浅绛的,如果有一个辞典式的工具书就好了,哪件作品、哪个瓷绘家,到这本书中一查就清楚了,那多好。现在这个工作由他和树群做成了,可谓功劳大大。打开这本书,其实用性特别突出,不仅将每位瓷绘家按各个发展时期定位,而且尽其可能地对各自的身世、籍贯、名号、斋名等详加搜集与考证。书中的附录部分也很有价值,比如《附录1:特殊款识及无款识的的浅绛》,就很有实用性。我们在市场上总能见到浅绛器物中有些款识落的不是作者的名款,而是其他款识如印章款、名号款、赠送款、定制款等,这样的款识最让人难以分辨。此书的这一部分正好解决了这个问题。再如《附录2:浅绛面师录(共465人)》列出了这样大的一批名录,是要花费许多精力与时间的,到目前为止,这是我所见到的搜集浅绛画师名录最多的一本书。尽管当时绘浅绛的人远不止这个数,现存的浅绛器中的画师也会多于这个数,但搜集完备却不是一朝一夕的事,更不是区区两个人的事。在这方面,此书的两位作者可谓居功至伟。

其三,书中综述了诸多新的颇有建树的学术观点,引领浅绛彩瓷的研究者循着这本书的思路,进一步深入下去。如关于浅绛彩起源的时间问题,作者综合了诸家之说,最后认定浅绛彩起源于同治年间,但具体时间待定。再如浅绛彩瓷与海上画派的关系问题,早期浅绛作品中的代笔现象问题等,都论述得清楚而有说服力。从这些方面,我们可见出《浅绛百家》一书绝不是一百位浅绛瓷绘家自然概况的罗列,而是在归纳、整理、分析的基础上提出和考证了诸多的学术问题,这一点,我认为是此书最具价值的地方。

《浅绛百家》的问世，我想这是我们这一代收藏研究浅绛者的骄傲，是我们这一代人对浅绛彩瓷的用力发现与收集整理才能达成当下的繁兴局面。这一点，网络尤其是雅昌网的"近代民国瓷"功不可没。是网络将全国的浅绛爱好者聚到了一起，整合到了一起，网友们还在几年间开了多次文人瓷画研讨会，这对于推动浅绛彩瓷的收藏与研究起到了历史上从未有过的甚至是难以想像的作用。比如浅绛彩瓷收藏网友都知道的那只程友石的梅花碗，它出现时间不长，全国的网友就弄清楚了它的底细，原来"这套梅花供碗目前共发现10余只，两只存河北沧州，两只存山东滨州，三只存浙江金华，两只存江苏无锡，一只存安徽蚌埠，一只存景德镇"。这种发现与聚合如果没有网络很难说得这般清楚。在这方面，借此书此序，我们要感谢网络，感谢雅昌，感谢全国爱好浅绛的网友们。

这篇序从夏至一直写到白露，历经了五个节气，是沈阳一年中最热的时段，但有《浅绛百家》的书稿和图片，有越竣赠我的"望海茶"，这个炎热的夏季对我似乎并没什么感觉，是不是"心有浅绛自然凉"的缘故啊。当此序要写完的时候，"望海茶"也见底了，我自然想起了越竣，拨他的手机，但始终不通，总是"不在服务区内"。过了两天，他的手机终于打通了，"我在西藏呢"。哈哈，稍不留神，他即精灵到西藏去了。"西藏有浅绛吗"？"没有"。"那你去做什么？""度假啊！"好嘛，到西藏度假去了。这就是我们新一代的浅绛玩家——追求极致，要玩就玩最具雅韵的中国瓷本绘画；要玩就玩到西藏去，玩到世界之巅去。我很羡慕越竣，此时他一定是在望着雪域高原上奔跑的牦牛而出神，眼前叠映出的肯定还是他心中的浅绛：程门的春鸭，王少维的渔樵，金品卿的红袖，王凤池的云树——中国瓷本绘画的精彩画面。

《浅绛百家》，胡越竣陈树群著，中国美术学院出版社2008 年 10 月版

文人画的瓷上涅槃

——序林声《玩陶集》

林声其人其事其名不用我多说，世人多知。几年前他数次到景德镇和浙江龙泉，亲身体会和坯入窑，挂釉绘彩的工艺过程，并创作出一大批瓷画作品。今结集成书，谓之《玩陶集》，约我为序。我惶恐不迭，连说不敢，可不敢。为人作序须有三条件：一是长者，二为师尊，三是同道中的佼佼者。我三条件均不具备，何以为序？无奈林公坚持始终，我只好应允，只是不敢称序，特拟此题，算作采访记，或说读画记。

一

秋日的午后，林公没有休息，约我在家中会面。先是在他的客厅和书房里一件一件欣赏瓷作，然后就到他院中的金银花藤架下品茶聊天。

早就听说林公家的金银花藤架很有名，这次见了果不虚传。出得楼门口，就可进入一条爬满金银花藤架的曲折长廊，一直走到楼前的园中。那金银花棵棵主干已有杯口粗，藤架密实，几不见光。据林公介绍，这一架金银花是20年前亲手所植，当初只有几棵，如今却已繁殖成这十余米长的藤阴花廊。从长廊一端出去，为一小园，里面种满了果树和蔬菜。回望整架金银花，只见在绿色的枝叶衬托下，小巧而清秀的花朵竞相开放，朵朵都是银瓣金蕊，新开的白花雅洁似银，早开的黄花温润如金，微风中一缕缕花香悄悄袭来，又阵阵飘散，深吸细品，其香有如茉莉，又似桂花。林公向我介绍说这金银花是一种攀缘缠绕性藤木，春末夏初开花，至秋不绝，花的颜色是先白后黄，黄白相映，故称"金银花"；到了秋末虽然老叶枯落，但叶腋间又有紫红色的新叶簇生，经冬不凋，所以又叫"忍冬"。因它是藤本植物，花叶对生，人们又给它起了个颇具浪漫色彩的名字"鸳鸯藤"或"鸳鸯花"。这样的藤花，光听名字都已经觉得够美丽，能在她的藤架下，与颇有情致的林公品茶闲话，真是一种享受了。藤花架下有两个石桌，多个鼓形石凳。我们就坐在石凳上，喝着林公亲手沏的上好云雾茶，听他谈人生，谈绘画，谈诗词，谈刚刚欣赏过的瓷绘作品。

谈起人生经历，林公有说不完的话。他 16 岁参加革命，28 岁被错划成全国最小的"右倾"机会主义分子，6 次见过毛主席，一年下放到煤矿当放炮工人，三年农村改造，五年市长、八年副省长座位。大半生埋首革命，还有官场政治，满肚子的信念、矛盾甚至还有点不合时宜。经历过建国前后的激情岁月，领受了 1957 年的残酷与屈辱，身陷"文革"十年的癫狂时代，最后全身心于改革开放的潮流中从政为民。他的经历不能不说丰富，然而他骨子里最难割舍的还是文化的一脉清气，郁结诗情，伏案书画，求一池春水，一架藤花，半帘斜阳，数剪花魂，求得文人生活的静雅和入骨相思。正因为如此，他刚参加工作就跟上了蔡天心和江帆一起搞土改；16 岁就是《辽东日报》的模范通讯员，3 个月发表了 16 篇稿子；后来到《鸭绿江》杂志工作，一天一夜就创作出大鼓书《王大妈防疫》，在《鸭绿汀》发表后，又为辽北省委机关报《胜利报》全文转载。正因为如此，他才会身居官位而难舍文人之情，编著出版那么多有价值的图书，《中华名匾》《中国百年历史名碑》《灯花吟草》《九一八事变图志》《中国教育改革琐言》《中国科技道路新探》《林声诗书画集》等等，如今都已成为藏书家搜求的紧俏之作。

二

离休前，他就是知名的书法家、散文家、诗人。离休后他有了时间和心境深入绘画领域，拜当代师，读古人画，在省政府大院中，他的画室每天晚上都会亮灯到下半夜一两点，自己还装了一台书画装裱机，亲手画，亲手裱，能尽快见到自己的笔墨效果。他说他退休后的工资收入大都买了名人画册，每天都会捧读这些名人作品，学习古人的笔墨技法。去北京最爱逛的地方是琉璃厂和潘家园，因为在那里能买到自己喜欢的绘画书籍，能搜到他崇拜的徐青藤、八大山人的精美画册。

功夫不负有心人，他终于成了画家，如今又成为瓷画家。说起离休生活，林公颇有哲人式的理性。他说：以当下的医学水平，人会活到 90 岁，那么就有三个三十年。前两个三十年生活事业可能不完全由个人做主，最后一个三十年，则完全由自己支配了。人生真正能认识和收获美、享受美的是后一个三十年。在这三十年里，人会忙闲自如，人会按照自己的意愿去做事，所以这个三十年是人生最有味道的阶段。大概正是在这种理念的支配下，林公才有了那么大的激情进行绘画和瓷画创作，才会向世人奉献出那么多有味道的文人面和文人画的瓷上涅槃之作。

文人画是中国绘画独有的概念，义是一个需要谨慎赋予的概念，不是任谁都当得起这个词，因为即使是文人画家的作品也未必都是文人画。我称林公的绘画为文人画，那是与其人其事相关的，是与他的文化学养、艺术造诣和风骨心性相关的。

唐宋以来，文人画为中国绘画创造了独特的文化形态，从个性化、心灵化的人本，到诗书画印一体的文本，文人画以纯正经典的东方气质和意蕴，而有别于西方绘画。国人自古作画与作文用的是同一工具，都是纸墨笔砚，文人对工具性能十分熟悉。他们用毛笔和宣纸写文章，写文章的同时也是写书法，写书法的过程又如同作画，诗文书画不分彼此，很容易相互丰富和融合，即所谓的"诗画一体"和"书面同源"。所以对于文人来说，最先成熟的艺术品种就是书法，最综合的艺术就是画完画题上诗。印章当然也是书画中常用的，特别是水墨画，盖上两三方朱红小印，就能倍增其优雅。这样，当诗、书、画、印这四种艺术美合为一体的时候，不仅增加了绘画的文化含量和艺术含量，同时一种中国文人独有的艺术美的形态也就创造出来了。

然而，虽然义人画与文人最为接近，但它又不是任由哪一个文人都可以画两笔的，因为文人画并不等同于"文人的画"，它有着一个特定的历史概念，也是一个特定的岂术概念，甚至还是一种特定的审美形态。文学性是文人画的重要特征，这一点从文人画的鼻祖唐人王维开始就已经确定了。某种程度上说，它不是供人观赏的，而是供个人抒发性情的；它不从属于眼睛，而从属丁心灵；它不是唯美的，而是唯心的；它不是技术的，而是心性的。一句话，文人画是文人直抒胸臆的艺术，是文人心灵的诉求。所以说文人画不等同于"义人的画"。然而令人遗憾的是，由于近代绘画与写作所用用工具的分化，从清末民初开始，中国文人逐渐离开绘画，文人画几乎在画坛销声匿迹；与此同时文人退出书坛的情况更为明显，导致今天年青一代书法家很少自己写诗，大多是抄诗，书法变成与内容无关的笔墨功夫，成为书法艺术最大的危机。因为书法相比绘画更是纯粹的文人艺术，而绘画只是文人介入的艺术。

又人离开绘画，文人画逐渐衰落的现象早在 1921 年就为陈师曾所发现，他在《文人画的价值》中说："文人画终流于工匠之一途，而文人画特质扫地矣。"痛感文人画的衰落，同时他又给文人画下定义说：义人画要表达独立精神、个人思想与情感，以及个性之美。陈师曾的时代，传统文人已到了最后一代，文人画也快走到了末路，其香火亟待后人来承接。

说到这里，我无意将林公提高到接续中国文人画香火之高度，但他有意无意地确是在实践着这样的行动，最有力的证明就是他的书画作品。

林公从小写作就是用毛笔的，也是从小就用毛笔写诗的，所以他是无意成书法家而成书法家的。在今天看来，这真是一种最高华的气派。退休后，当林公涉笔绘画时，笔墨功夫已有很好的基础，那是天性中就有的。因为"书画同源"之定律，大大丰富了笔的情致与文化内涵，而书法恰恰又是林公的擅长，这就使得他的创作一登场就活力无限和魅力十足。所以他能在较短的时间内就画出了那么多的文人小品，那么多的文人画。

林公当年曾跟宋雨桂先生学画，谈起那段往事，林公深有感触，他说："宋先生给了我信心，给了我勇气。我有时画得不好，他也会毫不客气地当场撕掉。那是一种刺激，其实也是一种鼓励。""还有杨老，杨仁恺先生。对我的绘画给予了多方面的指点，使我对艺术的认知和感悟有了很大的升华，应当说是杨老将我领进了艺术的殿堂。"这是林公的谦逊。在我看，也有他深植于心灵的艺术慧根，还有他对艺术的敏锐而通达的感悟力。

我一向认为，没有天赋不要尝试跨过文学艺术的门槛，否则付出太多最终还是没有回报。林公是那种天性就有文学艺术天赋之人，所以才会离休之后见成效。比如他早期创作的《苇塘夕照》，那种利用光的变化，水的倒影，树的独立，草的摇曳，山的邈远所构成的画面颇为生动，墨彩运用自如，开阖变化纯熟。画面以橘红色和黑色为主，只有数只白鹤点缀其间，表现了苇塘夕照下的辉煌和静谧，以及闲逸中的蓬勃与灿烂。正是这种先天禀赋，才使他在退休后不到几年的时间里，绘画天赋就显露出来，作品频频出现在各地的报刊和画册中，还出版了《林声国画精品选》《林声诗书画集》《林声自题画诗》等三本书画作品集，成为圈内圈外行家里手都认可的画家。

平心而论，按照院派的绘画理论，林公的绘画作品可能会有许多地方不合原则，但为什么人们还认可他，认可他的作品呢？究其实，还是因为他的心性和由心性所创作出的文人画。他是中国高级官员中为中国传统文化情结所缠绕所浸润，平生消受中国文化绝代风华的一辈人，所以笔下无论青山秀水，无论红莲绿瓠，无论茅舍楼台，无一不是胸中逸气的抒发。和他坐在藤架石桌边品茶聊天时，这种感觉会更加明显。他人很温文，也很严谨，传统的矜持融会现代的通达，精致的品味和自然的逸气是先天的加上读书读出来的。看他画集里的画，可用倪云林的话来评价，就是"仆之所谓画者，不过逸笔草草，不求形似，聊以自娱"和"聊以写胸中逸气耳"。他的画与他的个性结合起来，其鲜明的文人气质和书卷气就会扑面而来。宁静、寂寞、冲澹、孤高，这些都是他内心与性格的写照，也是他思想与精神的一个范本。

三

我没有问过林公，是什么原因促使他将文人画绘到瓷器上。或许不用问，还是他的天性和由天性产生的兴趣与爱好使然。

从 2003 年开始第一次到景德镇，他共去了四次，每次在那里要住上半个月。其间还去了一次龙泉窑。在景德镇期间，他早上 8 点钟就到窑场，晚上 12 点才出来，每天都是解衣盘衬，大汗淋漓，浑身的泥土和釉彩。民间曾有"世间三苦事，打柴、烧窑、磨豆腐"之说，当年毕加索要画瓷画，也是到西班牙的陶瓷工厂，花了两年时间学拉坯、学制釉。可见，艺术创作都是要经过一番透骨之苦的。在窑场中，他完全以清澄纯净的情怀，进入一种非功利的审美情态中，画笔或在素胎上点染，或在素瓷上挥洒，从早到晚，釉上釉下，都以一种忘我的情态进行创作。林公对我说：陶瓷有很大的窑运成分，有时你以为画得很好，但一出窑，完了，几乎没一个好的；有时你自感画得一般，出窑却个个成，窑变得好。每次开窑之前，他都会心跳加速，看到自己的作品烧制成功，他都会一夜难以入睡。历经艰辛，他终于收获了自己的近百件瓷画作品。

这些瓷画作品，大都画在瓶上，少量画在瓷板和罐上。作品有粉彩，也有青花，内容多是果蔬、水仙、梅、兰、柿、荷、松等文人画中常见的题材。这些作品集中国瓷、中国画、中国诗、中国书法、中国印这五种最具中国特色最有文人气的艺术于一体，可谓国粹艺术的大集合，成为与纸本、绢本画一样结构一样味道的"中国瓷本绘画"。

　　"中国瓷本绘画"是我去年为宁波胡文强先生出版的《浅绛百家》所写的序言中首次提出的一个名词。所谓"中国瓷本绘画"是相对于中国的绢本、纸本、"壁本"（即壁画，其中分为寺观壁画、洞窟壁画和墓室壁画）、"石本"（石刻，岩画及画像石一类）、"木本"（如黄杨浅浮雕及留青竹刻等）而言。在中国绘画史上，主要的是绢本和纸本，接下论成就与普及程度，则当属"瓷本"。然而瓷本绘画在中国绘画史上从来都难以和纸本、绢本绘画相提并论。美术史中虽然涉及瓷绘，但那是将其作为瓷器的一个手段列入工艺美术中讲的。而中国绘面史则根本不讲瓷绘，版画、壁田，甚至岩画都可以进入中国绘画史，但瓷画却难以列入其中。这里最主要的原凶就是瓷绘多是匠人之作，缺少个性与文化内涵，尤其是官窑器，画得再好也是"依样画葫芦"，只能列入工艺美术类。所以我们在近代以前的瓷器制作史上很难找到一个富于个性的瓷绘大师。那是因为官窑器的制作制度决定了它不可能出现大师，制做官窑的工匠只能按照朝廷发来的经过皇帝审定的样子，以专门分工流程为原则，勾线的专门勾线，填色的专门填色，根本没有个性可言，作品上更不能署上瓷绘者的名字。官窑器虽然精美绝伦，但却缺少艺术个性和文化内涵。所以，尽管陶瓷上的绘画与丝织品上的绘画几乎同时面世，但中国绘画史上却从来没有瓷绘的位置。尽管如唐代铜官窑上也出现了绘画与题诗，磁州窑和明清民间青花器上也有诗画创作，尽管清代著名督陶官唐英所制的"唐窑"也将诗、书、面、印集于一体，脱开了宫廷官窑的碧丽堂皇和缺少文化内涵的窠臼，但这些毕竟都是灵光一现，没有形成大的气候。真正将诗、书、画、印入瓷，将文人画入瓷的是清道光朝之后出现的中国浅绛彩瓷，那是真正的一种创作，由一人独立完成的瓷本绘画。

清末，徽商没落，造成新安书画业的萧条，导致大批新安派画家开始"西进"——到景德镇去改绘"瓷本"。于是产生了浅绛彩瓷，于是景德镇瓷画家中有了那么多的徽州画家，于是带动并延续了 70 年的浅绛彩瓷创作繁荣时代。浅绛彩文人瓷艺家，瓷上彩绘注重一个"写"字，写真山真水，写胸中逸气。因此，他们用笔率真，随意性较大，尤其是浅绛彩开山之师程门和金品卿、王少维、王凤池的瓷画，显出一种超凡脱俗的艺术风骨。另外，浅绛彩瓷不仅将诗、书、画、印自然地在瓷器上统合为一体，而且让瓷上署名成为一种必不可少的创作元素。瓷绘艺人将自己的名字落款于瓷画，这件事看似简单，但这在浅绛彩瓷之前却是难以想象的，虽然历史上的民窑陶瓷作品中也有落款的，如宋代磁州窑枕上的"张家造"，清代民窑青花上的"漱玉亭"、"凤羲具"等；官窑如清代的御制作品和督陶官唐英的作品等，但那只是偶然的个案，根本没有形成一种自觉和集体意识。究其原因，不管是御窑厂还是民间瓷绘家，他们所从事的都是地位低下的工匠之事；而舞文弄墨、赋诗作画从来都是上层文人所为，二者是风马牛不相及的。到了浅绛彩的时代，瓷绘艺人个体价值观开始觉醒，重视自己个性化的劳动记录，勇敢地在自己的作品上用自己的书法，题上自己的诗句，签上自己的姓名，报上自己的雅号，公示自己的斋馆，钤上自己的印章。中国瓷绘史上第一次有了知识产权的意识，这是一次破天荒的大转变。瓷绘艺人真正地登上了大雅之堂，他们从来没有得到过这样的自由和尊重，他们的艺术个性得到了最大程度的张扬与腾跃。那个可能是中国政治、经济与社会最为晦暗和压抑的时代，但对于景德镇的瓷绘家们来说，那可是他们这一领域里最为灿烂缤纷和最有成就感的时代。

　　然而，浅绛彩瓷绘家却犯了一个致命的错误，他们过于重视瓷绘艺术，却无形中忽视了瓷器的工艺性，没有在陶瓷工艺上真正地深入进去，致使作品瓷胎粗糙，低温烧就，虽然颜色中也渗有一定比例的溶剂，能产生一些光亮，但毕竟以生料为主，冈此烘烧后，光亮度十分有限，年深月久，经过磨蚀和空气氧化自然会失去光泽甚至模糊不清。另外，浅绛彩的瓷绘家还对颜料工艺性能把握不够，瓷上用料常常会显得过"生"或是过"火"。这种现象虽然不是出于浅绛彩瓷绘家的本意，但却证明了他们对陶瓷工艺的把握不够。浅绛彩之后的"珠山八友"则注意到了这一点，他们吸取前辈的教训，深知作为陶瓷艺术家，没有对其工艺技术的深入研究和熟练的把握，一切艺术追求都将无法实现。他们对粉彩的工艺性能，尤其是填色工艺非常重视。作品除了工艺上的精到之外，还有新的创造。如王大凡创制的"落地粉彩"，刘雨岑研究出的"水点桃花"，在用色上都能达到运用自如、驾轻就熟的程度。然而"珠山八友"虽然在工艺上比他们的前辈进了一大步，但却矫枉过正，在瓷绘上过多地使用"描"和"彩"，过分地追求事物的细腻、立体和真实之感，导致文人画率意、纯真、心性风格的丢失，使作品更流于"甜"和"腻"。这种风格可能会为一般大众所接受，但以文人画的审美要求米衡量，不免流于俗气。"珠山八友"的实践说明，中国瓷本绘画的完全成熟，必须依靠中国文人画的瓷上涅槃。

　　然而现代以来，中国文人画是走着一条式微之路的。在这样文人画越来越少的时代，如林公这样少许文人画家们能深入窑场，在瓷上创作文人画，其本身所赋予的文化意义和对中国瓷本绘画的建树也就非同一般了。

四

一件件欣赏林公的瓷画创作，每一件的瓷胎和釉色都感觉极好，没有一般浅绛彩瓷的胎质粗糙，或生或火，光亮不足之缺陷，件件都是胎质细密，釉色鲜亮，玻化感极强。在瓷绘上虽然不具备"珠山八友"作品中的细腻、写实，但却避开了"描"和"彩"，没有一丝俗的感觉。我问林公，你的这些作品和当年的浅绛彩瓷、珠山八友比，都哪些地方超越了呢？林公答我：艺术之间无法超越，只能区别。

林公之语，可谓精到，让我回味再三。忽然想起了清人包世臣《艺舟双楫》中的一段故实：翁方纲的女婿是刘墉的学生，翁方纲挖苦女婿老师的字说："问汝师哪一笔是古人？"女婿转问刘墉，刘墉说："我自成我书耳，问汝岳翁哪一笔是自己？"这不正是林公"艺术之间无法超越，只能区别"的最好注脚吗？

林公瓷画，一如他宣纸上的作品，多是生活中的眼前物，有的甚至是他院中果蔬的写意。他处理这些瓷上作品的时候，总是在克制"形"的约束，而放纵"神"的笔墨，甚至完全抛开了院体派那一整套既成的技术与程序。它不是制作，而是心灵走笔。粉彩作品是这样，青花更是如此。如那四只青花瓶，或是荷鱼，或是兰草，或是双鹤，或是柿树，都画得简约而满蕴生气。再如那只双松罐，画面重点突出松的双干，松枝与松针略略点染，但却画出了双松的非凡气势，诚如题款"松老无风韵自寒"。我惊讶林公在瓷上的运笔为何这般纯熟，一般讲，瓷上绘画不管是素胎还是素瓷，都与纸绢上大不一样，胎涩瓷滑。但从林公的作品中却看不出生涩与露怯之处。他的青花作品中既有元青花"一笔点染"的表现手法，又有晚明"分水青花"的技法运用，笔墨简练、纯熟，抑扬顿挫，浓淡有致。尤其是那些树木花果，笔势的顺逆往返，釉彩的轻重缓急，线条的粗细疏密，都表现出强烈的节奏和韵律。这种用笔的纯熟和技法的得当，不是得益于大量快速的生产方式，而是得益于他对艺术敏锐的感悟和深情的恋执。再如他的龙泉窑作品，更有一种"见朴抱素"的美感，一种"绚烂之极归于平淡"的美感。这正如朱熹在《太极图说解》中所言："上天之载，无声色臭味，而实造化之枢纽，品慧之根底也。""无声色臭味"正是老子所说的"大音希声"，也是这些龙泉窑作品的艺术精髓所在。

金银花藤下，林公的话题越说越多，越说越有趣，如同他瓷画上的意韵。在花的幽香和茶的清香里，太阳已从藤架顶上转到藤架边上。

我步出藤架，见小园中颇有些田园意境。墙边栽有桃、杏、李、枣、樱桃、山楂、香椿、丁香；同子里则种着大葱、生菜、黄瓜、丝瓜、瓠瓜，还有芍药、月季、蜀葵、牵牛花等。满园绿色，满园花香。林公见我喜欢园中景色，就拍着我的肩膀说："不要总是在忙碌中生活。忙是最要命的。你看：'忙'字是竖心加'亡'字，意思是'心灵的死亡'。要想法让自己有'闲'，那样生活才会有色彩，才是富有的人生。"林公此话，颇为人心，只有"闲人"，才是"贤人"。这是一个真正走过生活的人所道出的经典妙语。

站在同中，林公说他现在住的这个房子搬进来已有21年了，中间有关部门要给他换一个条件好些的新房子，他没有换，因为他对这里有了很深的感情。他刚搬进来时，这里是个破烂院，堆满了石头垃圾，他亲自动手收拾，好几年才有了这样田同式的风景，一草一木都有了性灵。房前一棵大榆树，房后一棵大杨树，这两棵树是林公搬来后自然生长的。有一年下大雨，房后的杨树倒了，后勤管理人员要将它砍掉，他劝阻说服了他们，最后重新扶正培土，还用石头砌了一个台保护它。林公说他对这两棵树的感情来源于上个世纪的三年自然灾害时期。那时他正在阜新工作，儿子有病，要到北京治疗，每个月要多给儿子 8 斤粮，这样他家里一个月就要有几天断顿。那时他住的地方也有这样的两棵杨树和榆树，不过和这正相反，杨树在房前，榆树在房后。饿得没办法就吃榆钱，榆钱吃完了就吃榆叶，还在晚上将房前大杨树上的枝叶采回来，煮了充饥。忆起往事，林公饱含深情："似乎上天知我心意，我搬到这里后，又自然地长出了这两棵树。这一榆一杨是我的救命恩人，也是我家的风水，所以我对他们感激不尽。"还有更重要的情结萦绕在林公的心中，这个院子让他时时想到母亲。林公母亲享寿 102 岁，老人家是戊戌变法那一年生人，1999 年 12 月 25 日逝世，只差 6 天，她就会走到第三个世纪了。林公告诉我："母亲在这个院子里住了很长时间，我每天下班回到家坐在金银花架下，她就会从屋里出来和我唠嗑。直到今天，我坐在老藤下时，眼前还会浮现出母亲坐在小板凳上的情景。"忆及此，林公湿润的眼眶里不时闪着泪光。

夕阳光照里，藤架下不时有几朵熟透的金银花簌簌落下，那声音，像宋词，又像元曲。我在林公的园子里摘了两根熟透的黄瓜种，准备拿回做老黄瓜种汤喝。林公说我这个选择很好，老黄瓜种清香愈烈，他也尝试做一餐。

林公还说，等过一段时间天气再凉爽些要为我画一幅荷花，这样细致的雅意我自然衷心感激。林公画作中，我最喜欢他清雅的小品，文人气息浓得很。在他的书橱中有一纸板红莲图，一朵盛开，一朵含苞。题款："诗堪入画方称妙，官到能贫乃是清。"清癯入骨，清气里藏不住傲气，傲骨之气，实在儒雅。

金银藤花架下的聊天果然是一次典丽的交会。林公走过二十世纪后半叶的风云岁月，心事与襟怀一样邈远，文思与友情一样深邃，短短一个午后，我们坐对藤花架下茶烟袅袅的旧事屐痕，既感叹经济繁荣过后的文化淡漠，也庆幸时代多元之下的精神放松。告别林公，我再一次回首那一架金银花藤，在传统庭院文化渐渐稀薄，文人画已然式微的时候，这里还有一位清雅之人可聊天，还有几架文人瓷画可欣赏，深感人间万事纵然销磨尽了，文化还有个依靠。

《玩陶集》，林声著，沈阳出版社 2008 年 12 月版

中国近现代女性期刊述略

——序《中国近现代女性期刊汇编》

　　我对民国女性期刊的兴趣缘于所收藏的一件易瑜的信札。易瑜为清末民初著名诗人、学者易顺鼎的妹妹，她在汉寿县（属湖南省）老家给时在北京的哥哥写信说："妹近撰有《髫年梦影》一编，刊入商务印书馆《妇女杂志》第六、七卷小说栏内。中叙儿时之情事，并述二大人之言行及兄幼年陷贼事。中多遗忘，文字亦欠典雅，而该馆则颇欢迎，屡促完稿。"这一段文字吸引我去寻《妇女杂志》，去读《髫年梦影》，去进一步了解易氏家族的细枝末节。恰在此时，北京的长林兄来沈和我商量中国近现代老期刊重印之事，我提出是否先印"中国近现代女性期刊"系列，这是很有价值和意义的一件事。不久，长林兄来电话，说是"中国近现代女性期刊"重印的选题已定，且初步选定了20几种期刊，其中就有全套的《妇女杂志》。

　　自从中国有期刊以来，女性期刊从来都是最为活跃最有生命力的一个门类。在中国女性期刊的发展过程中，有两个高峰时期，一个是二十世纪20至40年代，一个是二十世纪90年代以来的十几年间，而二十世纪20至40年代民国时期的女性期刊更具有特色和意义。

　　中国的第一份女性期刊是 1898 年于上海创刊的《女学报》，该刊为旬刊，是中国女学会会刊和上海女学堂的校刊。该刊由梁启超夫人李惠仙和康有为的女儿康同薇主编。《女学报》以提倡女学、争取女权为宗旨。这本期刊的形式是报纸单面印刷，折叠成 32 开杂志发行，阅读时打开。受第一份女性期刊《女学报》的影响，1904 年，上海又创办了《女子世界》月刊，由丁初我创办并主编，后由陈志群主编，主要撰稿人有柳亚子、徐觉我、蒋维乔、丁慕卢等。设有论说、演坛、科学、实业、教育、史传、译林、事件、记事、文艺等栏目，以提高女权为宗旨，主张应大力改变中国妇女的地位，这是国家强盛的起点。该刊在创刊词中指出："女子者国民之母也。欲新中国，必新女子；欲强中国，必强女子；欲文明中国，必先文明女子；欲普救中国，必先普救女子；无可疑也。"该刊于 1906 年停刊，次年由秋瑾续出 1 期，累计共出 18 期。这是辛亥革命前历史最长、影响最大的一份妇女刊物。1909 年，《女报》也在上海创刊，这也是一份月刊。陈以益、金能元、叶似香等人创办，以提倡女学、扶植女权为宗旨。设有论著、教育、家庭、社会、文艺等栏目。

　　辛亥革命以后，女权问题列入政治议题，但受几千年来的传统观念影响，实行妇女解放的话题，说起来容易，做起来却是极为困难的一件事，莫说许多男性思想不通，就连女性自身都感到不知所措。在这种情势下，一批有识之士纷纷筹备创办女性期刊，以呼唤中国女性的觉醒，形成中国期刊史上第一次女性期刊的繁荣期。据《全国中文期刊联合目录》收集，从二十世纪 30 年代开始到 1949 年，中国共创办了 140 余种女性期刊，这可能还不是全部，因为这些都是全国各大图书馆收藏的，还应有一部分未收藏的女性期刊没有包括进来，所以，实际上中国近现代所创办的女性期刊应不会少于 150 种。

这些女性期刊以地域分，主要创刊在上海、北京、重庆、广州、南京等地，其他各省也均有分布，像开封、苏州、桂林、金华这样的中等城市也创办有女性杂志。最近我参预《辽宁期刊史》的编辑工作，就曾见过上世纪 30 年代在沈阳创刊的《淑女之友》杂志。中国近现代时期的女性期刊以上海最为活跃，许多社团组织和妇女界人士纷纷创办女性期刊，最多时候同时存在有十几种女性期刊。女姓期刊一时成为大众争相阅读的媒体。某种程度上说，上海占了中国近现代女性期刊的半壁江山。在众多的上海女性期刊中，重要的有如下诸种：

《女权》，1912 年 5 月创刊，月刊。同盟会女会员发起女子参政运动中出现的刊物，以争取女权为宗旨，刊载有关女子参政的文章和女英雄的事迹。设有论说、事业、文苑、传记、小说等栏目。

《妇女声》，1921 年 12 月 31 日创刊，半月刊。为中国共产党以上海中华女界联合会的名义创办的，王剑虹、王会悟等人编辑。以解救被压迫阶级妇女、促醒妇女参加解放运动为宗旨，倡导知识妇女和劳动妇女相结合，共同推翻现行剥削制度，曾集中讨论过妇女参政问题、废娼问题和节制生育问题，报道国内外妇女运动的情况和女工的斗争事迹。设有评论、泽述、诗歌、通讯、杂感等栏目。次年 6 月停刊，共出 10 期。

《新女性》，1926 年 1 月 1 日创刊。上海妇女问题研究所主办，章锡琛主编，新女性出版社发行。内容除讨论学术理论外，着重批判现实问题，介绍海外新的学说，创刊号载有鲁迅的《坚壁清野主义》和周建人的《二重道德》。1929 年 12 月出至第 4 卷第 12 期后停刊。

《女子月刊》，1933 年 3 月创刊。创办人为女子书店的姚名达、黄心勉夫妇，两人分别任社长与主编，后来风子、高雪辉等也出任过主编。1936 年出第 4 卷时，《女子月刊》改由上海光大书局总发行。《女子月刊》的内容，基本如其《发刊词》所说的："发表女子作品，供给女子读物。"主要栏目有社评、妇女问题、时代知识、学术研究、书报春秋、家庭与儿童、社会经验、生活交响曲、读者信箱、文艺、生产技术、妇女消息等。《女子月刊》站在国家民族的立场，不仅刊登有关各种国际政治时事的文章，还刊登涉及当时敏感时事问题的文章。因此被当局以"有宣传阶级斗争之文字"为由一度查扣。《女子月刊》虽然一直处于艰难之中，却坚持到"七·七"全面抗战爆发才不得不停刊。《女子月刊》的创办人姚名达曾于 1942 年 6 月，浙赣战区敌军南犯时组织"国立中正大学战地服务团"，率团奔赴前线。7 月 7 日晚上，在赣江畔新干县石口村遭遇日寇，与敌搏斗中不幸牺牲，成为"抗敌捐躯教授第一人"，时年 37 岁。这是中国现代史上期刊人为国捐躯的光荣一页。

《妇女生活》，1935 年 7 月 1 日创刊，月刊，次年 7 月 16 日改为半月刊。生活书店出版发行。先后由沈兹九、曹孟君主编，编委有史良、刘清扬、胡子婴等 14 人。该刊声称做妇女的朋友，让妇女认识自己，认识别人，认识社会，认识一切丑恶，认识怎样做人，怎样携手走向光明大道。设有短评、论著、妇女常识、讲座、世界妇女生活等栏目。后迁汉口、重庆出版。1941 年停刊。

《战时妇女》，1937 年 9 月 5 日创刊，五日刊。抗战初期妇女救亡团体主办，发行人陈艾蕴，编委会由胡兰畦等 6 人组成。内容主要报道上海和各地妇女抗日团体的活动，介绍世界各国妇女反法西斯斗争的情况，反映侵略者铁蹄下的妇女悲惨生活。设有时事评述、战地通讯、战争知识讲座等栏目。撰稿人有郭沫若、史良、胡子婴、许广平等。上海沦为"孤岛"后迁往汉口出版。1938 年元旦出第 11 期后停刊。

《女声》，1942 年 5 月创刊，月刊。左俊之主编，主要撰稿人有李蕴水、芳君、方媚、余牧等。设有评论、妇女职业、世界知识、卫生、家政、文艺、漫画等栏目。1945 年 7 月终刊。这本杂志关联着两个女人的命运，一个是中国的关露，一个是日本的田村俊子。关露和田村俊子，分别是当时的中国文坛和日本文坛受到瞩目的女作家。两个人的遭遇同样是毁誉交错、悲喜相叠，道不尽的风光和说不清的烦恼，但支撑她俩面对纷纭世事而能自立自决的是一种信念——为实现理想而付出的坚韧。日本占领上海之后，文化人纷纷出走，"左联"的成员更以投笔从戎为荣，相继秘密奔赴延安。关露接到了地下党的指令，让她留在上海，打入汪伪政权和日本大使馆与海军报道部合办的《女声》月刊任编辑。组织上说，这是另一条非常重要的抗日战线，她是党的一双伶俐的眼睛，可以窥见汉奸的内幕。当时，理解关露的"左联"人，为关露惋惜，说她不该踏上《女声》这片烂泥塘污了手脚；不甚了解关露的人，说她原本就是只精致的花瓶，正可以摆在汉奸的厅堂里，作为点缀。对这些来自各方的议论，关露以一个共产党员的责任感，默默承受。她在该刊发表长篇小说《黎明》，同时以此作掩护，收集日伪机密情报，为中国的抗战做出了很大的贡献。前些年梅娘曾在报纸上刊发文章记述此事，题《两个女人和一份妇女杂志》，其中的"一份杂志"就是指《女声》。在上海的这些女性杂志中，尤以《妇女杂志》和《玲珑》最为有名。

《妇女杂志》，1915 年由上海商务印书馆创办，是一份面向女性发行的综合性大型杂志。该刊的主编胡彬夏也是一位女性。《妇女杂志》因 1932 年 1 月 28 日商务印书馆被日军炸毁而停刊，前后长达 17 年 f1915 年 1 月第 1 卷第 1 期至 1931 年 12 月第 17 卷第 12 期）。其发行地区包括国内各大城市及海外的新加坡等地。在近代中国，无论发行时间、发行区域、发行量，或是读者群、社会影响，都是其他女性刊物难以比拟的。

《妇女杂志》经历了从民初女权运动低落时期直至"五四"及以后妇女运动活跃时期。它前期（五卷）主要撰稿人有王蕴章、梅梦、恽代英、胡愈之、胡寄尘、瑟庐、沈芳、蒋维乔、瞿宣颖、魏寿镛等，以后一些女性化的笔名出现在该杂志中，如飘萍女史之类，然而事实上这些编者几乎全部是男性，这显然体现了当时女学开展仍未深入，女子可能已识大量文字，但是其从事案牍工作则仍有难度。而这种特征在某种程度上也能表现男权社会中男子眼中女性的真实生活和必须接受的由男子灌输的正统思想的现实。所以它从一开始就表现了它不仅是不超越女性当时生活的真实情况，并且也鲜见有激烈的言论的传统杂志。五卷以前的《妇女杂志》内容以文言居多，总是刊登一些家庭新婚照片，似乎表现出一种对于"家庭"的格外关照，同时也暗寓着妇女首先应该是家庭的人这样一种观念。

《妇女杂志》从七卷一号开始进行了大改革，由章锡琛任主编。改革主要是为了适应"五四"运动之后整个社会的普遍风尚，致力于塑造理想中完美、新型的女性。改革后的《妇女杂志》使用白话文，内容上也大大拓展和加深，读者对象更趋于广大的知识阶层。

《妇女杂志》刊行期间，历经"五四"酝酿、高潮、退潮期，以及国民革命期等重要历史时期，因此《妇女杂志》不仅为妇女研究，也为中国近代史研究提供了具体而微的史料。《妇女杂志》的重要性为世人所知，并由一本杂志专门成立了一个研究会。2000 年，在日本东京大学的村田雄二郎教授主持下，专门成立了"《妇女杂志》研究会"。研究会主要成员由日本、中国内地和中国台湾的学者组成。研究会成立后刊载了《妇女杂志》全 17 卷的总目录，征集各地学者对《妇女杂志》的研究成果，出版了论文集《〈妇女杂志〉与近代中国女性》。

上海是中国现代时尚生活的策源地，同时也是中国摩登女人和追求生活质量之女人的演出场。当年上海曾有杂志戏说时代标准之女性："如胡蝶之名闻四海；如哈同夫人之富有巨万；如宋太夫人之福寿全归；有宋美龄之相夫贤德；有何香凝之艺术手腕；有林鹏侠之冒险精神；如胡木兰之侍父尽孝；有丁玲之文学天才；如杨秀琼之入水能游；如郑丽霞之舞艺超群。"这样的标准当年确实体现在了一批上海的摩登女性身上。1931 年，《妇女杂志》停刊，但摩登的大上海不能没有一本引领女性时尚的权威性杂志，于是《玲珑》应运而生。

《玲珑》创刊于 1931 年，原名《玲珑图画杂志》，后期易名为《玲珑妇女杂志》，简称《玲珑》。《玲珑》的主旨是鼓励妇女通过社会的高尚娱乐来追求美好生活。杂志主要刊登时装、室内装饰、大众心理学等方面的文章，也有关于爱情、性与婚姻的专栏和时装美容术等内容。例如漫画家叶浅予就经常为《玲珑》绘画各类妇女时装，包括备季新款时装，以及晨、昏、晚、交际装乃至学生装、名运动装等。在如何修饰身体方面，如《摩登的脚》就教女性如何做脚部运动和按摩，使脚部优美，不致变形或生鸡眼，以便能穿上当时妇女最摩登的高跟鞋。再如更细致的，就连指甲修饰也有提及——把指甲磨短，再涂上美指油，最后涂上甲膜膏或油。另外还经常报道好莱坞及上海电影明星的新闻及形象，读者从中可以了解明星的最新潮流时尚装扮。连杂志刊登的广告也多数为妇女用品，成为30年代上海摩登女性展现其公共空间的理想园地。除了文字以外，《玲珑》利用大量图片来开拓女性的公共空间。这在中国近代史上是一大突破。一直以来，女性在中国社会都是不出闺阁的，只有风尘女性的照片才会在报刊中出现。据说当年张允和于上海光华大学读书时，在王开照相馆拍了照片，照相馆后来将之放大置于橱窗里做招牌，其后更被杂志拿去当封面，使她感到很不光彩，于是与照相馆老板大吵一顿。《玲珑》之所以刊登大量女性照片，可能也是为了吸引读者。如果从女性主义的角度来看，杂志的这种做法是将女性的身体作为一种欣赏对象，有"物化"之嫌，但从历史的角度观察，女性的身体挣脱深宅大院的桎梏，走出闺阁并见诸大众媒体，展现了一幅幅全新的摩登女性形象，这无疑是对女性公共空间的开拓。同时也丰富了公众阅读，丰富了当时摩登的大上海的都市文化，很有时代与进步意义。而大上海这种有别于传统妇女的摩登女性，有着穿高跟鞋及卷发的这种异国情调，以及学生装和运动装等全新的形象，也反过来增加了都市媒体的内容和都市阅读的新颖与愉悦。这就不难理解为什么当年《玲珑》在上海那样备受欢迎，有那样广泛的影响，所以张爱玲说30年代的上海女学生手上总有一册《玲珑》，并不是夸张。

如果说《妇女杂志》在整个20年代是以一种典型的新女性刊物出现的，它更多的是对于理想化新女性的追求，它的直接作用在于以矛盾的形态为构建都市新女性直至摩登女性奠定基础；那么《玲珑》则是30年代摩登女性的代表刊物，它更多的是对于现实中女性真实生态的描摹，它的意义在于直接而直观地构建都市摩登女性。

在上海风起云涌般创办女性期刊的时候，中国其他地方也不示弱，各地的女性期刊有如春笋般破土。如北京的《妇女月刊》《妇女月报》《妇女周刊》《妇女》《妇女之友》《妇女杂志》《妇女青年》；南京的《妇女月刊》《妇女导报》；重庆的《妇女与家庭》《妇女文化》《妇女共鸣》《妇女新运》；天津的《妇女旬刊》《妇女园地》；广州的《妇女世界》《妇声》《女青年》《新妇女》；成都的《妇女工作》《妇女呼声》《妇女界》；昆明、杭州、兰州的《妇女旬刊》；汉口的《妇女文化》；香港的《妇女文粹》；苏州的《妇女医学杂志》《妇女评论》；福州的《妇女与国货》；长春的《妇女战线》等。这些杂志虽然没有像上海的《妇女杂志》和《玲珑》那样有影响，但在各地也风头很盛，颇能引人注目。

过去，这些女性老期刊都收藏在图书馆里或是收藏家手中，一般读者很难看到和读到这些期刊，如今，"中国近现代女性期刊丛编"的出版，让我们得见当年这些女性期刊的真容，虽然第一批只有 20 几种，也是一件令人高兴和想望的事。我们从中不仅仅能看到女才子易瑜那一类的《鬓年梦影》，还能欣赏更多的百年前的女性丰采，相信到时一定会有一种如同打开尘封的老太太老奶奶的柳条箱，从中细细翻检犹如旧时月色般从未见过的老物什的愉悦。

《中国近现代女性期刊汇编》，线装书局 2006 年 5 月版

特殊语境中的传媒

——序《伪满洲国期刊汇编》

　　我曾经有一个时期专门收集辽宁老期刊，那些带着岁月风尘和陈年旧色的杂志，那些泛黄的老照片和褪色的铅字总是能勾起我对东北往事的探寻。但在这个收藏的过程中，每每遇到东北沦陷时期的伪满洲国期刊，我都会从感情上产生一种排斥甚至厌恶。然而，收藏辽宁老期刊又总是难以绕开这段历史，让你不得不去接触它，关注它，尤其是从 2006 年开始，参与编辑《辽宁老期刊图录》一书，翻阅了多种伪满洲国期刊，从而对它有了一种新的认识。尽管那一段历史对于中国人来说是一段扭曲和屈辱的记忆，但透过这些特殊语境里的期刊，我们却能透析那一段历史的真实与虚伪，丑恶与无奈，残酷与抗争，从中感受到日本侵略者统治中国东北 14 年，在新闻出版和奴化教育上的种种罪恶。如今，线装书局的王长林先生又策划影印出版"伪满洲国史料丛刊"，分为"文献史料"、"档案史料"、"三亲史料"和"伪满洲国期刊汇编"等四个系列。《伪满洲国期刊汇编》，对那一时期出版的期刊作一个全面的整理与重印，这不仅是一项很具规模的出版工程，同时对于当下中国和东北现代史的研究，伪满洲国历史的研究，东北沦陷期政治、经济和文化史的研究，期刊史的研究和爱国主义教育等都有着积极意义的。

——

伪满洲国是 1931 年九一八事变后，日本侵略者利用前清废帝溥仪于 1932 年 3 月 1 日在中国东北宣布成立的一个傀儡政权。通过这一傀儡政权，日本在中国东北实行了 14 年之久的殖民统治，使东北同胞饱受了"亡国奴"的痛苦滋味。此傀儡政权"领土"包括现中华人民共和国辽宁、吉林和黑龙江三省全境、内蒙古东部及河北北部。当时中国国民政府不承认这一政权，国际上只有以日本为首的法西斯等国家或政府承认伪满洲国，国际联盟主张中国东北地区仍是中国的一部分。伪满洲国以新京（长春）为首都，前清末代皇帝爱新觉罗·溥仪为伪满洲国的国家元首。1945 年 8 月 8 日，苏联照会日本，将于次日对日本宣战。8 月 11 日，溥仪随伪满洲国政府撤退到通化临江县大栗子镇。8 月 15 日，日本宣布投降。8 月 16 日，溥仪召开最后一次"国务会议"，颁布《退位诏书》。自此伪满洲国灭亡。

伪满洲国的成立是日本帝国主义精心策划和长期准备，以实现其独占东北，进而灭亡中国，称霸亚洲所采取的一个决定性步骤。因此，伪满洲国统治东北期间，在对东北人民进行法西斯殖民统治的同时，也实行了严密的思想文化统治，加强对新闻出版事业的控制，并最终将东北的新闻出版界完全操控在日伪专制机关的手中。伪满洲国成立后，伪国务院先后设立了资政局弘报处、总务厅情报处，统管新闻出版等宣传舆论阵地，监督一切新闻出版单位。在各地方的伪政府，则由警察、宪兵、特务等机关，通过法西斯手段，对报刊进行日常的监督和控制。伪满政府于 1932 年 10 月 24 日抛出了伪《出版法》。这个《出版法》集日本新闻管理法、大清报律和中国出版条例之大成，全文共 52 条，报纸、期刊出版事宜均规定在内。仅"不得揭载"的事项，就规定了 8 条，诸如"变革"伪满"组织大纲"，"危害"伪满"存在之基础"，"泄露"伪满"外交及军事机密"，"波及国交上重大影响"，"煽动"对伪国家"犯罪"，"惑乱民心及扰乱财界"等等。伪《出版法》还规定，伪国务总理大臣随时可以"有障碍"于外交、军事或财政，抑或"维持治安"之需要，禁止或限制报纸、期刊的新闻报道。在这种法西斯式的新闻管制下，就迫使九一八事变前创办的各种期刊多数陷于停刊和瘫痪状态，中文期刊被迫大量停刊。原创办于大连地区的各种日文期刊或日本人创办的中文期刊充斥于东北期刊市场，据辽宁省图书馆所藏，这期间在辽宁境内出版的日文期刊就有 227 种之多。这些期刊极力美化日本侵略者的侵略罪行，同时为实施日本帝国主义的殖民统治和奴役文化服务。

在历史已过去 70 多年后的今天，我们能看到的伪满期刊已不是很多，这些期刊大都收藏在比较大的图书馆里和民间老期刊收藏者手中。几年来因编辑《辽宁老期刊图录》一书，我有幸见到几家大的图书馆和老期刊收藏者所收藏的多种伪满期刊。综合统计，到今天我所见到的伪满中文期刊大约有 122 种，其中国家图书馆和东北有关图书馆所藏属于伪满期间出版的中文期刊大约有 83 种。在这 83 种期刊中，辽宁出版的最多，有 46 种：

满蒙之文化

查时报（满蒙事情、满蒙调查月报）

自治指导部公报

实业部日报

奉天市政公报

奉天教育

东方医学杂志

奉天图书馆季刊

奉天市政统计汇刊

晓钟

道慈杂志

同轨

大同文化

本溪县政月刊

兴仁季刊

昌图二中月刊

奉天省公署公报

新青年

奉天市统计月报

满洲国外国贸易统计月刊

文教月报

奉天市商会月刊

锦州省公报

安东教育

康平县公报

铁岭县公署统计汇刊

明明

商工月刊

东方齿科

沈阳图书馆通信

正义

文选

文最

安东县政月刊

旅行情报

满洲青年

满洲公教月刊

奉天商工会统计月报

奉天统计月报

乡村建设

农业进步

内务资料

警林

兴农

作风

兴满文化月报

吉林出版的有 29 种：

满洲国政府公报

民政部周刊

民政部旬刊

政府公报

国际时报

文教月刊

交通部月刊

新满洲

民政部半月刊

警友报

国际通商时报

建国教育

国际评论

内务资料

新京特别市公报

吉林省公报

内外经济情报

满洲特产日报

满洲兴业银行周报

零（小）卖物价月报

统计时报

学艺

弘宣

业务研究

麒麟

教化通信

青年文化

艺文志

新潮

黑龙江出版的有 8 种：

呼海铁路月刊

多伦县公署日报

中东半月刊

民众半月刊

双城县县政月刊

哈尔滨汉医学研究会月刊

北满经济月刊

阿城县月刊

辽宁省图书馆还藏有 227 种伪满期间在辽宁出版的日文期刊，种类则比较齐全，诸如《支那研究》《支那矿业时报》《关东洲之水产》《女性满洲》《晓钟》《满洲公论》《东亚商工经济》《满洲史学》《收书月报》等，从各个领域充分进行文化占领，是日本对东北殖民统治时期进行奴化教育最直接和最有力的证据。

另外，我在民间见到的伪满期刊还有 39 种：

大陆

满蒙

新天地

满洲公教月刊

白光

奉天晶画报

文艺画报

学生画报

凤凰

淑女之友

地平线

技术进步

商中月刊

余霞

雄风

漪澜

桦光

萃文季刊

满洲映画

电影画报

满洲文艺

诗季

爱路

健康满洲

电波

满洲国语

满洲学童

满洲新文化月报

复县教育

衍水

泉阳萃刊

斯民

星火

行行

文学人

评论人

诗歌人

兴亚

青少年指导者

伪满时期出版的期刊不会是我们目前所见到的 122 种这个数，实际上可能还要多，但经过这么多年的历史变迁，要将当年的期刊搜罗齐全，着实很难。但就是这些，我们也能大概了解那个时期期刊发展的基本面貌。

由于当年日伪当局采用了调整、合并、关闭等多种手段强化对东北新闻出版事业的控制，使一度比较繁兴的期刊事业备受打击。以辽宁期刊界为例，九一八事变之后，期刊的种类迅速由 122 种减少至 71 种，但此时的日文期刊却增至 135 种。被保留下来的期刊中，一些成为日本殖民统治的传声筒，一些原本具有抗日倾向的刊物，为了自身的生存，在内容上也作了"虎穴栖身"的调整。东北其他地区的期刊也是这样，从种类到内容，发展受到了很大的制约，如同那个殖民统治时代的社会氛围，压抑、黯淡。这一时期东北沦陷区的期刊从内容上大约可分成这样几大类：文学艺术类、新闻时政类、财经管理类、文化教育类、科普健康类、大中学报类。其中办刊质量较高、影响较大的是文学艺术类。

强权和暴力虽能得逞于一时，但束缚不住人们的心灵。文学艺术是人类心灵的产物，即使是在日本强权统治下的伪满洲国时期，中国东北地区依然有自己的心灵史，有自己的文学艺术，有其别样的文学艺术实践经验和文学艺术生产机制，形成了殖民统治下的异态文学艺术。这一时期的文学艺术主要是通过期刊体现出来的。

对这段历史中产生的文学艺术类期刊进行考察，不仅可以弥补中国现代期刊史研究中的一个缺失，而且可以重新评定日本侵略背景下的东北期刊发展历史，探讨强权挤压下期刊生存的变异性和扭曲性，解释文化侵略背景下的文学艺术期刊独立存在等问题。

伪满洲国时期的文学艺术类期刊，从办刊的背景和宗旨上划分，主要有两大类，即"民间纯文学同人杂志"和"准官方的文化综合性杂志"。这两种杂志集中了当时东北文坛的主要作家及大部分文学艺术作品，可以说主要是由此构筑了当时的东北文坛。

我们所说的"纯文学杂志"是指公开发行的有一定影响力的文学杂志，如民间文学社团等创办的杂志等，而不包括那些仅用于本校发行或学校间交换的校园刊物，如《余霞》《雄风》《漪澜》《桦光》及小范围传阅的油印文学杂志《星火》《行行》等。九一八事变后，东北文坛由于战事开始步入萧条时期，一两年后，在原来新文学基础较好的南部地区的报刊开始复苏，并渐渐出现了依附于报纸副刊的文学小社团。后来部分文学小社团逐步发展衍变成各种"刊行会"，创办了各种同人杂志，如长春"艺文志"事务所的《艺文志》，沈阳"文选刊行会"的《文选》，沈阳"作风刊行会"的《作风》，长春益智书店"学艺刊行会"的《学艺》，"诗季社"的《诗季》，"满洲图书株式会社"的《满洲文艺》等。这些"纯文艺同人杂志"，记录了当时东北新文学的发展轨迹，激活了当时的东北文坛。其中以《艺文志》《文选》和《诗季》最具代表性。

不失文学精神的《艺文志》

《艺文志》于 1939 年 6 月在长春（当时称为新京）创刊。此刊缘起于 1937 年的《明明》杂志。古丁、小松等人，在"月刊满洲社"社长日本人城岛舟礼的资助下，于 1937 年 3 月创办了中文综合性杂志《明明》，并从第 6 期（1937 年 8 月）开始，改成纯文艺杂志。围绕此刊的作者形成了以古丁为核心的同人作家群。《明明》刊行 18 期，于 1938 年 9 月因经济原因停刊。古丁及其同人组成了"艺文志事务会"，并创办了纯文学杂志《艺文志》。

《艺文志》为半年刊，刊出 3 期后于 1940 年 6 月休刊。三年之后，1943 年 11 月又作为"满洲文艺家协会"中文机关杂志在长春复刊，改为月刊，刊行 12 期后于 1944 年 10 月终刊，共刊行 15 期。《艺文志》的编辑人为赵孟原（小松），发行人是宫川靖五郎，发行所标明为"艺文志事务会"（复刊时改为"艺文书房"）。

《艺文志》创刊号上，作为代发刊辞的《艺文志序》表明了其办刊宗旨："是望国内识者，以其大戟长枪之笔，来拓展这块荒芜的文苑。则艺文可兴，民风可敦，国光可彰也。"这是向伪政府谄媚之辞，至少是顺其意而行之。但初刊时的三期杂志主要以文学创作为主，其他则是文艺评论和学术文章，迎合伪政府的文字却很少。1943 年 11 月复刊的《艺文志》情形就大不一样。在复刊号上，伪弘报处长土川敏写的《发刊祝词》直接阐明了复刊后《艺文志》的办刊宗旨就是为"大东亚战争"服务，目的是让文学艺术家"协力圣战"并"创造新东亚艺文"。于是复刊的《艺文志》多次组织服务战争特辑，为侵略者大唱颂歌，还刊发了一些借文学之名而写的附逆作品，如疑迟的《凯歌》三部曲和古丁的《下乡》等"时局小说"。然而《艺文志》同时还葆有一份文学精神，刊发了许多比较有文学性的能代表当时东北新文学发展水平的作品，这些作品多是浪漫、幽思之作，远离伪满洲国当时生活场景，在选题、文体和写作手法上进行了广泛的探索，留下了东北地区文学发展的足迹。

反映现实的《文选》

1939 年秋，陈因、王秋萤在沈阳组成"文选刊行会"，1939 年 12 月创办了《文选》杂志，1940 年 8 月终刊。杂志社位于奉天市沈阳区一心街 4 段 67 号。王秋萤任编辑人，佟子松负责发行，沈阳文潮书局刊行。《文选》杂志创刊的全部资金，是由陈因卖掉自己的祖遗房产支付的。他们为了杂志的出刊，取得沈阳警察厅特务科的审查许可，不惜低首向负责审查的人员请酒联欢。而这位《文选》的创办者、资助者陈因，却因贫病交加，于东北光复之前去世。

《文选》为 300 多页的大型纯文学期刊，以发表文学作品为主要内容，无明显政治色彩。其中辟有小说、戏剧、诗歌、文学评论、译文等栏目。该刊编者自称是同人期刊，但也不拒绝读者投稿。《文选》第一辑中有编者王秋萤撰写的《刊行缘起》，其中阐明办刊的"态度与目标"称：

> 一、我们承认现阶段的文学已经不是超时代的为艺术而艺术，或个人主义者的牢骚泄愤了。现在的文学是教养群众的利器，认识现实的工具。所以我们不能逃避客观现实，遮蔽了客观的真理，要在真正的实践中，创

造有生命的作品。

　　二、社会上的一切都有历史的发展，文学当然也不能例外。并且人类所创造的无论哪一种文学，都是与过去有着相当的联系，后一时代的文学常常是前一时代文学的合法的发展。所以想丰富现代文学，也应该接受过去文学的遗产。一部文学史决不是失败的记录，更不是无机的积堆，都是客观现实反映在文学上的过程，不过因时代阶级的不同而有种种差别……对文学遗产的摄取不是完全搬过来，而是用批判的态度来接受。

　　三、我们愿意借《文选》的出版，能吸收社会上各阶层的人们，当作产生新作家的园地，把个人的力量归结在一处。

《文选》针对当时"躺在玫瑰花坛上唱着催眠软歌"的闲情逸致文学和"狂放的恣睢者"的"艺文志"同人提出的反对"为文艺而文艺"与"把文艺作为个人牢骚泄忿工具"，主张文艺应是"认识现实的工具"、"教养群众的利器"。这在当时是有积极意义的。《文选》刊出小说 20 部，剧本 3 部，还有若干诗歌、散文、杂文、文评、文艺杂记及翻译作品。这些作品执著于现实，成熟的作者居多，质量较高，确实从不同侧面展示了伪满洲国的部分现实。

　　"文选刊行会"还编有"文选丛编"，出版了《文最》《文颖》，容量不到《文选》的一半，计划中的第三期《文萃》未能出版，再无后续。

推动诗坛繁兴的《诗季》

1940 年末，山丁和戈禾等组成了"诗季社"，本着"诗是文艺的灵魂"的观念，欲"恢复诗在文艺领域里的王位"，于是在长春创办了《诗季》杂志，先后出两辑，由益智书店出版发行。第一辑春季号，以抒情小诗为主，注重语言和意境，技巧诗居多。第二辑秋季号，是长诗专号，刊出的诗作大部分是数百行的长诗。《诗季》的出版，不仅改变了东北没有专门诗刊的局面，而且还使当时冷寂的诗坛逐渐繁兴起来，尤其是它的秋季号，强有力地推动了长诗在东北的发展。《诗季》本来计划下一卷出版"新诗十年"专号，"既可以清算过去，同时也可以对未来展开诗人们的华梦"。但这个计划却没能实现。同年，"诗季社"还出版了山丁的诗集《季季草》。

为文学播种的《作风》

《作风》是在《文选》之后，于1940年10月30日在沈阳创刊的，由"作风刊行会"出版。社址位于奉天大和区一经路七纬路3号。著作人金田兵，发行人是杨维兴，编辑人张白虹。《作风》为纯文学期刊，以翻译国外文学作品为主。创刊号载有署名"夷夫"的文章《〈作风〉诞生的意义》，其中说："现在的满洲文学却是一个青黄不接的时代，既没接受多少先人遗产，又没收获大量的粮食。然而我们不愿在未来的文学记录史上把这一页造成空白。在这里和别的文化工作人一致，想在这块土地上播下一粒种子，以期它的繁盛。同时许多青年有为的作家，虽有锐利的工具却往往感到无用武之地，于是本刊的诞生，应该是一件有意义的事。"另一篇题为《作风开世的姿态》的小文则说：

> 现在的文坛正是在等待着黎明的前夜，我们即不甘
> 于漠视沉浸在前夜中的朦胧的现况，就想在文坛的前面
> 燃起辉煌的火把，好使它迅速地走进那熹微的黎明，这

样才刊发了我们的《作风》。我们不曾耽于未来的远景，而忽略了现实的工作，知道着一个文笔人对于历史全面的责任，不仅是浮雕其大时代背景与生活关系，同时也客观地传达着人类共通的信念，他不仅透视着黑暗，也应当穿越了光明的彼岸。我们认为与其在温室中喊着"我们的一团是天才"而扯住历史的尾巴在倒退，毋宁写出一篇有生命的创作。我们认为与其提倡着文艺呀！文艺呀，而把文艺送进象牙的宫殿，做了公子千金们的玩物，毋宁使文艺泛滥到十字街头，成为各阶层中急湍的洪流。对于读者我们控诉了一致的意识，也声述了《作风》问世的姿态，但是这里我们不只要求着读者的理解，同时也期待着文学的同路人对于我们的认识。

由此可见，《作风》推进文学事业发展的动机明显，政治倾向比较隐蔽。

以刊发小说为主的《满洲文艺》与《新潮》

《满洲文艺》1942年创刊于长春，该刊以小说为主，兼顾散文、剧作和诗歌等。曾刊发过梅娘的中篇小说《一只蚌》、山丁的小说《熊》、戈禾的小说《杏花村》、舒柯（王秋萤）的小说《觅》、励行建的小说《地狱层》、李乔的剧本《夜航》等。

《新潮》于1943年3月在长春创刊，1945年2月终刊。曾刊出山丁的中篇小说《丰年》、安犀的长篇小说《山城》、爵青的中篇小说《遗书》等。该刊还连续刊载了德国阿纳特博士所著的长篇探险实话《满蒙四十年探秘》（李雅森译），这篇小说对当时在东北特有的文体——"山林探险博物型谜话"有着直接的影响。

三

东北沦陷时期，和"民间纯文学同人杂志"同时存在的是"准官方文化综合性杂志"。相比"民间纯文学同人杂志"数量少，刊行时间短，容纳作品数量有限的劣势，"准官方文化综合性杂志"则自然处于一种强势地位。

当时东北的"准官方文化综合性杂志"自 1934 年起逐渐创刊，主要有东方印书馆的《凤凰》、"淑女之友社"的《淑女之友》、"满洲新文化月报社"的《满洲新文化月报》、"兴满文化月报社"的《兴满文化月报》等。这其中《凤凰》对东北文坛的贡献较大，刊载了有较高水准的文学作品。《满洲新文化月报》和《兴满文化月报》虽刊行时间较长，刊登了大量的文学作品，但质量一般。1937 年以后，文化类杂志又添新刊："月刊满洲社"的《明明》、"满洲图书株式会社"的《新满洲》、"满洲杂志社"的《满洲映画》和《麒麟》、"满洲经济社"的《新潮》、"满洲青少年文化社"的《青年文化》、"日苏通信社"的《兴亚》等。这些文化类杂志，办刊成熟，持续时间较长，成为东北新文学发表的重要园地，其中以《新满洲》《麒麟》《青年文化》三种最具代表性。

王光烈与《新满洲》

《新满洲》是东北伪满洲国时期大型文化综合杂志。1939 年 1 月在长春创刊，月刊，终刊于 1945 年 4 月，历时 7 年，共刊出 74 期。该刊由"满洲图书株式会社"主办，创刊时编辑人是"满洲图书株式会社"编纂室主笔王光烈。

王光烈（1881—1953），字晋阳，号希哲，沈阳人，与游国臣、荣孟枚并称"关东三才子"。王光烈是东北书法篆刻名家，他和吴昌硕、齐白石等书画大师都有唱酬，互换字画。王光烈不但以诗文见长，且精于篆刻，擅长各种书体，如大篆、小篆、钟鼎、彝器、古泉，碑版，无不精通，对各种印石也颇有研究。民国年间，曾任沈阳"金石书画研究会"副会长、会长，《东三省公报》社长。九一八事变后，迁居长春，1933 年 3 月 1 日，日伪在《大东报》的基础上经过扩充，于长春创刊了伪满洲国机关报《大同报》，王光烈任首任社长，日本关东军嘱托都甲文雄任副社长。王光烈在伪满美术"国展"中，曾多次担任第 4 部（书法篆刻部分）审查委员，其作品在历届伪满美术"国展"中均入选或获奖。其平生著述甚丰，著有《篆刻百举》、《篆刻漫谈》、《印学今义》、《古泉文集联》、《希哲庐藏印》、《希哲庐印谱》、《夫椒山民印存》等。此外，他还将平生收藏的名人书画付梓印行，书名《时贤书画集》。王光烈以其自身的艺术成就，对东北书画艺术的发展有很大贡献。但他先后于长春出任伪满最重要的两种报刊《大同报》和《新满洲》的社长和编辑人，尤其是他担任社长的《大同报》，极力为日本侵华充当急先锋。这种长期为日伪做事，其附逆行为成为王光烈人生中的最大污点，让人不免"卿本佳人，奈何做贼"之叹。

王光烈从 1942 年《新满洲》第 4 卷 11 月号起不再担任编辑人，新的编辑人是季守仁（吴郎），发行人是"满洲图书株式会社"常务理事日本人驹越五贞。

《新满洲》从创刊时起就是豪华包装，25 开本，彩色封面，目录套色印刷，150 页。发行到第 9 本时，就增加到 200 页以上，此后不断升级。直至 1944 年，伪满洲国日渐败颓，许多报纸期刊纷纷停刊，纸张缺乏并严格控制，《新满洲》的装帧才开始走向简陋，乃至纸张坏到难以辨认文字的程度。

《新满洲》虽然不是纯文学刊物，但所刊文章中文学创作占很大比例，文学作品达到三分之二以上。其间还编辑了多种"文学特辑"，如"阳春文艺读物"特辑、"满洲女性文艺作品"特辑、"新进作家创作"特辑、"在满日满鲜俄各系作家展"特辑、"满华文艺交欢"特辑等。《新满洲》杂志带给东北文坛独特的贡献是首次刊登有文体探索意味的山林实话·秘话·谜话，如《大兴安岭猎乘夜话记》《吉林韩边外兴衰记》《北地传说杂抄》等。

关于《新满洲》在期刊史与文学史上的意义，华东师范大学中文系刘晓丽先生有过中肯的评价："在伪满洲国那个异态时空中，《新满洲》杂志既要维持自身的生存，又要维护杂志的尊严。杂志以文学为手段，在顺从'规范'的同睛却走向与之无关的不合作之路。在妥协和抗争的同时运作下，杂志中的文学出现了独特的景观：妥协中催生的通俗文学，承载了创生新文体的文学精神；妥协中催生的女性文学，提拱了新的文学经验。"这个评价是客观而精辟的。

"实话·秘话·谜话"盛行时代的《麒麟》

谈到这个时期的"准官方文化综合性杂志"，就不能不说《麒麟》。《麒麟》是一本通俗文学读物，上个世纪90年代初，在沈阳的古玩市场里还不时能见到这本旧杂志，听老辈人说，他们年轻时就经常读《麒麟》，那上面的故事写得很吸引人。《麒麟》杂志在东北沦陷时期发行量很大，也很有影响。当年《华文每日》所刊登的宋毅《满洲一年的出版界》一文中曾这样称赞《麒麟》："普及之广，无以伦比，堪比上海之《万象》。有

'北有《麒麟》，南有《万象》'之称。"《万象》是上个世纪40年代初期在上海创办的一本通俗文艺杂志，开始由陈蝶衣任编辑人，1943年6月由柯灵编辑。柯灵接手后的《万象》重点从商业性、趣味性的通俗文学转移到品位较高的纯文学轨道上来，将杂志编得五光十色，小说、散文、诗歌、杂文、游记、书评、戏剧、电影、美术、科学小品，应有尽有。又开辟了"书画插页"、"作家书简"、"万象闲话"、"文艺短讯"等等许多栏目，融知识性、文学性、趣味性、新闻性于一炉，开卷有益，每期都有不少值得一读的文章，因而销路大增，来稿成捆，发行量很大。将《麒麟》与上海的《万象》相比美，可见它在当时的影响。

《麒麟》杂志创刊于1941年6月，终刊于1945年3月，历时5年，共刊出46期。该刊为月刊，32开本，每期大约6个印张，有时也增加或减少印张。前5期由赵孟原（小松）任编辑人，第6期改为刘玉璋（疑迟），发行人先后是顾承运、唐则尧、黄曼秋。发行所为"满洲杂志社"。《麒麟》杂志不设具体栏目名称，主要内容可以归纳为：通俗文学、纪实故事、日常生活指导等。杂志拥有广泛的写作队伍，有东北本土的通俗作家赵恂九、儒丐、李北川、李冉等；著名的新文学作者古丁、爵青、小松、吴瑛、吴郎等，以及翠羽、匡庐、四郎、刘汉等；还有华北地区的通俗作家刘云若、赵焕亭、白羽、陈慎言、耿小的、亚岚、杨六郎、徐春羽等；以及华北新文学作家谢人堡、苏捷、高炳华、陈逸飞、周作人等。女性作者群是《麒麟》杂志的一个亮点，杂志曾专门为女性作者编辑三个特辑。当时东北的著名女性作者吴瑛、梅娘、杨絮、左蒂、璇玲、澜光、银燕、乞女、鄂岚、乙梅、北黛、羽倩、柳忆、白萍、佩珠、冬屹、萧黛等都为其撰稿。

《麒麟》创刊号上的《发刊辞》说创办该刊是为"安慰民众"及"含养国民情操",目的是使读者"得到安慰","情操向上","被别人景仰"。如何达到这个办刊宗旨呢?《编后记》中明确表示:"将用最通俗的文字,含容最丰富的趣味"。在这种办刊思想的指导下,《麒麟》以一半以上的篇幅,刊出了言情、实话·秘话·谜话、侦探、史材、幽默、武侠等各式通俗文学作品,以吸引更广大的读者。

此前东北还没有像《麒麟》这样一本专门刊载通俗文艺的期刊,《麒麟》的问世,无疑使通俗文学大行其道。同时也培养和发现了一大批通俗文学作家,言情高手、侦探专家、武侠怪杰、幽默大师等汇聚于此,他们演绎出种种离奇古怪、哀艳伤情、民间秘闻等故事。其中的"实话·秘话·谜话"这个栏目最有特色,可读性强,读者众多。它是以实有之事为底本,用小说的形式加以描绘,侧重故事性、趣味性、揭秘性,同现在一些通俗流行报刊上刊发的纪实文学、特别报告等半新闻半文学的写作形式相似。刘晓丽先生刊发在《博览群书》上的《伪满洲国的"实话·秘话·谜话"》一文曾将其特点归纳为以下四种类型:

案件聚焦型实话——

这类"实话"以真实发生的案件为蓝本,大多采取侦探小说的叙事方式,"发案—侦察—歧途—破案"为情节链,对犯案或侦破过程进行详细描述,中间穿插合理想象,叙述过程有意隐去不良行为的社会背景和其他一切因果关系。如《平定桥惨案》(1942 年第 2 期)、《梨花浴血记》(1941 年第 1 期)、《上海杀人事件》(1943 年第 3 期)等就属于这一类型。

　　斯琪的《平定桥惨案》，以齐齐哈尔发生的"杀妻屠子"刑事案件为底本，由倒叙的方式结构故事，展开叙述。为增加真实性，叙事过程中还穿插了当地报纸的新闻报道。结尾也很独特，用《黑龙江民报》中的一段新闻结束："平定桥边弃尸案尾声——出力警官受表彰：'本市平定桥边焦尸案，由市警务处之总动员检查，在该案之发生二十六小时内，竟为破案，其搜查之迅速，行动之敏捷，殊为一般人所赞许，现真相大白……'"作品没有对罪案的动机进行深入分析，把原因归给罪犯金连财的个人品行，反将叙事重点放到侦破者一方，赞叹侦破者的迅速和敏捷。作品注意叙事策略，是同类型中比较优秀的一篇。

　　若怯的《梨花浴血记》，以黑龙江乾安县唱字井村一个凶杀案为事件原型，采用的叙事策略是言情加武侠，作品的题目"梨花"＋"浴血"，使这个故事一下就有了"鸳鸯蝴蝶"＋"武侠传奇"的意味。作品虽写得有情色，有惊险，但难免对通俗小说惯常技法的明显模仿，格调也显得低俗。这种类型的实话作品，以具有新闻性的案件为主要表现对象，借性、奇、怪、死等元素，来迎合市民的喜奇尚怪的娱乐心理。

　　"八卦名人"型秘话——

　　这类"秘话"以名人的隐私或轶事为作品的主要内容。秘话主要卖点是选取大众感兴趣的女演员、女名流、女土匪及名人等对象类型。如《女匪驼龙》（1941年第1期）、《宋美龄艳史》（1942年第2期）、《杨宇霆之死》（1943年第3期）等属于这种类型。

　　田菱的《女匪驼龙》取材出生于辽阳的马戏艺女张淑贞被卖人妓院，后又被迫当上土匪的原型故事。作品写得比较有特色，叙述过程不但令人感到惊险紧张，并且还能从叙述中透视当时社会的现实。

服务"时局"型实话或秘话——

这类作品写作起来相对会自由一些，甚至可以把自己的一些隐蔽的想法浸入其中。如《虎门风云》（1942 年第 2 期）、《蒋介石与蓝衣社》（1942 年第 2 期）、《夏威夷海战记》（1942 年第 2 期）等是属于服务"时局"型的作品。

林华的《虎门风云》用传奇的形式写出了林则徐虎门销烟的壮举，小说塑造了林则徐、林维喜等生动的人物形象。笔法纯熟，叙述富有节奏感。伪满洲国推崇的"英雄"有乃木大将、希特勒、汪精卫等。他们也将林则徐视为英雄，则是另有其意，这是因为林则徐反抗英国的行为和当时"抗击英美"的"国策"相一致，所以得到伪满洲国统治者的认同。可见英雄人物有时也可正反两方面利用。

探险博物型谜话——

以东北独有的变幻莫测的密林环境和生长其间的动植物为主要描写对象，融故事、传说、掌故、知识于一体。此类文体首见于《新满洲》杂志，比较有名的是睨空执笔的谜话山林读物《韩边外十三道岗创业秘话记》和《大兴安岭猎乘夜话记》。《麒麟》所刊发的这类文章如耿介的《长白山野人记》（1943 年第 3 期）和睨空《九盘山的二毒》（1944 年第 4 期）等，都很有读者。

作为通俗文学的一个种类——实话·秘话·谜话，其文学性虽然不高，创作也多是模式化，但它有很强的可读性，在那个时代颇受读者喜欢。1944 年，"满洲杂志社"还出版了"实话·秘话·香艳小说"选集《英宫外史》，收入《麒麟》所刊发过的《杨宇霆之死》、《女匪驼龙》《南欧风的街》《英宫外史》《吴素秋》《虎门云烟》《宋美龄艳史》《锦紫兰》共 8 篇作品。《麒麟》在 1944 年第 3 期上曾为此书刊发广告说："香艳，战栗，秘密，魅人，浪漫，较诸中国之张资平，日本之菊池宽作品，尤胜一筹。爱好大众小说者，不可不人手一册。"从这广告介绍中就可以知道此类作品的内容。

实话·秘话·谜话作为沦陷期的东北通俗文学曾经有过且大量流行的一种文体，也是那个特定时代特有的一种文学现象。它们有商业上迎合市民趣味的原因，有写作者妥协于伪满洲国文艺政策的原因，但是这种迎合和妥协并没有为伪满洲国所谓的"国策"推波助澜，而是走向了另外一种消遣人生的无奈之路。这种文体虽然以凶杀、暴力、色情、隐私、神秘等主题元素为主，无补于国恨家仇，但却能部分地满足了东北沦陷区普通市民的新奇、热闹、探秘、窥私等娱乐心理，在那国破家亡的黑暗日子里，在那个新闻管制出版物匮乏的社会中，这种作品多少也能给他们平庸、晦暗、无望的生活里增添了一丝娱乐和打发日子的消遣。

注重发现新人的《青年文化》

《青年文化》是伪满洲国后期刊登新文学作品的重要的综合性文化杂志。当时东北文坛自《艺文志》《文选》《作风》《满洲文艺》《诗季》等新文学刊物中途停刊后，只有刊登通俗文艺的《麒麟》杂志比较兴盛，《新满洲》此时也已经转向大众通俗杂志，刚刚创办的《新潮》杂志文艺作品所占比例比较小，也以大众通俗文学为主。正值东北新文学文坛一片荒寂之际，《青年文化》创刊并刊登了大量的质量上乘的新文学作品，如长短篇小说、戏剧、长诗、杂文等，不仅为东北新文学提供了发表园地，而且这种注重发现新人的做法还促进了东北新文学的发展。

《青年文化》缘起于 1935 年的《新青年》杂志。《新青年》本是"协和会"在"奉天省"的机关刊物，但刊登了不少文艺作品。《新青年》停刊后，由长春的"满洲帝国协和会青少年团中央统监部文化部"接管，创办《青少年指导者》杂志，王天穆、赵仁昌等人任编辑，这也是一本政论和文艺作品并存的综合性杂志，但此时的文艺作品已经大量减少，1942 年 7 月停刊。《青少年指导者》同人借"协和会"改组之机，创办了"满洲青少年文化社"，刊行《青年文化》杂志。

《青年文化》于 1943 年 8 月在长春创刊，月刊，16 开本，1945 年 1 月终刊。编辑人先后是张凤墀、李寿顺。发行所为"满洲青少年文化社"、"满洲书籍配给株式会社"。《青年文化》内容具有"时局"性、文艺性、趣味性、信息性，以小说题材开掘广泛为其特点。《青年文化》给东北文坛的另一个贡献是刊出了成熟的百行以上的叙事长诗，如山丁的《拓荒者》，蓝苓的《科尔沁草原的牧者》、《在静静的榆林里》等。除此之外，杂志还集中介绍了白俄作家拜阔夫的作品以及在华北的东北作家群的作品。

东北沦陷期惟一电影期刊《满洲映画》

《满洲映面》于 1937 年 12 月在长春创刊，这本期刊与《麒麟》同为"满洲杂志社"出版发行。它是和"满洲电影"一起诞生的，主要以刊登电影脚本、影评、明星生活及剧照等为主。编辑人先后为饭田秀世、藤泽忠雄、山下明、赵孟原、刘玉璋。1941 年 6 月，《满洲映画》改刊名为《电影画报》，当年第 7 期即以《电影画报》之名出版。该杂志当年曾被称为"东亚惟一大型电影读物"、"国内五大杂志"之一。

四

除了文学艺术类期刊，伪满时期的其他期刊则乏善可陈。除了个别自然科学及科普类以外，其他期刊则完全沦为日伪统治的工具，其办刊质量也十分低下。

（一）新闻时政类

伪满统治时期，因为实行了严格的新闻管制，东北地区真正意义上的新闻期刊很少，在"莫谈国事"的黑暗残酷环境里，哪里还有什么真实客观的新闻存在。《新天地》《新满洲》《大同文化》多少涉及到一些新闻，但也多是为日寇侵略中国服务，或是"御用"性质的帮腔。如大连满洲文化协会主办的《大同文化》虽然也刊登新闻，但却明确提出以使民众"彻底认识满洲新国家之真谛"，"务使民族确实了解王道之精神"为宗旨，是一本地地道道为日本帝国主义和伪满洲国效力的期刊。

新闻少见，涉"政"的期刊倒是有一些，但这"政"不是"政治"，而是所谓的"政府"，即大大小小的各类"政府"公报。如在长春出版的《政府公报》，从 1934 年 3 月出版，到 1945 年 7 月终刊，容量很大，十多年时间，每月按时出版，全部合订起来，有 74560 多页。在大连出版的《调查时报》，从 1920 年 4 月创刊，到 1944 年 2 月终刊，出版了 25 年，合订起来有 56000 多页。

在这一类期刊中，有一本内务局的机关刊《内务资料》，或可说是"时政"类的期刊。该期刊在约稿启事中说："关于民众有关联之论著或其他各种之具体研究，关于诸般民政之调查材料皆可。"所登的文章多为民政方面的内容。如《街村指导监督方针要领〉、《国家与街村》等。在这本期刊里每期还都刊登内务局的训令："为政要旨，既诚则明；贵乎忠诚，其道用宏；业精于勤，躬行实践；勤则有功，百政繁兴；廉洁白持，敦品作则；砺身之要，庶民法效；人和为贵，精神互助；大度为尊，一德一心。"看来，"训令"的落脚点还在于所谓的"日满亲善"、"一德一心"。

（二）文化教育类

东北沦陷时期的文化教育类期刊，几乎完全掌握在日本人和伪满统治者手中，因为他们深知文化占领与奴化教育对其统治的重要性。所以我们今天所能见到的这类期刊，大都是奴性文化声音和教育观点。这从以下几种期刊里可见一斑。

《东北文化》——1931年由日本人在大连的"中日文化协会"创办。其主办单位"中日文化协会"打着"文化进步"、"亲善"的旗号，以《东北文化》为舆论工具，大搞文化侵略。该刊的主要栏目有"卷头语"、"中外时事"、"时事评论"、"新知识"、"文苑"、"小说"、"日语讲义"等。

《大同文化》——"大连满洲文化协会"于1935年在大连创刊。该刊明确提出以使民众"彻底认识满洲新国家之真谛"，"务使民族确实了解王道之精神"为宗旨，是为日本帝国主义和伪满洲国呐喊效力的期刊。所刊文章如《满洲建国四周纪念日各部大臣之感想》《满洲帝国之概要》《祀孔考》《中国桥之历史与构造法》《淡谈兰花小史》《书画同源》《丧礼问题》《论（水浒）》《中国妇女脚的解放问题》等。其中也谈中国文化，但基本上是围绕着文化奴役与文化占领而展开的。

《同轨》——1934年2月1日由伪满洲国奉天铁路总局总务处在沈阳创刊。编辑人松山信辅，发行人向野元生，均为日本人。该刊发刊词称:"铁道不仅传播文化,亦所以创造文化也,满洲以文化立国,则国有铁道使命之非小可知,我铁道同人,深鉴于此,觉忠诚从事实务之外,尤切望有一集思广益之机关,本志乃即应此机运而生。"创刊号内容大都是铁道建设方面的常识及铁路总局与各地方局关系的文章,还有铁路沿线的古迹等。该刊在征稿启事中说:"不谈政治,趋重德行,不及讥评,须加句点。凡关于业务研究,经济事情,风俗习惯,名胜古迹,文艺作品等投稿一律欢迎。"这里所说的"不谈政治"显然是一种遮掩。因为创刊号中明确指出,该刊的纲领在于"德性之磨励,业务之研究,铁道知识之向上,上下意志之疏通,合作精神之振起"。可见该刊要着力宣传的仍在于日本侵略者所需要的"德性"、"意志"、"精神"等。

《新青年》——1935 年 10 月 20 日由"新青年旬刊社"在沈阳创刊。编辑人为陈健男,发行人为申杰。社址在奉天市商埠地三经路伪满洲国协和会奉天省事务局内。创刊号上有伪奉天市长王庆璋的题词:"如气之春。"另有简短的《发刊词》,全文是:"一、表现民族协和真精神。二、统一青年之思想。三、探讨学术及发扬文化。四、克制外来思想、不良刊物。五、复兴满洲文艺并挽救出版界之没落。"虽然该刊与五四时期陈独秀主编的《新青年》同名,但内容却有本质上的不同,创刊号上发表的头题文章《民族协和之真精神》代表了该刊甘当汉奸的政治倾向,也体现了该刊的宗旨是为日本帝国主义及其扶植的溥仪傀儡政权唱赞歌:"究竟民族协和的真精神何在呢? ……例如亚洲诸国,有的非常进步,可以媲美欧美如日本,有的非常落后甚至在过着游牧生活如蒙古,如果亚洲各民族间能够彻底合作,为种种杂多民族的文化开一统一融和之途,很快的,亚洲全体文化的水平便会高涨起来,同时内容也能特别充实……举实例来说,自从日满两民族协和以来,仅仅在这三年中,满洲经济上的进步比较前二十年所走的还快,铁路及轻重两大工业都在突飞猛进,满洲民族所受的实益真是笔不胜书,民族协和的功效已经在实际上与我们以证明了。"由此可见出,这是一本典型的汉奸杂志。在 1936 年"新年特大号"上发表的署名"编者"的头题文章《我们的意义》更加赤裸裸地暴露了编者的汉奸嘴脸,他们不仅为日本侵略东北大唱赞歌,还为其侵略全中国的罪行进行肉麻的吹捧。

《旅行情报》——这是日本人于 1943 年 1 月在沈阳创办的一本中文旅游半月刊。编辑人为日本人户泽辰雄和中国人张白虹,发行人为林重生。该刊名义上是一本旅行指南,也曾介绍了包括中国在内的世界各地的风土人情和生活习惯等内容,但其大量篇幅却是日本军国主义到处侵略的战况及其武力的炫耀。如在 1943 年 2 月 15 日出版的一期里,就有题为《大东亚海上战昨年日军的战果》一文,详细地记载了 1942 年日军的所谓"战功"。文章开篇说:"昨年元旦,距大东亚战争开始期,仅二十有四日,日军已占领马来之新高拉、巴他尼、哥他巴尔、关丹,美属之关岛、广东之九龙、香港,并上陆吕宋、民诺大,英领婆罗洲等处,获得赫赫之空前战果。兹则又逢新岁,日军之威势,更十倍于前。"该刊还详细地记录了日军所到之地的各种资源及风土民俗方面的情况。与其说是"旅行情报",不如说是"战行情报"。

《奉天教育》——1933 年 3 月 1 日由奉天教育厅和奉天教育会联合创办。时任奉天省教育厅长的韦焕章在创刊号发刊词中称:"奉天教育厅成立之翌年,主管编审人员会同省教育会诸执事合办教育月刊,其意盖欲汇本省文教政令于一编,冶东西学术于一炉,以期集思广益,同策进行。"该刊宗旨显然是为日本侵略者的王道政治服务，提倡的教育也大多是日本帝国主义推行的奴化教育。主要栏目有"论著"、"研究"、"讲演"、"附录"、"汇报"、"杂俎"、"命令"等。该刊在创刊号上曾为《儿童乐观》杂志刊发广告，其广告词也一派奴化教育气息："《儿童乐观》系月刊杂志，内容有趣，王道国民务必一读……"一则小小广告也要称呼"王道国民"，可见该刊政治取向的鲜明与堕落。其他如《满洲国语》《文教月报》（健国教育）《满洲学童》等，也都是这类内容。这时期的文教类期刊几乎都沦落为汉奸杂志，成为中国文化教育史和中国文教类期刊史上最黑暗和最为痛心的一页。

（三）科普健康类

这类杂志相对来说还没有完全被政治污染，不管是中国人办的，还是日本人办的，都还有科学精神。这类杂志比较有影响的是《农业进步》《东方医学杂志》《东方齿科》等，其他如《兴农》《健康满洲》《电波》等则影响不大。

《农业进步》——这是伪满时期很有影响的农业科普期刊。该杂志在旅顺出版，专门刊发农副业科技知识。《农业进步》每期都有一篇《编余话》，如第三卷第五号的《编余话》说的："农业家的使命最大，故头脑必须活动，因为我们是供给人吃的、穿的、住的、用的。可是都市人在吃穿住用以外，耳朵还要听，眼睛还要看，故我们也要随机应变，按其所需，供其所求。"该刊内容紧跟农时，考虑农民需要，如"农民生财之道"栏目里刊登了如何选种、施肥，怎样保管粮食等文章，还有如何养牛、养猪、养鸡、养兔等知识。在"园艺"栏目里，有培育各种水果的方法和注意事项。另外还有"农事问答"栏目，专门回答农民提出的各种难题。

（四）财经管理类

这类期刊多是统计汇报、月报之类，如《奉天市政统计汇刊》《满洲国外国贸易统计月刊》《商工月刊》《内外经济情报》《北满经济月刊》《奉天市统计月报》《满洲国外国贸易统计月刊》《奉天商工公会统计月报》《内外经济情报》《统计时报》等。这类期刊虽然多是统计数字，或是经济情报汇编，缺少期刊的内在含量，但却保留下了丰富的经济史料。这些统计类期刊在当时大都属于"保密"之列，出版时即印有"秘密"字样。尤其是其中所披露的经济数字，对于研究当时的东北经济状况，对于揭露日本军国主义对东北的经济掠夺，认知日本侵华的罪恶本质及对东北经济的破坏等，都具有直接的史料价值。

（五）大中校刊类

伪满时期校园文学比较兴盛，曾在朋友处看到何霭人编辑的女学生文艺作品集《窗前草》再版了三次，可见当时人对校园文学的喜欢程度。

《兴仁季刊》——由奉天省立奉天女子师范校友会编辑出版，大约创刊于1934年，在位于奉天大东门里奉天女子师范学校商场销售。虽然伪满洲国当局及校方企图使这类校刊成为奴化教育的工具，但是，主要由在校学生编辑、供稿的学生文学刊物，却淡化政治，多以风花雪月为主，少有当局要求的内容。这本期刊设有"妇女问题"、"教育"、"研究与批评"、"翻译"、"小说"、"诗词"、"课艺"、"杂俎"等栏目。因为是女校女学生办的期刊，因此该刊特别关注妇女问题。如第2期的"妇女问题"栏目中发表了16篇文章，其中15篇文章都是在校女生用白话文、新标点写成的讨论妇女问题的文章。其内容也比较广泛，如《妇女与职业问题》《妇女解放与生产力》《女子教育的目的》

《女子教育与社会的联系》《男女平权漫谈》《女子欲免去男人轻视的要素》《谈谈女作家》《谈谈妇女的装饰》等。第 2 期尾页有当年（1934）毕业生名录，从中可知该校毕业生年龄均在 19 至 21 岁之间。

《萃文季刊》——是所谓"新京"长春萃文女子国民高等学校的校刊，每年两期，春学期和秋学期各一期。内有"小品"、"小说"、"诗歌"、"杂记"、"小友园地"等栏目。

《商中月刊》——安东商科高级中学校校刊，内容以科技为主，兼有文艺内容。

《昌图二中月刊》——由辽宁省昌图县第二中学编印，创刊于 1934 年初。该刊设有论文、文艺、诗歌、小说、记事、科学、游艺等栏目。校刊《例言》里写道："本刊以发展思想、练达文艺、交换知识为宗旨，取材以宣扬王道、研究学理为范围。"这种内容定位充分反映出校方施行奴化教育的意图。然而由于该刊的主要稿件来源于本校学生，学生的习作少见有"宣扬王道"或研究学理的，倒是许多文学作品里体现出青少年对传统文化的继承与喜爱。如初一年级学生刘凤起的一首诗歌写道："红日迟迟笼绛纱，林中阵阵送啼鸦。清晨睡起无他事，指点儿童扫柳花。"诗中的后两句虽有模仿宋人杨万里《闲居初夏午睡起二绝句》之一中的"日长睡起无情思，闲看儿童捉柳花"之嫌，但一个初中一年级学生对古典诗歌知识的掌握程度，还是很不错的。

《昌图县立八面城初级中学校月刊》——我们现在仅能见到 1935 年第 2 卷第 5 期。从这一期的《例言》中可知该刊是"以发展思想，练达文艺，交换知识为宗旨"的。

《泉阳萃刊》——奉天省立奉天第二工科高级中学校主办。

有"摄影"、"学术"、"艺文"、"校闻"等栏目。从现存 1936
年上学期第 2 号中，我们可以读到当年工科学生的文学创作。如
化高二年级赵作璞同学的《昭陵即景四首》其四：

> 折得红叶插鬓归，几处农家傍翠微。
> 高歌一曲斜阳晚，数点归鸦乱落晖。

小诗写得颇见情趣。再有印职三年级常汝绰同学的散文《万
泉河春光的见闻》，曾这样描写春天的万泉河畔：

> 有几行弱不胜风的绿柳，夹杂着几株笑而不言的桃
> 花，静默默的临着水碧波的河岸上。又兼天气清和，河
> 里小鱼儿伸头喋水，在新萍孔里欢欢喜喜的领略大自然
> 之美。在假山茅亭东边，有几个天真烂漫的男女学生，
> 拿着纸笔写生，有时远眺，不时近观，此唱彼和，懒洋
> 洋的沉醉在东风里。好像把男女的界限忘了，真令人起
> 敬。我想在穷山僻壤，风气不开，一般村姑牧子们总是
> 梦不见这种境地了。更有知趣的小鸟儿，在绿柳枝上，
> 鼓翅振翼似飞不飞的，两两三三对叫。

对万泉河边景色的描写可谓入微入情。
《衍水》——奉天省立辽阳第二国民高等学校主办，1938 年
创刊。这是一本年刊，每年出一期。在创刊号上，有校长崔明□
写的《衍水发刊辞》说：

> 自司马迁《史记》载燕丹匿衍水之文，衍水之名

始见于辽东；自顾祖禹《方舆纪要》谓太子河以燕丹
得名，辽阳始以衍水著称。吾校既取此为同窗会之名，
又以之命吾校刊，岂矜焉以博古相炫之谓欤？抑亦别有
微义存焉。

创刊号上有"校史"、"论著"、"讲坛"、"文苑"等栏目。其中
"文苑"占了很大比重，竟有 16 个子栏目："论说"、"感想文"、
"见学日记"、"翻译"、"杂记"、"杂著"、"箴铭"、"颂赞"、
"诗"、"词曲"、"俚歌"、"哀祭"、"酒令"、"笑林"、"小说"、
"杂俎"，足见内容的丰富。创刊号中有教师和学生所写的各种
文章，教师中如许铁铮、韩成溥、曹炳寰、张既露等的文章，都
有较高的学术水平。尤其是曹炳寰的《辽东三老与辽东三家》
一文，细述不同版本的"辽东三老"之称，并对其诗文作了深
入的论述。许铁铮的《辽梦斋丛考》，对诸多文史方面的学术问
题作了详细考证，颇具功力。但在这本校刊中，也有歌颂日本侵
略者的文章，还有一些是用日文写成的，由此可见当时日本侵略
中国进行奴化教育的情状。

五

东北沦陷时期，在日寇的野蛮践踏和血腥统治下，在几乎所
有的期刊都已沦为日本侵略者统治东北舆论工具的时候，只有共
产党人出版的期刊还在东北这块土地上坚持抗日斗争的舆论阵
地。这在中国期刊史上，是最值得大书特书一笔的精彩之处。这
期间，中共满洲省委克服种种困难组织编印了多种期刊。这些期
刊虽然印刷数量、出版期数不多，有些创刊、停刊时间还难以确

定，但它们有一个共同的特点，那就是以它特有的战斗性，向人民宣传革命思想，唤醒民族意识，揭露日本帝国主义的侵略罪行和伪满政权的黑暗统治。这些充满战斗力的期刊，犹如寒夜沉雾里的星光，在东北地区的广大城乡播撒下了革命的火种。那是中国期刊界在最黑暗的天日里喊出的最强有力的声音，是民族不屈不挠的最有力的象征。

中共满洲省委各级组织编印的期刊到底有多少种，现在已经很难考证清楚。就有关史料分析，当时应有数十种之多，保留到今天的也有十余种，如《战斗》《两条战线》《列宁旗》《前哨》《新战线》《统一》《东北列宁青年》《转变》《战斗青年》等。今天，它们多数珍藏在图书馆里，少数则在民间藏家手中，是"红色收藏"的珍品，已极其珍贵。在这些期刊中，最重要的是满洲省委主办的《战斗》。

九一八事变之后，中共满洲省委于同年12月从沈阳迁到哈尔滨。1932年9月20日，满洲省委的党内教育刊物《战斗》创刊。《战斗》的发刊词说："《战斗》是省委具体地领导下级同志在政治上、理论上、工作方式方法上求得解决的刊物；《战斗》要把一切战略与战术以及实际工作的经验等等，能够供给同志们经常的去学习与阅读。"创刊号上刊登了乃道的《彻底转变我们领导工作的方式》、冬董的《反对实际工作中的机会主义》等文章。《战斗》第2期、第3期在1932年的10月即已编好待印，但因印刷处遭到敌人的破坏，稿件也被日特搜去，致使《战斗》第2期拖期到1933年1月22日才出版。从1933年2月至1934年4月，《战斗》又出刊了第3期至第12期。每期刊物都配合省委的中心工作，发表抗日斗争和党内建设的文章。如第3期刊登了凡的《组织工人阶级的反攻来回答日本帝国主义的进攻》，第

5 期刊登了襄群的《反日游击运动的形势与执行反帝统一战线的问题》。襄群的文章在分析了反日游击运动的形势后，特别指出：

> 目前满洲的党在反日游击运动中争取无产阶级的领导，是我们当前的第一等的任务。然而这个任务的实现，绝不是关门主义，或者宗派主义所能成功的，更不是不顾一切的破坏统一战线所能完成的任务，而是要能坚定的执行反帝统一战线的策略。

针对抗日游击战的问题，第 9 期中还刊登了亮的《论东北目前反日游击战争的新阶段》。作者指出："满洲全党应当了解东北目前反日游击战争这一新阶段，使满洲党更加有可能顺利的领导反日民族革命战争走向彻底胜利的道路。"从中可见当时满洲省委在执行中共中央对日游击战争的方针是坚决而彻底的。

1934 年 4 月，中共满洲省委机关遭到敌人破坏，《战斗》在第 12 期后被迫停刊。1934 年 10 月，中共中央上海局派杨光华到中共满洲省委任书记，重新组成中共满洲省委常委。《战斗》也于 1935 年 1 月 21 日复刊，出版了总第 13 期。这期《编后的几句话》中说：

> 《战斗》复活了！在一九三五年的第一个月复活了！停刊半年多的《战斗》，正当反帝抗日的工农红军在几个战线上获得伟大胜利，争取几个苏区打成一片与四川首先胜利的今天。正当日本强盗积极吞并华北，华北处在万分危急的今天，正当日帝及其走狗疯狂进行"讨伐"与反日民族革命战争胜利的开展的今天，我们

的小小的《战斗》出版了。这就要使得《战斗》担负
起更大的任务，真正来领导与推动满洲的神圣的民族革
命战争的彻底胜利！

《战斗》第13期还发表短评《万分危机的华北——完全出
卖和投降之下实行了通邮》，严厉地批判了国民党政府同日本帝
国主义妥协的卖国行为。

《战斗》还有一个最鲜明的特点，就是及时而又详细地报道
了有关红军的消息，号召民众用红军"英勇的、光荣的、真实的
胜利，撕碎帝国主义、国民党一切欺人的烟雾弹——欺骗造谣的
武断宣传"。用事实证明中国人民完全能够打败日本帝国主义及
其一切走狗，开展一场民族战争来争取自由和解放。

1935年2月底，中共驻共产国际代表给满洲省委发来紧急
电报，将中共满洲省委多数负责同志调去苏联莫斯科讨论满洲党
的工作，只留一名常委坚守机关。1936年1月，中共满洲省委
撤销，《战斗》至第13期再未出版，实际上第13期则成了终
刊号。

在《战斗》出版的同时，中共东满特委创办的《两条战线》
也创刊了。

1933年，中共东满特委整编了延吉、珲春、和龙、汪清四
县抗日游击队，正式成立了红军32军东满游击队。为了对广大
军民进行抗日宣传教育，特委在游击队根据地小汪密营中创办了
特委机关刊物《两条战线》。《两条战线》用汉文、朝鲜文两种
文字出版。特委书记童长荣亲自主持该刊，还经常给这本刊物
写稿。

《两条战线》共出版了16期，后因童长荣于1934年3月22

日在与日寇战斗中牺牲而停刊。

1935 年 1 月，中共南满省委机关刊《列宁旗》创刊。这是中共南满省委的机关刊，由杨靖宇领导的东北抗联第一路军政治部出版。1938 年 12 月，中共南满省委又决定将东北抗联第一军和前中共东满特委的刊物《战旗》并入《列宁旗》。《列宁旗》于 1939 年停刊。

1937 年 3 月，中共吉东省委在林口县三道通乡沟里四道河子东北抗联第五军营地成立，军长周保中任省委常委。中共吉东省委成立后，在周保中的倡议和支持下，创办了党刊《前哨》。《前哨》是 1938 年 2 月 7 日创刊的，32 开本，月刊，每期发行200 份。由中共吉东省委秘书处编印，姚新一任主编。

在《前哨》创刊号上，刊有《论东北民族反日游击运动》《论抗日反"满"并提与不并提问题》《论讨论战争的趋势和制止战争问题》等文章。该刊编委还以《尾声》为题刊文说："因为这个刊物的主要目的，在于供给各部同志以各种理论与实际总是问题的研究材料，所以本刊每期都要刊载一些关于目前实际工作的和革命理论的文章。"

该刊共出版了多少期，何时停刊，现在不得而知。1939 年 2月，日伪重兵围攻东北抗联第二路军，《前哨》主编姚新一在转移文件和印刷品返回途中被敌军包围，英勇牺牲。大约此后《前哨》也随之停刊。

北满省委机关刊《统一》。1939 年 4 月 12 日，中共北满临时省委在通河县境内召开的第二次执委会上通过决议，将中共北满临时省委撤销，正式成立中共北满省委。同时决定撤销北满联合军总司令部，以抗联第三、六、九、十一各军为基础，成立东北抗日联军第三路军及其指挥部。省委常委李兆麟任总指挥。第三军指挥部成立后，即着手创办了北满省委机关刊《统一》。

《统一》第1期于1939年7月15日在通河县境内东北抗联第三路军营地出版。32开本，蜡纸油印，原定半月刊，南省委宣传部编辑，省委秘书处印刷。省委常委、宣传部长冯仲云（后兼任第三路军总政委）亲自主持《统一》的编辑工作。

在《统一》出版期间，曾刊发了多篇北满省委领导同志的文章，如第2期就有《中共北满省委告北满全党同志书——关于反日新形势下党的任务与策略》。文中提出："我们的中心口号就是：以动员民众，扩大反日民族革命战争，响应国内抗战。"1940年4月9日出版的《统一》是"红五月专号"，内容扩大，增加了纪念五一国际劳动节的文章和诗歌。1940年6月13日出版的第7期《统一》，刊载了中共领袖们写的纪念抗战两周年的文章，有毛泽东的《当前时局最大的危机》，周恩来的《抗战两年》，朱德的《我们一定要胜利》、王稼祥的《目前抗战的政略与战略的中心问题》等。

在《统一》出版之前，北满地区还出版了《新战线》期刊，由北满联合军政治部编辑出版。于此同时，在东北城乡还有一些革命群团组织出版的期刊。如《东北列宁青年》，1933年8月在哈尔滨创刊，是共青团满洲省委的团内教育刊物。32开本，蜡纸油印，不定期，由团省委宣传部负责编辑。1935年4月终刊。共青团奉天特委于1932年在沈阳创办《转变》，一月两期，定期出版。共青团磐石中心县委机关还创办了《战斗青年》。

这些期刊有一个共同的特点就是它的政治性与战斗性。另外，这些期刊虽多为定期，但由于形势的错综复杂，实际无法保证按时出版，经常是时断时续，有的甚至仅出一两期就停刊或改刊。印刷形式则多为油印或石印，极少数为铅印，个别的还有手书的。一般纸张粗糙，印刷简单，不易保存，尤其是其中秘密发行的刊物，印数不多，发行范围也很有限。

这些浸满了历史风烟的珍贵期刊，虽然印刷质量不高，发行量不大，但它们却最真实地记录了历史，反映了当时东北的政治、经济、文化等社会各个层面以及党领导东北人民革命斗争的客观状况，为我党领导东北人民的革命斗争取得最终胜利起到了积极深远的作用。

六

对伪满期刊的研究，是一项比较困难的工作。首先是期刊史的研究原本就薄弱，而伪满期刊的研究几乎就是空白。其次是原始资料匮乏。那个时代的老期刊经过战乱和人为批判、抛弃、焚毁，如今已所剩无几，除了个别大的图书馆里和极少数民间收藏家手中，已很难见到。其三是对那一段期刊的出版和发展情况，鲜有资料介绍和评价，现在想找到这方面的资料十分困难。然而这一段期刊史总不能弃之不问或是永远空缺，如今一些有识之士已介入到这一时期的期刊史研究，并付之行动。辽宁省新闻出版局和辽宁省期刊协会在2008年3月月版了《辽宁老期刊图录》一书，其中收有在辽宁出版的伪满期刊25种，图文并茂，每一种期刊都有彩图封面和出版地、编辑者、主编及内容简介，这在东北老期刊的研究上可谓是一项拓荒之举。如今，线装书局又将有计划地影印出版《伪满洲国期刊汇编》，这对那一段期刊史的研究可谓意义不凡。

线装书局影印出版的《伪满洲国期刊汇编》计划收期刊近80种，伪满洲国期间出版的期刊主要都在这里了。这一个系列在"伪满洲国史料丛刊"中属纯期刊抑或狭义期刊的范畴，考虑到伪满洲国期刊中还有一部分伪政府公报和统计资料，这两类与其他期刊的内容差别很大，且相对独立，于是我们将这两类单列出来，另结集为《伪满洲国政府公报全编》（163 册）、《伪满洲国地方政府公报汇编》（48 册）、《伪满洲国统计资料汇编》（36 册）。这样做更符合史料编排习惯，也更方便读者阅读使用。所以在《伪满洲国期刊汇编》中则不包括公报和统计资料这两类，而是相对更纯粹的期刊了。

在《伪满洲国期刊汇编》的编辑出版顺序上，我们一是本着先中文，后日文的原则，先编辑出版当时的中文期刊，最后再编辑出版日文期刊。当年，在东北曾有几百种日文期刊，这些日文期刊宣扬日本侵略，进行文化奴役，其内容更为无所顾忌，更具侵略性与殖民统治性。如果能将这一类期刊影印出版，对于了解和揭露当年日本军国主义的文化侵略和文化占领，则更具有史料与研究价值。二是先完整，后残损的原则，先编辑出版完整齐全的期刊，后编辑出版残损缺失的期刊，从而为研究者提供一套相对完整的期刊史料。

《伪满洲国期刊汇编》是新中国成立以来第一次大规模影印出版此类期刊，这对中国期刊史的研究，对了解当时社会和历史现状提供了一份最原始的材料。线装书局在这方面可谓颇具眼光，功不可没。

《伪满洲国期刊汇编》将分期分批出版，每辑在 10 种左右。第一辑共影印了 15 种。其中辽宁出版的 10 种，吉林出版的 3 种。

辽宁的 10 种是：

《同轨》（沈阳 1934.2—1943.9）

《道慈杂志》（沈阳 1934.9—1936.12）

《兴仁季刊》（沈阳 1934.12—1936.6）

《文教月报》（沈阳 1935.8—1936.7）

《新青年》（沈阳 1935.10—1940.6）

《商工月刊》（大连 1938.6—1943.7）

《文选》（沈阳 1939.12—1940.10）

《大同文化》（大连 1935.4—1936.5）

《满洲公教月刊》（沈阳 1940.1—1940.11）

《明明》（抚顺 1937.4—1938.3）

吉林的 3 种是：

《新满洲》（长春 1939.6—1945.1）

《麒麟》（长春 1941.6—1945.2）

《新潮》（长春 1944.1—1944.2）

第一辑已于 2008 年 5 月出版，发行后受到研究东北史、抗战史及期刊史诸多学者的好评，并希望尽快看到以后各辑。在听取相关专家意见的基础上，现在第二辑也即将付梓。第二辑共影印了 6 种。其中在长春出版的 4 种：

《建国教育》（长春 1939.11—1944.11）

《弘宣》（长春 1940.1—1944.5）

《青年文化》（长春 1943.8—1945.2）

《艺文志》（长春 1943.11—1944.10）

沈阳出版的 2 种：

《东方医学杂志》（沈阳 1933.1—1939.9）
《奉天教育》（沈阳 1933.3—1940.1）

当初与长林先生一起策划这个选题，一起寻找老期刊，他就邀请我出任主编，我考虑到这些期刊纯属资料汇集重编，本不需要什么"主编"的，所以有没有主编并无大碍。从这一辑开始，出版方以编委会的名义再次邀我出任主编，他们的初衷可能是出于"汇编"在整个丛刊中的一致性和完整性，所以我也只好理解并遵从此一邀请，力争协助长林先生将这一系列的相关工作做好。同时期待《伪满洲国期刊汇编》各辑能尽快出齐，也希望通过此"汇编"使这方面的研究出现一个新的局面，收获更多的成果。

《伪满洲国期刊汇编》，初国卿主编，线装书局 2009 年 10 月版

他应该成为名士

——序《刘群书画集》

如今，坊间冷摊上随意发现的民国以前的笔札或是契约、账本、作业都成为了书法收藏品，上边的墨笔字儿让今人看了点头称是，赞赏有加。每每看到这种情形，我都会为当今的书法家捏着一把汗，因为他们走的真是一条冒险之路。本来属于前人作为工具的笔墨功夫，到了今天却变成了艺术的高端境界，变成了谋生的手段，其间的难度古人无从知晓，今人也多有不知。所以，今天不时能见到的书法家，多数都让我敬畏。刘群就是让我敬畏的一位书法家，并且他的画作也颇有成绩，人也蛮有个性和朴直，这就更让我对他多了一份尊重。

一

我最初认识刘群是在上个世纪的 90 年代初期，一派的青年才俊模样，在家中教一群顽童，其中也有我的女儿。他教学生学书法有独到之处，颇受家长和孩子的喜欢。接触长了，他给我的印象越来越深，也越来越好。他不修边幅，但在书法创作上却极有秩序；他天性散淡，但对待事业却义很执着；他无时无刻不生活在理想境界当中，但现实生活却又脚踏实地。他的品性、格调、爱好、情致，无不具有超脱之感。为人处事，朴实而厚道，心中有事不用问他，他自己会通盘说出，圈里人多称他为"透明体"。书画之外，他吹箫弹琴，养兰种草，锯木刻石，饮酒赋诗，凡涉艺术性情领地，几乎都一通半晓。如此这些给我一个强烈的感觉：他可以当名士。

然而，名士很难当。名士绝不是仅仅具备天性就成的，名士需要多方面的主观和客观条件，以至于今天他还未成为名士，那主要是因为他还缺少当名士所必需的条件。

刘群为新民人，1949 年生于沈阳。父亲刘景春解放前从新民考入东北财经学校，是沈阳市最早的一批财税工作者，在沈阳财政局做职员，研究地方税史，为国家税志编写者之一。老先生平时写得一手酷似赵孟頫的行书和文征明式的小楷，我见过他当年用小楷抄写的《万里长城文化游乐同设计书》，工丽清雅，有宋人风致。

刘群自幼酷爱书画，就是得益于父亲所藏米芾的《蜀素帖》和《苕溪帖》。这两本帖他临摹了多少遍，连他自己也数不过来了，以至于后来在书法临帖展上他的作品为众人瞩目，说他"临米而乱真"。今天，他的书斋名"小拜石山房"就与此有关。斋名记曾这样写道："少时偏爱笔墨之趣，得父亲所藏米芾《蜀素帖》《苕溪帖》，时时摹之。及长，临米趋真，书界戏称'刘老米'。吾爱米之清健端庄而挺拔，行气跌宕且多变之书风，更爱其喜穿唐服，嗜洁成癖，遇石称兄，膜拜不已之端行。吾既习字，吾亦爱石，虽无研山之珍，但有顽石数枚，故署书斋'小拜石山房'，以志所好。"从此斋名上，我们已见出父亲对他的影响和他个人所好。

二

这般性情且有名士素质的人，有时也会心绪不宁，双手颤抖。我看过他二十多岁时写的情书，那简直就是可收藏的信札，流美的书法，优美的语言，华美的情诗，泛黄而古艳的毛边纸上竖写的繁体字闪烁着那个时代特有的翰墨因缘。据说因为他在情书中第一次写了"亲爱的"三个字，而忐忑不安了几天几夜，心绪不安，难以入睡，再写信时手都在颤抖。名士虽然难求，有此清纯男人也很不易了。

正是因为情书上的毛笔字写得好，当年的女朋友即现在的妻子刘鸿华拿了这些字和她的父亲摊牌。做水利工程师的岳父不相信这些堪称书法的信出自女儿的男朋友之手，认为有"描"的可能。于是在一个周末将刘群招到家中，当场"考试"。岳父给他出的题目是书法一幅，写鲁迅的"运交华盖欲何求"；绘画一幅，题目是"江山如此多娇"。这次，刘群的手没有再抖，他顺利地完成"大考"。岳父笑了，过后对女儿说："这孩子有内秀，字写得这么好。成了，姑爷就是他！"作为见面礼，岳父还将一部家藏的民国版《芥子园画谱》送给了他。

1980 年，刘群在辽宁丝绸公司当美工，认识了辽宁美术馆的郭子绪先生并拜其为师，从此专攻书法，通楷、隶、行、草各体，楷书取法《嵩高灵庙碑》，得天真稚拙之趣；隶书多以北碑及行书笔意出之，真率古拙；行书学米，在严于法度中追求潇散奔放。同时注重个性的表现，不将自己的作品过早定型，在传统中不断地充实新的写法，尤其是从各家笔札中探寻真谛，诸如徐渭的性情，杨维桢的郁勃，八大山人的清空，黄宾虹的浑厚与灵动，林散之的潇洒、天真而不失老辣的朴野气与书卷气，甚至包括民间不知名的书家的作品，都成为他师法的对象。

古往今来，大凡有个性的书画家都有一颗百年孤寂的心灵。他们必须与大自然融为一体，将山影、河湾、云飞、鸟叫幻化成自己笔下的墨彩字形；还要千遍万遍地临摹古老的碑帖字画，为的是将自己的灵魂送到古人的精神天地中，在那里浸润得通体包浆后，再穿过一道道历史和古典文化的月亮门，才能昂首挺胸地步入今天的艺术殿堂之中。刘群无疑也是这样走过来的。为了研究和临摹《嵩高灵庙碑》，他几达痴迷的程度。此碑的高古、雄浑，用笔的方圆兼融、刚柔并济，成为他后来书法风格的基调和底蕴。他曾将这本碑帖拆开，一半放家中，一半放单位，一周换一次，每天都要读几十遍，每个月都要临摹上百遍。到后来再静下心来细致入微地观察分析每个字的每一画每一笔。还将帖中的每个字单独精心地临到卡片上，装到衣兜里，随时随地都能读。

曾有一段时间刘群对林散之的书法着迷，于是就将他的帖一张张粘在卧室床上的天花板上，每天早上醒来睁眼就是林散之。他家原住平房，还是个厢房，冬天室内往往只有零上一二度，墙上全是霜，手都冻肿了。在这样的环境里，他还是一夜一夜地写。家中地方小，只有 13 平米，桌子不够大时，他就趴在地上写。有时晚上一两点，他写到得意处，就将妻子推醒，兴奋地讲他的临书体会。他的妻子说，为了书法，他十年没买过新衣服，有了钱就去买书和纸墨。

三

毕加索回答钢琴家鲁宾斯坦（Artur Rubinstein）关于他每天

画同一瓶葡萄酒的责问时说："每一分钟我都是不同的我，每一个钟头都有新的光线，我每天看那瓶酒都看到不同的个性。看到不同的酒瓶，不同的桌子，不同的世界里的不同的生命。一切都不同！"刘群从临摹碑帖中，正是看到了古人的个性和不同的生命，同时也走出了传统的月亮门。

临摹自然是侵用上帝之作品，阐释自然才是艺术家之所为。书法和绘画，临摹是基本功，临摹名家笔调是不算犯法的入门侵权行为，最后学会用自己的心力去构图创意，开辟新天地，那才是艺术的造化。刘群说书为心画，字为心声，自己内心的情感用线条表现出来，每每都是与读者对话。他的书法作品圈内人都说好，但有时却不符合一些评奖的要求，于是有人劝他不要坚持自己的风格，但他不回头，他执意要走自己的路，坚持自己的风格。所以他从不拉关系找熟人捧自己，十分低调。他认准艺术创作本来就是寂寞的事，是潜下心来与天地自然相悟的事。为了让自己的书画作品有自然之灵性，他特地到一个叫"马泉子"的农村住了一年，真正地过起了"虽抱文章，开口谁亲，且陶陶乐尽天真。几时归去，作个闲人。对一张琴，一壶酒，一溪云"的乡间生活。方士庶在《天庸庵随笔》中曾这样说："山川草木，造化自然，此实境也。因心造境，以手运心，此虚境也。虚而为实，是在笔墨有无间。故古人笔墨具山苍树秀，水活石润，于天地之外，别构一种灵寄。"刘群所追求的，大约也正是这样一种"灵寄"吧。

为了求得艺术表现上的自由与和谐，他几乎把精力都集中到了情感的表现与形式的探索上，并力求两者的紧密融合。他喜欢将字形、结构用变形的手法去完成，这样，既能表现他的特定情思，又在形式上变化多样。情感是超越形式的，一切的形式都是为情感而服务，但形式无疑又是情感表现的载体，离开它，情感则无从表现。多年来，刘群总是在情感与形式之间苦苦寻找着一个最适当的结合点和和谐处，为此他费尽了精神。过了五十五岁，他自己总结说，看惯了世态人情，自己也从躁动中归于平静，沉下心来步入书画之乐境。因此他对书法的布局、结构、用笔都有着一番独到的体会。其作品在真率中达到了一种稳而不俗、险而不怪、老而不枯、润而不肥的地步；于变化中求得统一，在裹藏间、肥瘦中、疏密里、简繁处找到了一个比较和谐的艺术统一点。章法上，既重视整体气韵，又兼顾细节完美，达到成竹在胸，随遇而变的融通之境。

刘群的书法艺术，已经达到了名士的水准。

四

近几年，在书法创作之余，刘群又捡起了绘画的老行当。他的山水画，虽然未达纯熟，但却颇有些石涛的味道，在师法古人的笔墨构图中，同样显出自己天真率直的个性。但相比之下，我还是更喜欢刘群的书法。占人云"画是八重天，字是九重天"，可见书比画的品位更高。毛泽东的秘书田家英学养深厚，深谙此理，以慧眼集藏清代学者墨迹，步入九重天中，蔚成大观。一般说，善于下棋的人一定要下围棋，真正懂画的人，一定要看字，而更高层次的鉴赏者，只有书画并读才够有味。就艺术本身而论，书法尤难于画：落笔成章，不容更易；意念酝酿，不具成稿；形神兼备，墨采单纯；顷刻而成，尽美之境；单纯简练，抽象之至。在所有笔墨艺术中，比书法更为简要的，没有了。但简要的形式却创造了高深的意趣和境界，这一切从来都不是一般的人就能领会到的，只有具备了到位的欣赏水平和文化修养才能悟得此中三昧。所以书法创作技术关过了之后，比的就是个人的人格修养与文化积淀了。此时作品，写出的全是"我"，我的阅历，我的学识，我的悟性，我的道德，我的造化。历数中国古今书画名家，无不是以湖笔、徽墨、宣纸、端砚点燃的摇摇曳曳的传统薪火，烛照着自己一生的悲欢离合。深厚的功底加上率真的性格，往往是有个性的书画墨客笔下风采之所自。然而如今满街的书画墨客，为什么作品堪称上乘者不多呢？说穿了就是两方面的欠缺：功底和性格。有的人可能功底不错，但性格缺少率真，作品里没有真我；有的人虽然性格率真，但功底不够，尤其是文化功底，作品自然缺少含量和分量。玄机正在于此。

刘群出书了，办展了。接下来，我倒是希望他再去山里农家住一住，布履丝衣，少点都市红尘，多点林泉之致；酒要少喝，茶要常饮；烟要少抽，衣要常更，境界还要抱持住理想的，少了什么，都不要少了天真和童趣。名士往往生活在半真半幻的世界里，他们在书海中寻求现实世界，又在现实世界中制造书海里的人生，最后总是分辨不清是真是幻。书画家亦然，因为书画的世界也是半真半幻的世界。书画可以制造虚构的情景，也可以塑造真实的情景。这样的虚实把握好了，刘群一定会成为名士。

《刘群书画作品集》，2005 年 6 月版

鹧鸪声里动诗情

——序汤梓顺初版《拾穗集》

按郑板桥的说法，作序是"借光"，但今天这个"光"却正好反射了过来，不是汤公借我的光，而是我借了汤公的光，且这光还照眼得很，不仅让我看得眼花缭乱，还大大有些心情澎湃，激荡不已。

一个人多半世下来，总会积攒些值得示人的珍品，《拾穗集》是汤公几十年的心血结晶，集中所收也自然是他可示人的珍品。读其诗文，如见其人，说是为先生的诗文集写序，不如说是给了我一个机会来欣赏他这些珍品。

初识汤公是在上个世纪九十年代初期。有一天，我原来所在单位收发室里来了一位新的"找补差"的守门人，是位头发银白的瘦弱长者。他每天除了客气地迎来送往，就是看摊了一桌子的书。他的举动很让我惊奇，从此，每天上下班都互相点头致意，后来发展到唠上几句，再后来是深入交谈，再再后来成了望年交。

就这样，他在收发室的两年时间里，我几乎每天都和汤公见面，有时谈上三五句，有时小半天，还有时到临街的小酒馆里喝上几杯。从《易经》和算术之关系到唐诗与胡人文化，从近体诗创作到填词技巧，从王十朋的家谱到陆游的婚姻悲剧，从石头的鉴定到罗汉竹的盆栽，几乎无所不谈。忽然有一天他告诉我说，他要回家了，因为有一个"关系"盯上了收发室"找补差"这个位置，他只好让位。

汤公走了，我很悻悻然。接下来是"关系"来到收发室，但是"关系"不知为何，却同在楼里上下班的人搞不好关系，没几天又换了一个人，也是一位老先生。他是一位林学专家、研究员，曾出版过一本厚厚的《辽宁植物志》。他到了收发室也是每天翻书，还有大量的照片。后来我同这位先生成了朋友，才知道他正在整理《东北植物志》，有二百余万字。他也有着不平凡的一生，比如在沈阳有红豆杉这种植物，只有他知道在哪里，但他却不告诉别人，因为这种植物的皮有着极高的经济价值，说出去他怕红豆杉从此不保。他为了拍摄辽宁独有的天女木兰这种植物，曾连续三年到本溪的深山里守候。他是执着的，但他的《东北植物志》却没有地方出版，因为出这本书要赔很多钱，他没有钱，直到世纪末，他家里还看着12寸的黑白电视。他也是我的忘年交，杨鸿佑，杨先生，同汤公一样，也是我最为敬重的人。有一次，我所在单位的领导对我说，单位里没有人才，我说："人才多得很，只是你没发现罢了，连给你守门的都是教授和研究员。"他听了很惊讶，直晃脑袋，直到今天我也不明白他晃的是什么意思。

离题太远了，还说汤公。他虽然和我不再经常见面，但友谊却更深厚了，直到今天。

抖搂这许多陈年流水账，无非是为说汤公的诗文作铺垫。本来诗文就是记忆的追悼。过了四十岁的人都明白，语言文字的魂魄其实都藏在奶奶的针线笸箩和爷爷的旧木箱里，还有妈妈的穿衣镜里，小伙伴夹袄的内兜里，初恋情人的眼神里和老朋友的认识过程中。没有了这些，还哪来的诗和散文，还哪有文学史可读。就说汤公这些诗和文，也是回忆的屐痕。他是在回忆中陶醉和升华，回忆使他的生活有了情调，回忆让他创作出了如许珍品。

《拾穗集》所收诗文分为两部分，一是诗，包括五绝、五律、七绝、七律、古风、词；二是文，主要是关于陆游等南宋文学人物的考据文章及部分诗论。

汤公诗的内容比较集中，最主要的是蕴涵的浓浓的深情、友情、亲情、爱情，每一篇作品都情意真挚，让人难忘。如《寄怀台中觉非》十首、《哭台中觉非》二十首，其情如泣如诉，催人泪下。觉非是当年将汤公带出家乡的族兄，其人文采斐然，对汤公影响很大，后去台湾。汤公与他几十年未曾谋面，退休后才得相见。几年来，两人诗词往还，情意绵绵，"为问天涯吴季子，可曾有梦到江南"。觉非病逝后，汤公深感悲伤，饱含情意写下了二十首七绝诗，其十三、十四道：

院落深深燕燕飞，明年春社事全非。
招魂俗问魂归处，花自漂零泪自挥。

五十年前忆别家，盈盈一水即天涯。
可怜已是重泉隔，邻笛悠悠日正斜。

读后令人怅然而欷歔。1994 年，汤公担任了一届全国诗词大赛的评委，在审阅作品时，发现了一首《鹧鸪天》词：

> 肠断清明岁岁同，又来旧地觅遗踪。满山烟雨梨花
> 白，几处啼鹃血泪红。云缦缦，路重重，人间天上梦难
> 同。石门轻叩频呼唤，无尽哀思叶叶风。

词中那真挚而悲痛的情感，深婉而凄美的意境，感动了每一个评委，而这首词的背后还有一个极为动人的故事。词作者曹淑英是温州剪刀厂的一位女工，她的女儿王楚楚 1985 年 9 岁时为救一个落水的儿童光荣牺牲，后被追认为烈士，是新中国最小的烈士。这首词是母亲为悼念女儿所作，作品最后获奖，曹淑英为此特地送给汤公一把厂里生产的剪彩刀。为感念这位母亲的情意，汤公特赋诗一首相赠，题《谢小楚楚烈士之母二等奖得主曹淑英赠剪刀》：

> 只为抢才浙海游，夔龙今喜会东瓯。
> 蒙君赠我并州剪，剪却新愁与旧愁。

曹词情切，汤诗婉约，一时传为佳话。后来《大众生活》杂志发表的长篇纪实《鹧鸪雨声中，妈妈用诗心为女儿安魂》即据此而写，在全国引起很大反响。

汤公子女多在海外，每每念及，他都是挥手说"不想，不想"，其实这都是不想为子女增加负担，他的儿女私情是深埋心中的。如《寄怀海外诸儿女》其一：

> 薜萝依旧锁柴扉，待到春残人未归。
> 安得儿如堂上燕，年年犹伴故巢飞。

再如《寄蓓儿》，诗首小序云："长子蓓儿旅居东瀛，女儿玲玲侨居多伦多，余孱弱多病，有晚景凄凉之感。"

> 草绿平芜柳袅丝，晓风庭院卜归期。
> 遥知羁旅思亲日，正是高堂念子时。

> 去国人如鸿去疾，还家儿比燕还迟。
> 嗟余吟鬓愁中改，早看行云晚赋诗。

其景其情，谁读了都会酸酸而嗟叹不已。归来乎！不知汤公子女看过此诗否？

古来诗词似乎不可无恋情，汤公于此尤为精妙。通读他的作品，我感到他最好的创作是两组《无题》，一组是七绝《无题四首》，一组是七律《无题七首》，都写得缠绵悱恻，迷离而凄美。如《无题四首》其二：

> 开遍南枝与北枝，岭梅无复寄相思。
> 榆关极目潇湘远，犹忆云英未嫁时。

这是半个世纪前发生在汨罗江畔一个酸楚而泪光闪烁的爱情故事，五十年后，"潘郎未改风流态，犹念妆楼梦里人"。多么难得的高洁之情。我曾有一篇散文，隐括此事，题《未嫁时》，这里不再多述。

汤公诗词，多有清词丽句，让人过目难忘，这里随意拣出，即可爱不释手："昨夜梦中江上望，倚栏人在画图中。""何时共赏潇湘月，重上家山旧酒楼。""年年红豆相思苦，春到江南未到家。""曾记杏花春雨夜,枕边犹有读书声。""绿波已逝惊鸿影,断壁难存古墨灰。""青衫有泪酬知己,红粉无情作古人。""刻烛敲诗遭冷遇,镂文作赋亦违时。"这样的诗句很能唤起人的共鸣,此种风致我们似乎在晚唐和南宋诸家中可见到。

汤公的词作也颇为精致,这里只略举一首《临江仙·有寄》:

> 三叠阳关西去,天涯卅载飘蓬,潇湘云树渐葱茏。
> 淡烟斜日远,庭院落花风。今夜倩娘何处?楼头缺月朦
> 胧。他生未卜总相逢?年年孤枕梦,此恨有谁同?

读来总感到有些小晏的神韵。

在汤公的诗词中,有两个使用率最高的意象,鹧鸪与杜鹃,很让人感兴趣。如:"苜蓿侵阶芳草绿,板桥西畔鹧鸪啼。""鹧鸪声里动乡思,如此春光好赋诗。""怕听鹧鸪山后唤,不如归去不如归。""桑柘成阴手自栽,鹧鸪声咽动凄哀。""荼蘼开尽春光老,一抹残阳一鹧鸪。""鹧鸪啼楚尾,扰乱离人睡,河畔草青青,愁随春水去。""紫燕差池帘影乱,春光半是鸟啼残,鹧鸪声咽唤人还。""平川落日,鹧鸪声咽,太匆匆,花谢谁怜。"这是提到的鹧鸪,再如杜鹃:"春色醉人人未醉,杜鹃啼谢杜鹃花。""孤冢斜阳谁祭奠,堂梨花发咽啼鹃。""杜鹃啼血残阳里,白首男儿哭母时。""经年有梦到秦川,故国春深哭杜鹃。""落花飞絮奈何天,孤冢斜阳泣杜鹃。""啼咽杜鹃花溅泪,飞回蛱蝶梦留痕。""里门怕听山阳笛,风雨潇湘哭杜鹃。""昔日文轻鹦鹉赋,暮年诗重杜鹃行。""何日是归期,子夫啼月时。""雁丘昨夜魂应断,蜀鸟声声怨。"这些是否可以说是汤公

的鹧鸪杜鹃情结呢？三湘大地上从小就听惯了鹧鸪杜鹃的叫声，那里是他的家，那里有他的初恋，那里有他的铭心刻骨的"未嫁时"，榆关之外，耳边常常听到的仍然是"行不得也，哥哥"和"不如归去"。由此涛人才在诗中不经意地出现那么多的鹧鸪与杜鹃声，不知这一理解是不是切合汤公雅意？

收入《拾穗集》中的文章，大部分是考据性的论文，少部分是诗论和序文。我认为在对文史问题的考证上，汤公是一位天才。他对一些问题有着特殊的敏感，还有着丰厚的文史底蕴。比如他对陆游的研究，随时就能发现疑点，从而才有了那么多的陆游研究的论文和新观点，如他说是唐琬天生词人的气度和陆游的两重性格，才致使"天遣鸳鸯化杜鹃"；他还说正因为有了陆唐的婚姻悲剧，才使历史造就了一个伟大的诗人，但同时也毁了一个杰出的女词人。一个自然科学的教授，能写出这许多文史方面的论文，真让我们这些学文史的人汗颜。写至此，有些话真的不敢说了，别说为序，做注脚都有些吃力了，读一读他的诗感受感受还行，这是真话！

这许多年了，我深感同汤公交往是一种愉快，读汤公的诗文也是一种享受。

沉浸在汤先生的诗文之中，沈阳的高楼大厦我都觉得陌生；吟着汤先生的诗句，我分明感到我是刚刚从江南粉墙灰瓦的小巷小弄里走出来，眼前是不断唤同的半个世纪的前尘影事，耳边听到的是从修篁竹梢上划过的鹧鸪声。

记得有位古人曾这样说：文章者，天地英淑之气，与人之灵心结习而成者。与山水近，与市朝远；与异石古木哀吟清唳近，与尘埃远；与钟鼎彝器法书名画近，与世俗玩好远。故风流儒雅、博物好古之士，文章往往殊邈于世，其结习使然也。汤公长成于人杰地灵之三湘，人世后从事力学教学，至工科大学教授，又自学文史，通易经，精诗文；半生波折，坎坎坷坷，然生活却乐观通达，退休后，远离市朝、世俗与尘埃，大半时间用于寻石养鸟，品茗种花，论道访友，研诗赏画，修洁如处子，淡荡如道人，因此所作诗文才会不古不今，卓然自成一体。

时下正是诗的衰落期，读诗喜欢诗的人毕竟少数，因此，汤公的这些作品不可能像时下的快餐文化那般拥有读者，他的读者还只是一小部分，他的诗再精美，也只能在一个小的文化圈中流传，这也难怪，谁都能欣赏，又怎么能称"阳春白雪"呢？

汤公是通达和谦逊的，他说他写这些只是为了一种兴趣，一种玩玩，拿不出手的，如再赞美，他就会连说"哪里！哪里！"他一这样谦虚，我就会想起董桥书上讲过的一件趣事：说当年台湾有美女参加伦敦选美会，到英国下了飞机，新闻记者拥上去拍照，赞她漂亮，美女答曰："哪里！哪里！"译成英文成了"where? where?"谑者则指其三围云："Here，Here"或"Tere，Tere!"借此告诫汤公，"哪里！哪里！"是不可随意说的。

感谢汤公，让我借光。

《拾穗集》，汤梓顺著，春风文艺出版社1998年12月版

早看行云晚赋诗

——序汤梓顺再版《拾穗集》

梓翁要出版《拾穗集》修订版，再次嘱我作序，我又惶惶然。我曾在林声先生《玩陶集》序言中说"为人作序须有三条件：一为长者，二是师尊，三谓同道中的佼佼者。我三条件均不具备，何以为序？"但难违梓翁盛情，终须来写。想来这"序"还得加个题目，因为在我看来，以上三条件都不沾边，但还难却盛情而写的"序"，最好加个题目，那样就不算作序，而是一篇读书记或评论文章了。我第一次为梓翁"作序"的题目是《鹧鸪声里动诗情》，这回的题目则叫《早看行云晚赋诗》。

一

我一向称汤梓顺先生为"梓翁"，每每称呼，觉其"梓"字极雅极好，又极符其人谦谦君子诗礼才情之形象。"梓"本是一种原产中国的落叶乔木，《埤雅》有"梓为百木长，故呼梓为木王"之说；《诗经·小雅》中也有"维桑与梓，必恭敬止"之咏。所以"梓"在后来的文本中有了那么多与文人相关的词语，如将故乡称为"桑梓"，将文字雕版印刷称为"付梓"等等。所以我总以为汤先生与"梓翁"这一称呼最为相称。"人瘦偏生傲世骨，才高每见脱俗情。"沈阳姚莹先生对梓翁最为了解，他送给梓翁的两句诗既是在赞梓翁，又像是咏梓树。

"梓翁"梓里为湖南省岳阳市湘阴县凤南乡。此地位于洞庭湖南缘湘江与资水交汇处，站上湖堤即可一览烟波浩渺的八百里洞庭。这里不仅山水相映，风景秀丽，且史脉悠长，人文荟萃。梓翁的出生地凤南乡位于湘阴县两，以境内有凤凰嘴、南岸嘴而得名。

梓翁生于 1932 年，抗战时他才十来岁，战火让他失去了上学的机会，于是父亲就让他跟当地一位塾师学古文。这位塾师叫左安厦，是当地最有名的学人。左安厦的大伯父左钦敏，是晚清贡生，著名学者，先后任桃源障江书院和衡山文炳书院山长，著有《论语孟子集注类编》、《古学编》、《学部通辨正误》《尚书斋杂记》、《清丞相左宗棠列传》、《湘阴人物记》、《修山酬唱集》等十几部著作。左安厦本人毕业于颇有名气的湖南国学专科学校，学问精深。多少年过去了，梓翁对这位老师都念念不忘，说以后没见过几位像他那样有学问的人。在左安厦的栽培下，梓翁少年即展露才情，他创作的许多诗词句子都一鸣惊人，诸如"落花满地无人扫，临水闲看鸭戏图"，"三日不出门，落花一尺深"，"折花惊蝶散□□，燕子飞时人倚楼"，连他的左老师都惊讶其人小才大。

1948 年，梓翁考入长沙文艺中学。这所中学当时在湖南很有名，它原是著名教育家曹典球创办。梓翁入学时，曹典球还在湖南大学当校长，兼任这所中学的校长。在文艺中学，梓翁学业拔尖，15 岁高一时，用文言文写作的论文《力行近乎仁吕东莱曰力行非仁然足以忘私试申其义》就在全校高中部 700 多名参赛者中获得第一名，一时在长沙文艺中学校内成为师生瞩目的人物。

新中国成立之初，他以青年才俊的一腔热血和蓬勃之情，放弃了报考名牌大学和文学创作的爱好，立志要做一名新闻记者，于是报名参加了新疆新闻招聘团。不久，抗美援朝战争爆发，他又投笔从戎，远赴东北。然而他没有实现上战场的理想，组织上将他留在了沈阳空军第八航校，当了8年教员。1958年"反右"时，只因他说了一句"将打狼的鞭子都抽到了羊身上"而被下放到北大荒，当过农工、伐木工、拖拉机手、汽车驾驶员，过了整整10年艰苦而繁重的农场生活，后来他专门为此刻过一枚闲章"曾是流人"。在北大荒期间，他曾考入东北林学院道桥专业，毕业后到黑龙江省东方红林业局，从事勘探设计和开路架桥工作，全年都在荒山野岭间辗转。后来又调到沈阳气体压缩机厂任教员，直到1978年调入沈阳航空学院力学教研室，生活才安顿下来。继而在教学与科研中不断创新，成为大学里的知名教授。

二

梓翁退休前从事的都是理工科专业，是一位力学教授，缘何又成为著名诗人和宋代文学研究专家的呢？这种巨大的学术反差曾经让许多人感到诧异。究其实，梓翁之所以能在旧体诗创作和文史研究方面取得突出成就，是因为他骨子里的爱好、兴趣和情感投入，再加上他与文学不同的力学思维与治学方法。

退休以后的梓翁，将人生60岁以后的岁月完全当做了一种性情和性灵来度过，他骨子里潜在的那些对文史对诗词的天赋与兴趣很自然地又浮了上来。于是他每天的生活就是淘书与读书,同时散步访友,观光看景,过起了真正的"早看行云晚赋诗"的生活。不过那"云"既有自然风景中的"云",也有历史"云烟"中的"云"。那段时光,沈阳大大小小的旧书摊他都光顾过,许多经营旧书的人都认识他,十多年下来,他几乎读遍了与宋代文学相关的书籍。于是他发表了几十篇关于宋代文学的论文,其中多数是考据文章,订正了通行文学史与其他论著中的许多失误之处,引起学术界的广泛关注。如《〈中国文学〉卷三年表中的几个问题商榷》《绍兴三十一年五月王十朋丐祠考》《王十朋故里之谜》《对陆游四首佚诗的真伪判断及系年研究》《对新发现的陆游一首七绝的研究》《于北山著〈游游年谱〉绍兴三十一年至三十二年谱文质疑》《从陆游久困名场始末评宋史本传的一处谬误》《宋名臣李光卒年考》等,或订正史书之误,或填补学术空白,表现了梓翁多年来积淀而成的知识功底与学术素养。

在中国文学史上,陆游研究素为显学,关于陆游生平和创作上的学术问题,几乎都已穷尽。但尽管这样,梓翁还是在陆游研究上提出和厘清了许多问题,他发表的有关陆游的学术文章有十几篇之多,篇篇论到实质问题。如《对新发现的陆游一首七绝的研究》不仅谈到了新发现的陆游这首绝句,而且还进一步考证了清贫的陆游与富贵的周必大之间的交谊。近读《文心楼存稿》卷二,作者还特意提到梓翁此作:"据近人汤梓顺撰文介绍,陆游又有一首七言绝句被发现。我查过陆游全集,确实未收录此诗。该诗的题目是《食江南笋》:'色如玉版猫头笋,味抵驼峰牛尾狸。归向妻孥夸至夕,书生寒乞定难医。'据汤文介绍,这首诗是从周必大所著《文忠集卷·省斋文稿二》中发现的,附在周必大《戏和》诗题之中。汤文载《中华诗词》一九九六年第二期。"足见其在诗界之影响。

我前边说他做学问还有不同于文学的力学教授式的思维，就这一点我曾和他探讨过。比如他的考据性文章的写作过程就与我们一般人文学者不一样。他从自然科学研究的思维入手，考证文章做得更严密，更合乎科学性. 另外在研究方法上也总有创新，比如用定性分析法和定量分析法等。他在写考据文章时总要利用一些数学公式进行推算，甚至还要画出曲线，从中找出规律性的东西，这种文理兼通的治学方法，是一般搞人文科学的人所做不到的。

正是因为他的学识、修养和不同于一般的研究方法，才使他在宋代文学研究上写出了那么多的言之有物的论文，做出那么多成绩，从而成为一般人文科学研究者所难以企及的学者。我一向认为学术论文应言之有物，如梓翁每篇均有新论或新发现。在当下扭曲的职称评定和无节制的名利驱使下，大学博士生与博导甚至校长互相抄袭，垃圾论文满天飞，学术刊物大收版面费，致使学术腐败，丑闻频现，闹剧不断。我每每接到请托说情或是甘愿拿版面费发论文的电话都颇感头疼，哀叹那些被浪费的纸张，可怜那些被化成纸浆的树木。试想，那些搞文史专业的学者教授如果还写不出一两篇如力学教授梓翁这样的论文，你还发它做什么？即使文章堆得汗牛充栋又该如何，还不都得成为供后人不齿的笑柄！

三

当然，梓翁在人文科学上的成就我认为主要还是诗，他的诗词创作在当代旧体诗界是卓然自成一家的。记得公刘先生曾在一篇文章中说，古典诗词最动人的要素，在于忧患意识、悲悯心态和历史沧桑感三点。纵观梓翁之诗，这是哪点都很突出。

他的诗，感情深沉而真挚。如最为人称道的《哭台中觉非》二十首，其情如泣如诉，催人泪下，当年为他校对诗集的女学生曾一边校对一边感动得掉眼泪。觉非是当年将汤公带出老家的族兄，其人文采斐然，对汤公影响很大，1948 年被国民党抓兵而渡海去了台湾。后来读了台湾大学法律系，成为著名律师，其词作斐声文坛，遗憾没有词集传世。大陆《湖南当代诗词选》和《东坡赤壁诗词》里收有他的词，在台湾的"政府公报资讯网"曾见到过《公务人员保障暨培训委员会对汤觉非再复审决定书》。梓翁退休后才与这位族兄相见，两人诗词往还，情意深挚。觉非病逝后，汤公深感悲怆，饱含深情写下了二十首七绝。其中有"倚栏共赏家山月，月在家山分外圆"，"招魂欲问魂归处，花自漂零泪自挥"，"可怜已是重泉隔，邻笛悠悠日正斜"等句，颇得时人激赏。

梓翁之诗在情感深挚中又不失空灵蕴藉，这完全是他才情的呈现。如《赠莫及老友之二》："残灯无焰夜凄凄，别梦依依去路迷。斜月半窗人不寐，杜鹃啼血板桥西。"又如《浣溪沙》："寒食当年记旧游，桃花水涨放归舟。渔歌声起晚风柔。无可奈何劳燕去，鱼沉雁杳思悠悠。有啼鹃处有乡愁。"这样的诗词，任谁读了都会深受感染而牢记于心。

因为宋代文学研究的缘分，梓翁与著名学者孔凡礼先生相交甚厚。孔先生每读其诗都赞不绝口，在给梓翁的信中颇多称道："意味隽永，当代难得"；"没有想到，您还是一位才华杰出的诗人，令人钦服。当代诗坛如先生者着实不多矣"；"当代之诗，能有先生之味旨的有几人。这已不仅是功力，而且有才力"；"先生诗作确确实实有韵味，当代不多见。我想学，学不到手。因为诗有别材，非关学也。先生有诗才。我说的是实话"。当代著名诗人袁第锐也对梓翁诗给予高度评价："绝句清新隽永，逸韵铿锵；律诗苍凉沉郁，发人深省。其爱国忧时之思，每至溢于言表。而遣词用典，则恰到好处、悉尽所宜，深得风人之旨。"这些评价既客观又精审，对梓翁人格诗作，可谓颇中肯綮。

　　如京戏一样同属古代艺术形式的旧体诗，某种程度上说在古代就发展到了顶点。虽然现在作诗的人不少，但往往并不讨好。其实这种状况在晚清以来即已明显表现出来，如王壬秋学汉魏六朝，樊樊山、易顺鼎学晚唐做艳体，散原老人和海藏楼学宋诗，都算极尽其能学到家了吧，但比陶谢、温李、苏黄何如？而今天的作诗高手比之当年的王湘绮和易哭庵又如何呢？所以我有时与梓翁闲谈时说，那些既没学问，又没情致，写出的诗既不合韵律，又没味道的"诗人"就罢手吧，像那些垃圾论文一样，别再浪费纸张了。如梓翁一样旧体诗创作高手，其作品流传下来，是为了那份国粹文化的传承，很有必要流传。其他低水平的作品，最好就不要拿到台面上来了，更不要借权借利而随意出诗集，不要再亵渎"诗"这个神圣字眼了。

　　诗有别材，诗有别趣，绝不是随意什么人都可涉笔的。梓翁在《寄蓓儿》诗中有"嗟余吟鬓愁中改，早看行云晚赋诗"之句，他曾不经意地告诉我说，他白天大部分时间是散步、访友、读书，从来不做诗，所有的诗都是晚上做的，而且是躺在床上半梦半醒间得句，然后起床开灯，记在纸上，第二天上午再修改。这倒是一件有意思的事，大概就是他自己所说的"晚赋诗"吧。中国古代诗人有许多梦中得句的典故，如清人袁枚在《随园诗话》中就记载了不少这样的故事，其中有一条说："梦中得诗，醒时尚记，及晓，往往忘之，似村公子有诗云：'梦中得句多忘却，推醒姬人代记诗。'予谓此诗固佳，此姬人尤佳。"随园老人觉得这事很诗意——不是为梦中得诗，而是为梦中得诗有姬人代为记录。想想也是，夜深人静之际，年轻美丽的小妾，被诗魔缠绕的丈夫推醒，睡眼迷离，打着哈欠点着蜡烛。然后握管，一边听着丈夫念梦中得来的诗句，一边在花笺上书写着。如果这时茜纱窗外有芭蕉一丛，潇潇夜雨；或是中庭月影婆娑，蛙声断续，那情景就更是诗意了。无奈一般人——即使他是诗人，也难得有这样温婉和一身学养的姬人，所以梦中得来的诗大都还是随着睡意消失了。

梓翁大概也是缺少这样一位代记的姬人，所以我们今天读他的诗，也就这么两册。

《拾穗集》，汤梓顺著，春风文艺出版社 2009 年 11 月版

绝盛皇都里的沧桑记忆

——序《名城印象：沈阳建筑图史》

当三十年前我在沈阳这个城市定居下来时，我的居所在陵西，即清王朝的创建者皇太极的陵园——昭陵的西边。昭陵因其在沈阳城北，所以又称"北陵"。我居住的地点离北陵公园西门很近，能经常到公园里散步，因此对北陵里的建筑很熟悉。由北陵而进一步了解东陵，即后金大汗、清王朝的奠基人努尔哈赤的陵园。后来又因为写作《旷世风华文溯阁》一文，对沈阳故宫的建筑有了多方面的了解。上个世纪末，我又搬家到三经街原辽宁省博物馆附近，得以与数座奉系老建筑为邻，每座老建筑都能在散步之间得以观览，然后又从三经街延展到小河沿和大帅府，从而对整个奉系老建筑有了大致的了解。2005 年，我又从三经街搬家到塔湾附近，在园区里就能望见辽代无垢净光舍利塔的塔刹，这又让我有机会接近和考察沈阳的辽代建筑。总是因为居住上的缘由，才让我对沈阳老建筑有了一种难以割舍的亲近感和文化上的追寻、解读与关切意识。

一

　　老建筑是什么？有人说老建筑是城市悠久历史的名片，是记录这个城市各个时代的重要实物；有人说老建筑是凝固的历史音乐，是代表这个城市格调与品位的立体图画；还有人说老建筑是城市的文脉，流动着这座城市的历史记忆。其实老建筑如同人类的生命一样，也是一个过程，它连同它所在的这座城市一起形成一个生命的过程。老建筑不是一个人就能独自创造出来的事物，而是无数的人在其生命过程里一砖一瓦共同完成的作品。候城、玄菟、沈州、沈阳，一路走来，沈阳城里保存下来的老建筑，既是这个城市的外壳，又不只是外壳，因为每一座建筑都是构成这个城市历史的重要元素，是一定时期城市经济发展水平和文明进步程度的体现，也是标志这所城市历史与文化变迁的最有效载体，在它上面附着了太多的记忆和特定时代的符号。这种记忆不是坚硬的，而是柔软的，它有着形状，绘着色彩，发着声响，甚至带着气味、呼吸和体温。它是我们这个城市里和人最为亲近，让人最具安全感和自豪感的寄托之所，同时也是这个城市历史文化的象征和最具有代表意义的形象符号。它们不仅能帮助我们清晰地理清沈阳城的历史发展脉络，同时它所承载的大量的时代信息和历史沧桑，又会让后人带着一种尊严与荣誉感更深入地解读这座城市。

　　作为沈阳的一个公民，我始终关心着沈阳的城市历史。然而在我刚定居沈阳的时候，在所有的文字里记载都说沈阳是一座古城，但这座古城建于何时，却又谁也说不清楚。这就如同一个人不知自己的身世，说不清自己生于何年何月一样。好在这种状况在二十世纪行将结束的时候终于改变了。1999 年的"沈阳建城研讨会",根据考古发现,再参照《史记》等史料记载,专家一致认定:沈阳城建于公元前 300 年,即秦开筑边哨"候城"。这样,沈阳就有了 7000 年人类居住史和 2300 年城建史。它占据着东北大平原最为有利的地理位置和优越的自然环境,诚如《大清一统志》所说:"盛京形势崇高,水土深厚。长白峙其东,医间拱其西,沧溟鸭绿绕其前,混同黑水萦其后。山川环卫,原隰沃饶。洵所谓天地之奥区也。天作地藏,自开辟以来,以待圣人。"又如《盛京通志》而言:"盛京沧海朝宗,白山拱峙。浑河绕其西南,混同环其西北。缔造鸿规,实基于此。"真可谓"天眷盛京",钟灵毓秀,它不仅蕴育了辽河流域的早期文化,同时也成为中华民族的发祥地之一。

古老的边哨候城使沈阳成为首城之始,这个名称一直延续到东晋末年。西汉时辽东郡中部都尉治的治所就设立在沈阳,即当时的候城,是地位仅次于襄平(今辽阳)的长城军事防线北部要塞。直到东晋末年,高句丽族攻占沈阳焚毁候城,并在南郊塔山设盖牟城。

东汉中期,即汉安帝即位这一年(107),玄菟郡内迁于沈阳地区,史有"玄菟郡在辽东北,相去二百里"的记载,据史学家考证,具体位置则是今天沈阳、抚顺之间的上伯官屯古城址。这是浑河古道上的一座城池,考古发掘城周长有 2500 米,设有四门。

唐末辽初,辽太祖耶律阿保机率契丹族人进入辽东,在沈阳地区设立乐郊、灵源两县及岩州。又在候城故地重修方形土城,名为"沈州"。关于沈阳称"沈州"的来历,过去有几种说法,比如《辽史·地理志》说"沈州"来源于渤海国,金人王寂在

《辽东行部志》中则说唐代建沈阳州。后来证明这两种说法都不确切，"沈州"应是辽太祖所建。关于这方面的论述，今人阎万章先生的《沈阳历史沿革及有关问题》一文和姜念思先生的《沈阳史话》一书讲得最为中允清楚，不需再作他论。

辽太祖之后，辽太宗耶律德光又将沈州城重新规划，在土城内开辟成十字交叉大道，并通达四方城门，同时在城内外兴修了大批密檐式佛塔和寺庙。如契丹天赞三年（924），建新民公主屯辽滨砖塔；辽重熙十三年（1044），建沈阳塔湾无垢净光舍利塔；重熙十四年（1045），建苏家屯塔山无垢净光塔；咸雍九年（1073），建新城子石佛寺七星山舍利塔；乾统七年（1107），建沈州城北门释迦佛生天舍利塔及崇寿寺。

如今，沈阳的这些辽代塔寺许多都已不存在了，其中大部分是民国以后才被破坏的。如沈阳北门城外的崇寿寺与释迦佛生天舍利塔（俗称"白塔"），当初就建在沈阳城的中轴线上，是沈阳历史上最有名的塔寺。清末时缪润绂的《沈阳百咏》开篇即咏它："地载城边塔一枝，难从古寺问残碑。闲来每听居人说，建在城门未有时。"可是此寺后来毁圮，塔也在 1957 年拆除。如今这里是白塔小学，只从这个校名里还可依稀想像当年崇寿寺的佛光塔影。辽代建筑今天还存在的如新民辽滨塔和沈阳塔湾的无垢净光舍利塔，这两座塔经过重修，塔身亭亭，梵影幽幽，依然保持着 1000 多年前的风姿神韵。我所居住的园区离塔湾的无垢净光舍利塔很近，夕阳下每每散步到塔下，我都会望着塔刹上的余晖，想像当年盛京八景中"塔湾夕照"的壮观，都会油然生出缕缕思古之幽情。

辽代的沈州城是沈阳继候城以后大规模建造城垣之始，为后来的城市发展奠定了历史和地理位置。辽天庆六年（1116），金太祖完颜阿骨打攻克沈阳，继续沿置沈州，并成为金东京（今辽阳）属下的节度州。到了公元十三世纪初的金末，在蒙古与女真的连年争战中，沈州城连遭兵燹，最终被毁。如今，我们在沈阳周边还能见到许多辽金时期的遗址，如棋盘山石台子山城、石佛寺瓮城环蔽旧垒建筑古城、新民辽滨塔城遗址、于洪区高花城址与彰驿城址、苏家屯辽金土城等，这些都是当时军事、交通、通讯的要塞隘口。

二

元朝统一后，于至元三年（1266）重建沈州城，并于大德元年（1297）擢升为"沈阳路"。这是沈阳第一次以地名出现在沈阳的历史上。从现存史料看，记载"沈阳"一名最早的文献是《元史·成宗本纪》；而证之于实物，到目前为止，只有现藏沈阳故宫博物院内的元代至正十二年（1352）的"沈阳路城隍庙碑"。这通"城隍庙碑"详细地记录了1352，年时重修沈阳城隍庙的缘起、时间、地点及其功德职事等。我每次到故宫里都要看一眼这通碑，因为它第一次刻上了"沈阳"之名，生活在这座城市里的人不能慢待了它。它立在故宫的红墙根下，碑首四龙交盘，碑座赑屃伏卧；碑阳刻有"城隍庙碑记"，碑阴刻有"城隍庙功德官员题名志"和庙院地坐落四至。此碑由于年代久远，有的字迹已不可辨认。1934 年，日人园田一龟主编的《满洲金石志稿》里曾收录过这篇碑刻文字，但遗误之处较多。后来罗福颐先生校录的《满洲金石志》收录此碑文，重新校订，完整可信。

"沈阳路城隍庙碑"是 1962 年从城隍庙旧址里清理出来移人

故宫的，它曾促使我多次寻访此碑原址沈阳城隍庙。据相关专家和沈阳故城老人讲，城隍庙旧址位于今正阳街东侧的中街路北部。另外，光绪四年（1878）版的《沈阳百咏》"几家铜板印模糊"一首注里有这样的话："按俗于十二月朔日起向四平街开设画棚，谓之出大行。除城隍庙一处南向，余皆坐南朝北。"由此可见，当年的沈阳城隍庙的正门是面向四平街，即今天的中街的。但今天那一带已是高楼林立，小巷深深，何处城隍，一丝线索也没有给我们留下。

在中国，大凡一个城市总会有一座城隍庙的，人们将"城隍"看作是当地的神，是神鬼世界中的一城之主，其职权范围相当于人世间府衙、县衙里最大的地方官。道教则把城隍当做"剪恶除凶，护国保邦"之神，说"城隍"能应人所请，旱时降雨，涝时放晴，以保谷丰民足。其实最初的"城隍"不是神，也与庙宇无关。查找相关典籍，"城隍"一词最早可追溯到《周易·泰卦》："城复於隍，勿用师。"这里所说的"城"是指"城廓"、"城壁"、"城墙"。而"隍"，按《说文解字》的解释，则是："隍，城池也。有水曰池，无水曰隍。"所以在古文献里，称城壕与女墙为"隍陴"，称城壕、陷坑为"隍阱"，单称城壕为"隍堑"。这样看来，"城隍"的本义就是城外面的护城壕。在中国古代，凡是有城的地方，四周都有护城堑壕，所以这堑壕即城隍在城中人看来是极为重要的，于是就有了《周易》那句"城复于隍，勿用师"的话。意思是说"如果城墙倾覆时即为乱兆，为政者应息武止戈，不可穷兵黩武"。由此可见，在《周易》的时代人们就以城隍为占卜对象，那时就有了神的"半身之体"了。

而最终将一条护城壕沟封为城隍神的是城隍与"水庸神"

的逐渐结合与演化。据《礼记·郊特牲》记载："天子大蜡八，祭坊与水庸。"郑玄注："水庸，沟也。"古代人最早信奉的护城沟渠神是"水庸神"，由此，就完全演变出了城郊守护神"城隍"。据文献记载，早在三国时就有了城隍庙，一般认为吴国孙权在安徽芜湖建的城隍祠，是中国的第一座城隍庙。此后，城隍庙逐渐遍布全国各地。历代帝王却多重视城隍的作用，屡次予以加封，后唐末帝李从珂曾封之为王，元文宗又封及城隍夫人。宋代后，又将城隍赋予了人格化，很多当地殉国而死的忠烈则成为本城城隍，入主城隍庙。直到今天，中国的大部分城市还都有一座古老的城隍庙存在，如北京、南京、西安、上海、兰州、郑州、杭州、台北，其他如承德、潍坊、嵊州、泰州、鹤山、惠州、长治、揭阳，台湾的新竹、台南、澎湖等二线城市都有城隍庙。这些地方的城隍庙不仅是当地的重要旅游景点，同时又是城市里的繁华地段，定期的"庙会"还形成了具有中国特色的"城隍庙文化"和"城隍庙经济"。

沈阳就没有这种幸运了。"沈阳路城隍庙碑"所在的城隍庙建于何时？据罗氏所录碑文："至正甲申道士胡道真……悉出衣钵之资，创建子孙堂一所，东西斋厨对楹六架，余则扶颠补漏者居多。"可见创建年代很早，到至正四年（1344），已经"庙貌残废"。从碑记中的"乐郊之有城隍土地神者，岁远失其荣姓……"等语看，沈阳城隍庙不可能晚于辽金。后来在公元十三世纪初的金末，它在蒙古与女真的战争中随着沈州城的被毁而荒废。到了元世祖时代重建沈州，立沈阳路之后，沈阳城隍庙开始重修，并冠以"沈阳城隍庙"之名。元以后，沈阳城隍庙受到历代统治者的重视。明永乐十二年（1414）辽东指挥刘麟主持重修了沈阳城隍庙，后来又在弘治、嘉靖、万历等几朝多次修缮。清初，沈阳城隍庙升为盛京"都城隍庙"，加一个"都"字，则是意味着城隍庙的升格，即是从此成为首都之城隍庙或是与皇家有关的城隍庙了。

在中国城隍庙虽多，但叫"都城皇庙"的却不多。"都城隍庙"的"都"字到底是什么意思。几年前曾有人著文《沈阳城隍咋姓都》，文中解释说：沈阳城小西门外，有个"都作坊胡同"，因胡同有家"都泥水作坊"而得名。都泥水匠经营建筑作坊，都匠老实厚道，人缘特好。某日，无疾而终。据说盛京将军一夜连得三梦，梦见玉帝命都匠接任城隍。从此，盛京的城隍庙都冠姓都，名曰"都城隍庙"。这个解释可能缘于民间传说，将"都"姓与"都城隍庙"的"都"联系了起来，同时又寄寓了百姓企盼的世间好人得道升仙的美好愿望。但这却不是"都城隍庙""咋姓都"的真正理由，另外，天下城隍庙也不是只有沈阳一家，且这多家都与皇家或都城有关系。比如今天的西安、北京、承德的城隍庙都称"都城隍庙"，且都与皇都或皇家有关系。只有山西长治天紫岭上的那座"都城隍庙"与皇都没有关系，但据民间传说那也是东汉皇帝刘秀所封，本质上也与皇家有关。

城隍庙何时有了"都"与"不都"之分，据说是从元代开始，京城的城隍庙就称"都城隍庙"了。到了明代，城隍崇祀最为兴盛，天下所有府、州、县都开始建造城隍庙，规格一如本地官府，地方官赴任必先拜谒城隍。明初更规定，南北二京的城隍庙为"都城隍"，封帝；开封、临濠、太平三府及和、滁两州城隍封王，此外，凡府城隍皆封公"州城隍皆封侯，县城隍皆封伯。不久又取消封爵，命各地城隍皆按其行政建制称某府某州某县城隍。这样，几乎把人间社会的封建官僚机构搬到了神界，以借民间信仰来充分达到对人民的牢固统治。清承明制，每岁仲秋都祭城隍。据《清史稿·礼志》记载，清代还封了两座"都城隍"，一在北京，一在沈阳。

沈阳的城隍庙由于处于清朝发源地和后来的陪都地位，终于升格为"都城隍"，而民间所谓"都泥水匠"的传说只不过是老百姓的一厢情愿罢了。沈阳的都城隍庙在清代格外受到重视，康熙、乾隆、道光、光绪各朝都进行过多次重修，直到民国后期，才因年久失修，庙貌残败，碑石匾额散佚无闻。到如今，以致当年盛极一时的都城隍庙，除了故宫这座碑石，竟连一处遗址也难寻见了，这不能不叫我们这座城市深感失落与伤感。

三

我之所以用了很长的篇幅来解说沈阳的城隍庙与"沈阳路城隍庙碑"，是因为元代留给沈阳的建筑实在太少了，连它的前朝辽金都不如，只有连原址都找不到的城隍庙碑还能证明元代在沈阳的存在。然而元代对于沈阳来说，其意义不在于有无建筑，而在于从它开始，沈阳才称为"沈阳"。可能今天的沈阳人还不完全通晓城隍庙之于沈阳城的意义，作为一个昔日的都城，而没有了标志性的都城隍庙，不管怎么说，对于这个城市来说都是一个不可原谅的建筑方面的缺失和文化方面的迟钝。曾见媒体报道，今天的沈阳要在北市地区打造"上海的城隍庙"，这是一个多么蹩脚的提法。上海城隍庙地区的地产增值和商业繁荣，首先是因为那里确实有城隍庙。沈阳的城隍庙，沈阳的都城隍庙在哪里？还有那块证明沈阳叫"沈阳"的元碑，多少年了，任其在故宫的红墙下风吹雨剥，日益漫漶。我曾向有关部门建议：此碑应尽东西南北四个等距离的正方向，相距都是五里。据"四寺四塔文碑"碑文所记："盛京四面各建庄严宝寺，每寺中大佛一尊、左右佛二尊、菩萨八尊、天王四位、浮图一座，东为慧灯朗照，名曰永光寺；南为普安众庶，名曰广慈寺；西为虔祝胜寿，名曰延寿寺；北为流通正法，名曰法轮寺。"四寺分别在塔的不同方向，永光寺在塔的北偏西，广慈寺在塔的北偏东，延寿寺在塔的北偏东，法轮寺在塔的西偏南。"四塔四寺"的建筑形式和大小基本相似。塔为藏式喇嘛塔，高33米，由塔基坛、塔身和相轮塔刹三部分组成；寺均坐北朝南，南为山门三楹，入门东西有钟鼓楼各一座，正中为天王殿三楹，最后为五楹大殿。"四塔四寺"原来僧制是一样的，乾隆四十三年（1778），奉旨将北塔法轮寺作为满洲出身的喇嘛之寺，从此"四塔四寺"则以北塔法轮寺地位最高。

至此，沈阳古城的格局基本定型，城池的面貌也大为改观。塞外皇都，盛京形胜，沈阳从此进入"一朝发祥地，两朝帝王都"的辉煌时代。

五

在沈阳城的建筑史上，最为经典的建筑，无疑还是"盛京宫阙"。"盛京宫阙"建筑群分原建和扩建两部分，原建是1625年至1636年经由努尔哈赤和皇太极之手完成的，扩建工程是乾隆时期为"东巡"驻跸及恭贮先朝遗物的需要而扩建的，经过近150年的历史，最终形成了方正大院纵向三段式，即后来所说的三路布局的皇家宫城。

努尔哈赤在沈阳不到两年的时间里，于皇宫建设上只完成了快进入室内博物馆。然而时至今日，它依然露天存放着。我不知道，当有一天那碑上的"沈阳"二字漫漶难辨的时候，沈阳的后人们还会到哪里去寻找"沈阳"。

元代留给沈阳的建筑只一座碑就足够了，接下来的明代会有怎样的建树呢？

明代在沈阳的建筑史上无疑也是值得大书一笔的，即它开启了沈阳的砖城历史，使沈阳成为东北大型的砖城重镇。明洪武十九年（1386），明朝设立沈阳中卫、左卫、右卫，这三卫均隶属于辽东都指挥司统辖，是军政地方机构。

明洪武二十一年（1388），沈阳中卫城开始建设，负责这次大规模建设的是中卫城指挥使闵忠。闵忠是广宁（今辽宁北镇）人，刚毅而有才略，作为明代沈阳中卫的第一任指挥使，他对沈阳城的重建作出了历史性的贡献。据《辽东志》记载："沈阳城，洪武二十一年，指挥闵忠因旧修筑。周围九里三十步，高二丈五尺。池二重，内阔三丈，深八尺。周围一十里三十步，外阔三丈深八尺，周围一十一里有奇。城门四：东曰永宁、南曰保安、北曰安定、西曰永昌。"重修后的沈阳城墙不仅高大，而且有两道护城河各宽三丈，深八尺。城墙四面各辟一城门，起门楼，建瓮城，由此形成了沈阳古城规划建筑的基本格局。方形城里，每面城墙的中部有一门，城内形成十字大街，十字路口有一座中心庙，对着城门的每条大街上各有一座牌坊，其名分别为：永宁、迎恩、镇远、靖边。在城的东北隅有古刹长安寺，在城的西北隅有通玄观，在中心庙北偏西有城隍庙。四门之中，南门最为繁忙，进入南门后的南北大街也最为繁华，许多衙署都在这条大街上办公。

万历二十四年（1596），沈阳城重修，并改造成砖城，这是沈阳城在建筑史上的一次标志性改造。这次重修，还将沈阳中卫城的北门由原来的"安定门"改称为"镇边门"，在建筑结构上进行了精心设计，形成如同碉堡式的门垛建筑物。清朝初年，沈阳城改造，将明代留下的东、西、南三座城门均予以拆除，唯独北门未动，到了康熙初年，还将北城门用砖砌在了'城墙之中。从此，人们对北门这座城门的情况就一无所知了。代之而起的就是沈阳"九门之谜"和许多神奇的传说。直到 1959 年，即离当年明代将"安定门"改称为"镇边门"363 年之后，这个秘密才让人发现。那一年，沈阳进行大规模城市改造，曾对"九门"进行清理，发现北门有两个十字形的南北券洞，且在南券洞北口门楣上嵌有一块石刻门额，上书"镇边门"三个大字和左右角各一行小字题款。通过这块门额，人们才了解了明代沈阳北门的结构及其修建历史。可惜的是明代沈阳北门这处古城建筑史上的一个奇迹，却在"文革"中遭到彻底的破坏，成为沈阳城古建筑史上的一大憾事。

明代对沈阳的建筑是有贡献的，它不仅为沈阳留下了一座砖城，而且还为沈阳留下了其他许多重要建筑。如现在还保留着的中心庙，不仅是沈阳的一处古老建筑，而且还是中国城市建筑史上的一个奇特现象。中国古代，所有的城市中心都要有一座标志性建筑，它既是城市的中心标志，同时也是城市风水学的需要。按中国古代风水学理，城市里对面两城门是不能相见的，中间必须要有建筑物屏蔽。如唐时会建一座尊胜陀罗尼经幢，元代会建中心阁，明清时会建鼓楼，而唯有明代的沈阳城却建了一座中心庙。关于沈阳中心庙的诸多问题，直到今天也没有完全研究清楚，许多谜团仍有待后人开解。沈阳的中心庙能保留到今天，也实属不易，当年清皇太极改造沈阳城时，特为中心庙留出位置。

今天我们还可以看到故宫北墙到此拐弯，让出了半亩地给中心庙，这种"皇宫让庙"的现象很让人感慨。

明代留给沈阳的建筑，我们今天还能见到的如永乐十三年（1415）修建的大法寺（今八王寺），正德年间（1506—1521）修建的朝阳寺，万历三年（1575）修建的棋盘山向阳寺等，另如沈北新区的"蒲河古城"，原来曾是明代的千户所，苏家屯的"虎皮驿"则是万历十七年（1589）辽东总兵贺世贤和名将柴国柱先后驻防过的驿站和屯兵之城。还有如今仍可见到的沈阳周边遗留下来的 70 余座烽火台和边墙遗址，都会让我们看到当年明代经略沈阳的繁华旧影。

然而坚固宏伟的砖城高墙、双重堑壕及郊外的边墙墩台，最终并没有让明代的沈阳城敌过女真人的铁骑骁将，天启元年（1621）的早春，努尔哈赤率兵只用了两天的时间，就轻易地打下了沈阳城。

四

沈阳城的建筑高峰开始于明末清初，它不仅再现了高超的中国传统建筑营造艺术和技术水平，而且还形成了沈阳地产青砖素面清水墙的建筑文化，并以其优良的传统和鲜明的个性为近代建筑艺术打下了一个良好的基础。

明天启五年、后金天命十年三月初四（公元 1625 年 4 月 10日），努尔哈赤迁都至沈阳。从此，沈阳取代辽阳而成为东北地区的政治、经济、文化和交通中心。这一天对于沈阳来说，可谓是划时代的一天。从这一天开始，沈阳古城史上迎来了最为辉煌的一页，古城的建筑史上也开始了它的巅峰时刻。

努尔哈赤刚迁来沈阳之时，沈阳城已破败不堪，那是经过一场战火洗礼的城市。因为当时皇宫还没有开始建设，所以努尔哈赤并没有住进皇宫中，而是住在皇城最北端的明代镇边门（"九门"）里面，面向故宫东路与中路之间的"通天街"。努尔哈赤居住的是一座围廊式二进院落，正面三间宽敞高大的殿堂，正殿之前的东西两厢各有三间配殿，屋顶铺有黄色绿剪边琉璃瓦。当年努尔哈赤为什么要选择这里做"汗宫"，大概是他看中了"九门"的独特位置：两个对顶"十"字形状结构券门，看上去确有一种坚不可摧、牢不可破之势。

然而这位大汗迁来沈阳不到两年就离世而去，将重建沈阳的重任留给了他的儿子皇太极。

天命十一年（1626）九月初一，35岁的皇太极继承后金汗位，诏以明年（1627）为天聪元年。即位后，皇太极即开始按都城的规制，重新规划和扩建沈阳城。截止到明崇祯四年、后金天聪五年（1631），皇太极大规模改扩建沈阳城的计划基本完成。其拓展工程先是把明城墙增高加厚，又把城里的十字街路改为井字大街。据《盛京通志·京城》记载："其制内外砖石，高三丈五尺，厚一丈八尺，女墙七尺五寸，周围九里三百三十二步，四面垛口六百五十一，明楼八座，角楼四座，改旧门为八：东向者，左曰内治（小东门），右曰抚近（大东门）；南向者，左曰德盛（大南门）、右曰天佑（小南门）；西向者，左曰怀远（大西门），右曰外攘（小西门）；北向者，左曰地载（小北门），右曰福胜（大北门）。地阔十四丈五尺，周围十里二百四步。"清代的皇城比原来的明城略大一点，明城周围是"一十里三十步"，清城是"十里二百四步"，大了一百七十四步。

在内城修完的同时，又加修了外城。中国古代的都城一般都有三道城墙，即宫城、皇城、罗城三重。罗城即外城，古时又称"关城"或"郭城"，即所谓"筑城以卫君，筑郭以卫民"。盛京外城至康熙十九年（1680）才全部竣工。外城略为圆形，周长三十二里四十八步。沈阳内城为方，外城为圆，平面恰似一枚铜钱，"外圆内方"，这倒是符合中国古代"天圆地方"的传统观念，这种建城布局方式在中国不是没有过，早在西藏的八廓街和明代河南商丘城就建有这种形状。基本呈圆形的外城按照内城，也开了相应的八门：东向之南曰大东边门，北曰小东边门；南向之东曰大南边门，西曰小南边门；西向之南曰大西边门，北曰小西边门；北向之东曰大北边门，西曰小北边门。外城八门与内城八门两两相对，所以沈阳城又有"八门八关"之说。由于内外城的八门是错落的相对，所以内城门与外城门之间的道路不是正南正北或正东正西，而是斜的；又因为内城小而外城大，这样从内城到外城的道路不仅是斜的，而且还是放射状的，整个城俯瞰下去就宛如一平置的车轮辐条状。内城与外城之间的地带称之为"关厢"，这样"关厢斜路"就成了沈阳老城基本的交通格局。

在老城改扩建的同时，努尔哈赤和皇太极还修建了许多附属建筑。据《盛京通志》载："创天坛，营太庙，建宫殿，置六阁、六部、都察院、理藩院等衙门；尊文庙，修学宫，设阅武场，而京阙之规模大备。"天命十一年（1626），满族祭天祭神之所"堂子"建成，这座建筑位于抚近门外南侧，俗称"堂子庙"。天聪九年（1635），皇太极获元代传国玺，认为是天命所归，于是采纳大臣范文程的建议，开始建圜丘（天坛）和地坛，祭天祭地。在中国古代，祭天祭地是国家大典，也是帝王权力的象征。文献记载：南郊祭天，北郊祭地。天坛为圆形，地坛为方形。沈阳城的天坛建在德盛门（大南门）外南五里，地坛建在内治门（小东门）外东三里。雍正年间，沈阳又建社稷坛、风雨坛和先农坛。社稷坛在天佑门（小西门）外西南隅，风雨坛建在社稷坛之南，先农坛位于德盛门（大南门）外东南隅的五里河一带。至此，沈阳城"五坛"齐备，祭祀建筑规制完整。崇祯七年、天聪八年（1634），皇太极正式命名沈阳为满语"谋克敦"，汉译兴盛京都，从此沈阳城改称为"盛京"。

在此之后，沈阳城的大规模建设并没有停止，一个接着一个，很快又在城里修建了太庙与文庙。太庙是清入关前爱新觉罗氏的家庙，建于崇德元年（1636），地点在抚近门（大东门）外五里。乾隆四十三年（1778），为符合"左祖右社"之传统，将太庙移建于皇宫大东门东侧的景佑宫附近。文庙又称孔庙、先师庙、儒庙，是为祭祀儒学创始人孔子、弘扬儒学而建的祠庙。沈阳城的文庙建于天聪三年（1629），位于城东南隅，即今天的沈河区朝阳街第一小学北侧。

在太庙与文庙之后，沈阳城又于天聪元年（1627）修建了东北地区最大的伊斯兰教建筑群"清真南寺"，天聪二年（1628）重修了沈阳地区最大的佛教寺院慈恩寺，城内的钟楼和鼓楼也于崇德三年（1638）完成，崇德六年（1641），盛京叠道上的石质三拱式永济桥和新民巨流河畔的水军都督府竣工。其间，皇太极又下令在沈阳城外修建了实胜寺和"护国四塔四寺"。实胜寺于天聪十年（1636）动工，崇德三年（1638）竣工。建成的实胜寺全称"莲花净土实胜寺"，是沈阳的第一座，也是规模最大的一座藏传佛寺。因喇嘛教又称黄教，所以这里又称"黄寺"，又因其是皇太极敕建的皇家寺院，后来也称"皇寺"。"护国四塔四寺"建于实胜寺之后，崇德八年（1643）开工，顺治二年（1645）竣工。"四塔四寺"中的塔建在盛京皇宫东路的一组建筑——大政殿和十王亭。在这组建筑中，大政殿坐北朝南，建筑形式为八角重檐攒尖式结构，是盛京皇宫里最重要的场所，1626年皇太极登基大典，1644年福临皇帝继位，都是在这里举行的。十王亭为青砖灰瓦方形亭式建筑结构，竖排分列殿前两侧，中间是一个开放式的广场。这里是清初八旗各主旗贝勒、大臣议事行政之所。东侧由北向南依次为：左翼王亭、镶黄旗亭、正白旗亭、镶白旗亭、正蓝旗亭；西侧由北向南依次为：右翼王亭、正黄旗亭、正红旗亭、镶红旗亭、镶蓝旗亭。大政殿和十王亭不仅是盛京城里最具特色的建筑，而且也是中国几千年宫廷建筑史上绝无仅有的奇瑰之作。

1626年，皇太极继位后，开始兴建新的皇宫。新皇宫位于大政殿与十王亭西侧，为皇城井字街的中心位置，这就是盛京皇宫的中路建筑。中路建筑分为两个部分，即前朝区与后寝区。前朝区自南而北：文德坊、武德坊（东华门、西华门），均为四柱三间三楼式木结构；大清门，是大内宫阙的正门，硬山式五间，黄琉璃瓦绿剪边，山墙饰有彩色琉璃搏风及墀头；崇政殿，相当于北京皇宫的太和殿，又称"金銮殿"，前后出廊硬山式，黄琉璃瓦绿剪边，正脊饰五彩琉璃龙纹及火焰珠，殿前月台两角，东立日晷，西设嘉量。后寝区以凤凰楼为界。凤凰楼坐落在四米高的青砖台基上，为三滴水歇山围廊式楼阁建筑，黄琉璃瓦绿剪边。穿过凤凰楼下的楼门，即是后妃生活的五宫——中宫清宁宫、东宫关雎宫、西宫麟趾宫、次东宫衍庆宫、次西宫永福宫。每宫均为五间结构，前后出廊的硬山式"口袋房"，内设"万字炕"，即炕的北、西、南三面相连。

盛京皇宫西路建筑主要是乾隆年间完成的，其间共有两次大规模的改扩建。第一次是乾隆八年（1743），乾隆第一次东巡谒陵后即开始筹划，至乾隆十三年（1748）全部结束。这一次在西路的建筑主要是东巡驻跸时皇帝和后妃使用的行宫，共有四进院落，自南至北有迪光殿、保极宫、继思斋、崇谟阁等。迪光殿是垂花门内的一座三间歇山前后廊式建筑。保极宫前两侧各有游廊与迪光殿之后相连，为清帝东巡盛京驻跸时的寝宫，同时兼具读书和召见亲近王公大臣之用。继思斋是一处小巧而别致的建筑，进深三间，为悬山卷棚三波浪式建筑。崇谟阁为二层阁楼，存放清历朝实录、圣训与典籍。

第二次是乾隆四十三年（1778）至乾隆四十八年（1783），乾隆第三次和第四次东巡期间所建的建筑，这批建筑主要以嘉荫堂、文溯阁、仰熙斋为主。嘉荫堂坐落在戏台北面，为五间硬山卷棚顶前后廊式建筑，休闲而典雅。嘉荫堂后过了三间悬山屋宇式宫门，即为文溯阁。文溯阁因是典藏《四库全书》的地方，所以建筑形式完全仿照宁波范氏藏书楼天一阁而建。整座建筑"正宇六楹，东西游廊二十五楹"，是按照《周易》中"天一生水，地六成之"的说法建造的，其目的就是借此观念"以水克火"，保护藏书。在沈阳皇宫里，文溯阁与其他建筑还有一个显著的不同，那就是阁顶不用黄色琉璃瓦，而是用黑琉璃瓦绿剪边，廊柱也是用绿色而不是宫中通用的红色，檐下的彩画也一反龙凤图案，而是"白马献书"等典故，这都与整个建筑的冷色调相谐调。整座建筑风格看上去就会让人想到碧水、蓝天、清风、明月等等，自然产生一种荫凉安静和深远凝重的感觉。

以上是盛京皇宫东、中、西三路建筑的大致情形。盛京皇宫是除北京故宫之外唯一至今保存完整的中国古代宫廷建筑群，也是仅存的少数民族政权的皇宫建筑。它在继承中国宫廷建筑传统的同时，又融合了满族的建筑风格，同时还兼收了其他少数民族的建筑精华，成为多民族文化有机结合的典范，堪称中华民族建筑史上的瑰宝。

后金迁都沈阳后，在修建皇宫的同时，还修建了多座王府。这些王府在清末时还都存在，但在盛京城里的具体位置却一直找不到明确记载，直到1982年于中国第一历史档案馆发现了绢本《盛京城阙图》，才弄清楚了盛京11座王府的准确位置与建筑形制。从《盛京城阙图》上看，当年的11座王府规模都不是很大，建筑风格与形制基本相同，大都二进院落，府门三楹，正房五楹，东西配房各三楹。除了图上没有楼以外，其他与《八旗通志初集》里的记载基本吻合："亲王府：台基高一丈，正房一座，厢房二座。内门盖于台基之外，绿瓦朱漆。两层楼一座，并其余房屋及门俱在平地盖造。楼房大门用平常筒瓦，其余用板瓦。郡王府：台基高八尺，正房一座，厢房二座。内门盖于台基上。两层楼一座。正房及内门用绿瓦，两厢房用平常筒瓦，俱朱漆。余俱与亲王同。"11座王府按各自所属八旗位置，围绕皇宫分布。这些王府分别是：礼亲王府（努尔哈赤次子代善）：位于大政殿东；武英郡王府（努尔哈赤第十二子阿济格）：位于钟楼西，今中街路北；睿亲王府（努尔哈赤第十四子多尔衮）：位于武英郡王府西；豫亲王府（努尔哈赤第十五子多铎）：位于太祖居住之汗宫西南；饶余郡王府（努尔哈赤第七子阿巴泰）：位于怀远门内路北；肃亲王府（皇太极长子豪格）：位于饶余郡王府东。

郑亲王府（努尔哈赤之弟舒尔哈奇第六子济尔哈朗）：位于天佑门（小西门）内路西；颖亲王府（礼亲王代善第三子萨哈廉）：位于内治门（小东门）内路南；成亲王府（礼亲王代善长子岳托）：位于抚近门（大东门）内路北；敬谨亲王府（努尔哈赤长子褚英第三子尼堪）：位于抚近门（大东门）内路南；庄亲

王府（皇太极第五子硕塞）：原位于皇太极大内宫阙以西，后因建文溯阁移建抚近门（大东门）内路北，成亲王府东侧。

如今，当年的 11 座王府除了豫亲王府（今沈阳市沈河区铜行巷，沈阳消防科研招待所）还有一个院落，其他均已不存，盛京故城当年那些王爷府第风采已如尘烟般飘散，留给后人的只有典籍里的沧桑文字和片影残痕。

然而，大清朝留给盛京的皇家建筑，还不止这些，还有值得书写的福陵与昭陵。

从沈阳地形图上我们可以看到，沈阳城北，沿着塔湾、新乐遗址、昭陵、上岗子一路向东，直到东陵天柱山，为一脉高岗，或可说是沈阳的"一台子"。而福陵与昭陵均选址在这"一台子"上面，"山萦川绕，佳气郁葱"，选址可谓独具匠心。这两座陵寝在当时修建得比较简朴，现在的形制主要的经过康熙年间的改扩建而保留下来的。盛京两陵在皇家陵园建筑史上也有许多独特之处，如月牙城的形制，城堡式的方城，四周建有角楼等，都为关内清陵所沿用。

1928 年至 1930 年，梁思成、林徽因夫妇曾到东北大学创办建筑学系。其间，他们考察昭陵建筑，还留下了一幅很夺目的在昭陵神道石兽上的照片。后来梁思成在《中国建筑史》"清代实物"一节中特意写到昭陵："清代陵墓之制，大体袭明陵旧观，然亦略有新献。宝顶除平面作圆形外，尚有两侧作平行直线，两端作半圆形者。其在宝顶与方城之间，另设半月形天井，谓之月牙城者，非明代所有。至始沈阳昭陵、福陵，陵垣高厚如城垣，上施垛堞，建角楼，尤为罕见之例。"梁氏在这里充分肯定了盛京两陵在陵园建筑形制上的独特性，"开清陵特有之例"，这大约正是盛京两陵在建筑史上的最大贡献。

　　盛京城的选址与建设，包括二帝陵寝的布局，无疑都是成功的。清康熙二十一年（1682）三月，大才子纳兰性德随侍康熙皇帝巡行盛京，为沈阳的帝都之势所感染，写下一首《盛京》诗。其中说："拔地蛟龙宅，当关虎豹城。山连长白秀，江入混同清。"高度赞美盛京城的雄伟壮观。而乾隆年间盛京诗人缪公恩的《城楼远望》诗则写得更为具体生动："无边景象望中来，城上高楼近帝台。四塔佛光摩日月，二陵佳气接蓬莱。山川盘郁风雷壮，阡陌纵横锦绣开，万禩龙兴重根本，天经地纬缅鸿裁。"从缪氏这幅盛京鸟瞰图上，我们也不难看出沈阳城的独特与雄伟。

六

　　后金王朝或说女真人对沈阳的贡献不仅是在这里建立了"两代帝王都"，更重要的是给沈阳留下了众多的城市建筑遗产，由此让沈阳成为东北的中心，成为中国的历史文化名城。这其中就整体特色价值，从思想内涵的深度和建筑艺术的独特性及对人类的影响而言，清初沈阳城的规划形制是最值得重视和弘扬的。清初沈阳城的特点是内方城、外圆城、对称四塔，八门八关间以放射状街道相连。作为中国都城规划的最后范例和完美布局，在中国是唯一的，在世界上也是罕见的。这是中国古代都城规划史上的最后一例：盛京城曼陀罗。

　　当年盛京城的规划与形制无疑是十分新颖的，所以就引起了后人的关注与猜测：这到底是怎样的一种设计呢？猜测之后甚至就是附会，最终附会归结到了道教阴阳学说上。其中最典型的观点就是晚清缪润绂在《陪京杂述》里的记载："按沈阳建造之初，具有深意，说之者谓，城内中心庙为太极，钟、鼓楼象两仪，四塔象四象，八门象八卦，廊圆象天，方城象地。角楼、敌楼各三层共三十六象天罡，内池七十二象地煞，角楼、敌楼共十二象四季，城门瓮城各三象二十四气。"这些归纳未免过于牵强，不说对错与否，就是所述之数字都是在强行附会。沈阳城的这种特殊形制，不可否认具有宗教意识的影响，其中方圆之形也寓有道教的成分，但深入考究，沈阳城的形制最主要是受藏传佛教的影响，其具体表现就是曼陀罗构思。

曼陀罗作为花之梵语的译音即为悦意花，是佛教的灵洁圣物。据《法华经》上记载，在佛说法时，曼陀罗花自天而降，纷落如雨。只有天生的幸运儿才有机会见着它，它能给人带来无限的幸福。因佛法修的是清心观世界，寡欲走红尘，手中无物，万相皆空，所以在很久以前，人们就视这圣洁的白花为神的化身，象征着空心、无心和安心。在古印度，曼陀罗花既是情欲之门的门环，又是构造盛景的基地，摊开的花瓣，就成了宏大的曼陀罗道场。而曼陀罗作为密教修法场所时，则又称为曼荼罗、满达、曼扎、曼达。梵文 mandala，意译为坛场，以轮围具足或"聚集"为本意，指一切圣贤、一切功德的聚集之处。供曼陀罗是积聚福德与智慧最圆满而巧妙的方法，万象森列，圆融有序的布置，用以表达宇宙真实，"融通内摄的禅圆"。以曼陀罗的形式来供养整个宇宙，则又是很多方法中最快速，最简单，最圆满的。

曼陀罗的出现与佛教徒对宇宙结构的认识密切相关，如印度古神话中的佛教名山"须弥山"本也译作"曼陀罗"的。按佛经《俱舍论》中的说法，世界的中心是须弥山，山顶上为帝释天所居，四周山腰为四大天王所居，日月星辰都依着须弥山而转动。须弥山周围有七香海、七金山。第七金山外有铁围山所围成的咸海，咸海四周有东胜身洲、南赡部洲、西牛货洲、北俱卢洲。这四洲的每一洲旁又有两个小洲，共大小 12 个洲。我们中国所居之处就是南赡部洲。而密宗时轮派则认为世界是以须弥山的中心为圆心，取 5 万由旬（1 由旬约等于 4000 丈）为半径作圆，再取 2.5 万由旬做一圆，这两圆之间的整个环形地区叫"大赡部洲"。它按南东北西分为四个象限，每一象限为一洲，称为南洲、东洲、北洲、西洲，每个洲再分为西、中、东三区。这个宇宙结构的学说深入藏族佛教徒心中，在许多藏式壁画上都能看到。坛城的曼陀罗结构一经显现，即成为精神的镜像，而这种镜像必然要反映到现实之中，这就是曼陀罗式建筑形式出现的基础。在西藏，最早的曼陀罗式建筑是吐蕃赤松德赞（742—797）时期修建的桑耶寺和后来以大昭寺为中心形成的八廓街。

但今天来看，西藏拉萨的八廓街曼陀罗式建筑远没有清代盛京那般典型与规范。盛京城分为宫城、皇城、外城三道城垣，内有两方，外有一圆，皇城与外城形成八门八关。方城与城内的井字街道如同轮毂，从方城至外城圆廓间呈放射状的八条路除为轮辐，环形的外城圆廓形成轮辋。从而构成了典型的曼陀罗图案轮廓。皇宫紧挨中心庙，方方正正，犹如须弥山。王府按八旗位置，围绕皇宫分布，恰如须弥山腰之四大天王；两道护城河，又似咸海，河外等距离的"四塔四寺"，如同四大部州。展开盛京的平面图，真是一幅完美绝伦的曼陀罗。中国乃至世界，哪里还能找到这样的建筑布局。

为什么清初要将盛京城建设成曼陀罗形，这主要与皇太极时代及清初的政治需要与宗教制度有关。公元八世纪，天竺僧人莲华生等把密宗传入西藏，并与西藏地区的本教融合，形成了喇嘛教。明代，藏传佛教喇嘛教又传入蒙古地区并成为蒙古族普遍崇祀的宗教。皇太极为了强大自己，进入中原，统一中国，采取的一条重要政治策略就是争取和笼络蒙古上层统治者，对蒙古，除了结盟、联姻、赏赐、封爵等手段外，更重要的一点就是"因其俗而治其众"，通过宗教来密切与蒙古族的联盟。在了解蒙藏等民族对喇嘛教的特殊感情后，于是他一改过去轻视甚至禁止喇嘛教的态度和政策，开始推崇喇嘛教。据《清史稿‧太宗纪》记载，后金天聪八年（1634），"墨勒根喇嘛以嘛哈噶喇金佛来贡，遣使迎至盛京"。《沈阳县志》记道："初，崇德二年（1637），征察哈尔，林丹汗达赖实执囊鞬以从师，有喇嘛默尔根随载至盛京，敕建实胜寺，居之。"这些记载都说明，清人关前通过对蒙古地区的用兵，将蒙古名僧、喇嘛迁至沈阳，从事布教活动与建寺工作，从此喇嘛教为满族所吸收，且使清朝的信佛之风日甚，并最终成为国教正宗。

当初到沈阳的蒙藏高僧不仅对喇嘛教经典和教义有很高的修养，而且对塔寺的修建和佛像壁画制作技术也十分精通，实胜寺和"四塔四寺"都是他们参与设计和修建的。不仅如此，当初西藏的达赖喇嘛与皇太极通信，皆称盛京为"莲花之城"，称皇太极为"曼珠师利大皇帝"。达赖这样称呼皇太极，其实已将他视为盛京城里的本尊了，而他所居的盛京城自然也就是曼陀罗城了。这时候，不管是宗教精神，还是建筑形制，盛京这座绝盛皇都以其曼陀罗的象征意义，已然在精神上完成了对华夏大地的统一，成为中国"形而上"的统治中心。

七

清朝入关以后，沈阳城除外城的续修和后来的宫城中、西路扩建以外，大的建筑项目寥寥。顺治十四年（1657）辽阳府移到盛京城改名"奉天府"，从此，沈阳又有了"奉天"之称。康熙二年（1663）于古城西北角修建了道观"太清宫"。康熙三年（1664），奉天府设首县名"承德"，其府县治所同在今沈阳故宫西侧的同泽中学附近。康熙二十三年（1684），于古城大南门外修建"般若寺"。康熙四十六年（1707）年于实胜寺西侧修建"锡伯族家庙"（今太平寺）。1914 年，随着承德县改名为"沈阳县"，沈阳古典建筑史上的颠峰时代也渐行渐远。与此同时，沈阳又迎来了另一个建筑高峰——洋楼和中西合璧式建筑的出现。

其实沈阳洋楼的出现在清王朝的最后十几年间就开始了。1895 年"甲午战争"结束，"三国干涉还辽"之后，俄国即于1897 年占领旅大，并不顾清廷的反对，将中东铁路的南满支线强行从福陵与昭陵之间通过，将清王朝发祥地之"龙脉"拦腰斩断。从此沈阳有了俄、英、法、日等国风格的洋派建筑。1875 年，建小南门天主教堂，1900 年被义和团焚毁，1909 年利用庚子赔款重建。1898 年，俄国修建南满铁路"茅古甸"（即今沈阳火车站）及"拜占庭"式东正教教堂。1903 年，俄国修建"奉天机械局"（即今位于大东区大东路的"沈阳造币厂"）。此建筑采用宫殿屋顶式琉璃牌楼结构设计，而两翼建筑却是西洋哥特式。

1903 年北京签订中美、中日通商续约，奉天辟为商埠。

1906 年划定怀远门（大西门）外和攘外门（小西门）大片区域
为外国人居留地和商埠地。被划在商埠地区域内的东西南北起止
各段，均设有明显的界牌标志，分为正界、副界、预备界。正界
区域：东起大西边城，西至满铁附属地（今沈阳市和平大街以
东），南起和平区十一纬路，北至皇寺大街。副界区域由十一纬
路向南，在今和平区南市场一带。预备界区域由南市场再向南
移，在今和平区砂山地区一带。在外国人居留区和商埠区，洋派
建筑不断增加，同时沈阳城里其他建筑也多仿洋派。1905 年，
"赵尔巽公馆"（今沈阳市大东区万泉公园西南，沈阳市城建局）
建成。1906 年，建"奉天日本总领事馆"（今沈阳市沈河区北三
经街 9 号，沈阳迎宾馆）。这座建筑在 1907—1917 年间曾为俄国
领事馆，1931 年后成为日本驻奉天总领事馆，是当时日本外务
省派驻中国东北地区的外交总办事处。1907 年，建"东关礼拜
堂"，这是一座中英合璧的基督教堂。1900 年被义和团焚毁，后
复建。1909 年，修"耶稣圣心堂"，为法国哥特式天主教堂，
1900 年被义和团焚毁后利用庚子赔款复建。1909 年，建"奉天
医科大学"（今沈阳盛京医院），早年称"盛京施医院"，1912
年改称"奉天医科大学"，为苏格兰式建筑。1909 年，俄国修建
"奉天东关模范小学堂"（今沈阳大东区东顺城街育才巷，周恩
来少年读书旧址纪念馆），这是脱胎于中国院落式布局的外廊式
建筑群。1910 年，建"奉天咨议局"（今沈阳市沈河区桃源街
118 号）。此建筑按西洋式布局的砖雕线柱装饰，风格突出，富
于张力。1910 年，日本建"奉天驿"（今沈阳站），是为典型的
洋派"辰野式"建筑。

　　这一段时间的清末洋派建筑，今天看起来可谓五花八门，形
式多种多样。其中的重要原因就是外来文化的影响，且这种影响

正是西风东渐的初始期，也是近代洋派建筑的形成期。多门类的建筑形式都要进入这个刚刚打开城门的城市，而主要建筑物则又是以教堂为代表，移植或嫁接是这些洋派建筑的主要特征。

随着近代外围文化的传入，特别是受"开埠"的影响，客观上加速了沈阳现代建筑艺术的发展进程。1917 年以后，奉系军阀张作霖开始统治沈阳，从此，沈阳的洋派建筑进入了一个发展与兴盛的高峰期。到九一八事变之前，沈阳在奉系的十几年间，出现了大批别具风格的建筑。这些建筑多以西洋风格为主，同时又融入中国古典建筑元素，于是就形成了洋门脸式的装饰和中西合璧式的形制。

这一阶段的沈阳是历史上最为繁荣与富足的时代，奉系统治下的沈阳和辽宁于经济、军事、教育、科技、体育等诸多方面都居于全国领先地位，沈阳的城市建筑也同样得到了发展，规模大，数量多，风格多样。综观这一时期的沈阳建筑，可分为四个方面：一是"满铁"附属地及新城区建筑；二是外国人居留区和商埠地的洋派建筑；三是奉系名人官邸、公馆和住宅建筑；四是奉系民族工业建筑。

八

南满铁道附属地及新城区建筑，是 1898 年构筑"中东铁路"时在原俄国辖属铁路附属地的基础上，由日本"南满洲铁道株式会社"（简称"满铁"SMR）1905 年接管后开始主持规划和建设的。1908 年始，"满铁"在实施城建中将其占据的区域土地不断向老城区蚕食、延伸，对此，沈阳军政当局修建了一条街，谓之"国际大马路"（今沈阳市和平大街），以此分界，目的就是想阻止日本人的蚕食之念，于是就形成了"国际大马路"以西地区的"满铁"新城区（今沈阳市太原街一带）。在新城区里，日本人像规划自己国家一样，以传统复兴主义为指导，大力推行官厅建筑和西洋楼式建筑。在这些建筑中，设计者极力追求纯粹的几何结构和数学关系，强调轴线和主从关系倾向，以放射线或方格网道路系统交汇处为中心进行规划布局。如 1913 年建的"中央广场"（1919 年改为"浪速方场"，今称"中山广场"），四周建了各种公共建筑。如 1919 年建的"朝鲜银行奉天支行"，是日本民间的建筑师进入沈阳的代表作品之一。1922 年建的"东洋拓植株式会社奉天支社"，是受西洋建筑教育的日本建筑设计师的代表作品之一。1924 年建了"奉天大和宾馆"（今沈阳市中山广场南侧，辽宁宾馆），1925 年又建了"横滨正金银行奉天支店"（今沈阳市和平区中山广场西侧，沈阳市工商银行），从而使广场形成新城区的中心。另在放射形干道两侧严格规划建设，使街道立面建筑统一成仿洋派，从而形成轮廓清晰起伏均匀或高度等檐的标准。同时又在道路对景及转角处的建筑物上进行重点装饰，多用穹顶形建筑占据街道立面，风格极为突出，令人瞩目。

　　九一八事变之后，沈阳沦陷，"满铁"在沈阳的建筑也进人了后期规划时代。这时的建筑则偏重"现代主义"设计思想，形式与细节相互烘托，其典型代表为 1933 年开始建设的"满铁"单体社宅（今沈阳市和平区南五至南八马路一带日式别墅）。据说这些别墅是当时东京帝国大学建筑系毕业生的毕业设计成果，规定每人设计一栋，以此考评其毕业水平。设计者在总结了中国东北寒冷地区住宅建设成熟经验的基础上，以其本土建筑思想结合欧美建筑理念，同时融人鲜明的时代主题，寓个性设计于标准化之中。最终留给沈阳的这组别墅群呈现出了独特的艺术价值和造型特点。据清华大学叶芃《沈阳建筑》一文所述：在造型上，这里的每栋别墅均为一、二层坡顶组合，山墙顶端常见"木筋墙"装饰或点缀雕框气窗。建筑物靠简单的体量变化、凸凹线脚，形成丰富的形体构造。在色彩上，采用日式灰色平瓦为屋顶，绿色油漆的木质檐口、窗框，利用水泥砂浆涂饰罩面，基段砌饰黑色石块或浅色面砖，形成夺目的感官效果。在环境艺术上，利用各式围栅、花墙点缀人口，配置形态：不一的雨搭门廊，种植冬青灌木衬托建筑主体，追求贴近自然的家居趣味。在装饰上，采用不对称构图，利用质感和色彩的对比展示细致装饰且避免雷同。

1931年之后沈阳沦陷时期的建筑，除了日式别墅群以外，还有值得一提的就是建于1936年的朝鲜人金昌镐寓所（今沈阳市和平区中兴街31号，东北国际投资有限公司）。关于金氏本人资料较少，我们只知道他是一位由朝鲜来沈阳创业的商人，先在西塔地区从经营一个小冷面店起家。九一八事变后在南湖旷野建了个沙场，挖沙石卖给日本人搞建筑用，于是很快富起来，成为当时沈阳的富豪。后来他还开办了大同土木株式会社，购置了大量土地，西塔寻常高等小学校（今沈阳市朝鲜族第六中学）的礼堂就是由他出资20万元修建的。金昌镐寓所坐北朝南，钢筋混凝土结构，共三层，花岗岩墙裙，米黄色瓷砖罩面。楼顶西半部为绿色琉璃瓦顶，东半部为平顶，门前建有雨搭，由两根方形水泥柱支撑，顶部铺设绿色琉璃瓦。解放战争时期，担任东北保安司令的杜聿明曾住在这里。沈阳解放后，人民政府接收了这座小楼，1950年至1954年，由当时的国家副主席、东北人民政府主席高岗居住，后来，辽宁省副省长黄达也曾在此居住。

在沈阳老城西的外国人居留区和商埠地的洋派建筑，则与

"满铁"附属地及新城区又有区别。如 1917 年建的"法国汇理银行奉天支行"（今沈阳市和平区市府大路 167 号，沈阳市公安局刑警支队），为砖混结构的法式建筑。1928 年建的"美国花旗银行奉天支行"（今沈阳市和平区十一纬路 10 号，梅龙镇酒店），也为欧式风格。1928 年建的"奉天自动电话局"（沈阳市和平区太原街 34 号，沈阳网通公司），当年设计者自称是"现代哥特式"的建筑物，三层钢混结构，其外观由现代的水泥和面砖等材料装饰，而基段则为花岗岩砌筑。尽管建筑主体仍见三段式划分，但立面的主要装饰理念是竖条贯通并已探出顶层的变形柱式排列，其窗口也细长，随着墙壁柱式垂直分布，使整座建筑立面格外简化，颇有些"现代主义"建筑风格。1931 年建的"法国驻奉天领事馆"（今沈阳市和平区八经街 10 号，沈阳市文物局院内），则为典型的法国式风格。

沈阳西方式的洋派建筑最为集中的地方是在 20 年代形成的"领事馆街"（今沈阳市和平区三经街）。这一带的建筑多效仿古罗马建筑中的横向三段式：基层台阶、门窗或柱廊、檐部制式和纵向三段式：突出中段、两翼对称的构图模式。设计中，遵从柱式、立面装饰及各段式比例的标准化法则，夸张地表现古朴典雅的建筑风格等。尽管这些典型建筑样式颇为程式化，但却给沈阳的建筑业带来了新奇和时髦。从这些建筑样式上看，设计者们遵循的建筑理念还是西洋古典风格，复古主义里融入新兴的建筑思潮，任意模仿史上各种建筑的样式和风格，尤其是陶醉于其中的形式主义美。那一个时期沈阳仿佛成了西方古典建筑的实验基地，洋派建筑师甚至实习生在这片土地上肆意挥洒着自己的想像。

九

在奉系时代，留给后世沈阳最为壮观和齐整的是奉系名人的官邸、公馆和住宅。在沈阳诸多奉系名人官邸建筑中，始建于1914年的张氏帅府不仅是较早的，而且紧邻沈阳皇宫，居沈阳中心位置，其他奉系建筑则以"张氏帅府"为中心展开，也在沈阳城构成了一个圆形区域，这多少会让人想起清初的盛京曼陀罗。

"张氏帅府"（今沈阳市沈河区朝阳街帅府巷46号，张氏帅府博物馆）是张学良将军及其父亲张作霖的官邸和私宅，占地面积3.6万平方米，建筑面积2.76万平方米，为迄今东北地区保存最完整、规模最大的名人故居。"帅府"是由东院、中院、西院和院外建筑等四个部分组成的庞大建筑群，其中既有中国传统风格的四合院、水榭亭台的帅府花园，又有欧式风情的大青楼、边业银行、红楼群，以及中西合璧式的小青楼和赵四小姐楼。"帅府"内大量的石雕、木雕、砖雕和壁画作品饱含浓郁的东北民俗风情，它们取材广泛，寓意深远，制作精美，栩栩如生，是研究中国建筑艺术与民间习俗的珍贵艺术资料。"帅府"作为张氏父子两代的官邸和私宅，曾是东北的政治中心，其间历经两次直奉大战、武装调停中原大战、东北易帜、杨常事件、九一八事变以及新旧中国的巨大变迁，饱经沧桑，已成为东北近代历史的见证与缩影。

在"帅府"修建的同时，沈阳还建了诸多奉系人物的公馆、住宅，如"杨宇霆公馆"（今沈阳市大东区魁星路88号，沈阳市大东区国税分局）、"张作相公馆"（今沈阳市和平区八纬路16

号，沈阳市国家安全局）、"张作相住宅"（今沈阳市和平区北五经街，民盟辽宁省委员会）、"万福麟公馆"（今沈阳市和平北大街17号，民革辽宁省委员会）、"王树翰寓所"（今沈阳市沈河区大南街般若寺巷18号，沈河区大南街道办事处）、"孙烈臣官邸"（今沈阳市大东区大北关街，大东区公安分局）、"常荫槐公馆"（今沈阳市大东区天后宫路万寿巷5号，大东区委党校）、"吴俊升公馆"（今沈阳市大东区小河沿路22号，大东区委武装部）、"张寿懿公馆"（今沈阳市和平区八纬路14号，沈阳市物资局）、"张寿懿公馆"（今沈阳市沈河区文汇街33号，沈阳市国有资产管理局）、"汤玉麟公馆"（今沈阳市和平区十纬路26号，原辽宁省博物馆）、"汤玉麟公馆"（今沈阳市和平区九纬路，原沈阳市中级人民法院，现"汤公馆"食府）、"宋耀珊住宅"（今沈阳市沈河区小南街和兴巷12号，小南街道办事处）、"王明宇故居"（沈阳市大东区津桥路32号，137中学对面）、"于济川公馆"（今沈阳市沈河区中山路196号，沈阳和田公司）、"于学忠住宅"（今沈阳市和平区北五经街，申扬律师事务所）。

这些奉系军阀及幕僚们的私邸、公馆，在那个奉系一呼百应的年代里纷至沓来，从草莽到豪门，多数都是在传统四合院附近筑以洋楼，以崇尚唯美主义为时髦，相互攀比豪华，各呈风采，各具特色。每一座公馆、住宅里都藏有一部传奇故事，从而演绎了一出历时15年的沈阳城里最为繁华的沧桑旧梦。

在那个奉系当家沈阳的年代，东北军政当局为同洋人竞争，在老城边缘一带，开发建设了几片新市区。1920年至1923年间，从老城东边门到东郊永光寺，建成了以军工企业为主的"大东新市区"，市区里的一切行政事物均由"东三省兵工厂"（今沈阳市大东区东塔街6号，黎明航空发动机制造集团公司）直接管理。这里同时还集中了"奉天大亨铁工厂"（今沈阳市大东区大东路178号，沈阳矿山机械有限公司）和"奉天陆军被服厂"（今沈阳大东区，解放军3505工厂）等军工企业。同时又在老城西北一带，先后拆毁了边门城墙，动迁居民，开通有轨电车，仿照西洋古典城建规划模式，于道路交汇处建了转盘式惠工广场，并辐射六条干道，开辟了古城西北工业区。当时颇具名气的中国第一家机制窑业公司——"肇新窑业"公司的办公楼（今沈阳市沈河区惠工广场，台商会馆）就在这里。办公楼建于1923年，坐北朝南，正面三层，两翼两层，原来的地下室因不适用被填上。其建筑风格是典型的中西合璧式："洋式门脸"加"中式后庭"。楼内有木楼梯，第二层建有外廊台，西南角处有一半圆形大门。从正面看，小楼门柱顶端饰有"爱奥尼"柱头，二楼两侧窗外饰有葫芦瓶栏杆。正中三楼原本有塔楼，后被大火烧毁。从后面看，则是浓郁的中国古典风格，两翼楼体上饰有木栅栏和雕花镂空栏杆。另外如"奉天迫击炮厂"和"惠临火柴公司"都是这个工业区里有名的企业。"奉天迫击炮厂"曾制造出中国第一台汽车。"惠临火柴厂"建在大西路路南原来一座工姓翰林府里，是当时全国知名的民族火柴公司。

奉系在沈阳的民族工业建筑还有许多，如1922年建的"奉天纺纱厂"（今沈阳市和平区抚顺路60号，东北近代纺织工业博物馆），居东北同行业之首。1924年建"奉天商务总会办公楼"（今沈阳市沈河区朝阳街192号，沈阳市工商业联合会），1925年建"奉海车站"（今沈阳东站），同年又建"吉顺丝房"（今沈阳中街，沈阳第二百货大楼）。"吉顺丝房"是"四平街"（今沈阳市中街）上的第一座中西合璧式的二层楼，它的建成带动了

'一批相同式样建筑的诞生，极大地推动了沈阳商业建筑的进步。1922—1929 年，东北大学（今辽宁省人民政府与辽宁省军区）建成。1927 年，又建成了辽宁总站（今沈阳市和平区总站路 100 号，沈阳铁路办事处）。这座建筑为平面对称布局，中间是穹顶式候车大厅，两侧为办公室和运输业务楼。钢筋混凝土结构，小木格窗，绿色铁瓦顶。建筑造型宏大壮观，设计手法受西方古典主义的影响，既有时代气息又有中国传统韵味。辽宁总站是我国近代著名的建筑设计师杨廷宝先生的杰作，具有很高的设计水平和实用价值，在当时国内堪称第一流的火车站。1929 年，张学良建同泽俱乐部（今沈阳市平区七纬路 14 号）。这是一处西式二层建筑，整个设计左右对称，中央巨大拱券圆窗的两端，各置一根"科林斯式"柱。"山花顶"的装饰仿希腊神庙建筑上的山花和檐口装饰，属于英国 16 世纪的建筑风格。

在这些富豪或实业家拥有的商业建筑上，一个突出的风格就是将建筑立面设计成"洋门脸"，这既是一种商业时尚，又向世人表示一种"开明"。这种"开明"在新城区容易接受，然而在古城区内却遭遇到了一处建筑上的尴尬，一方面要延续传统建筑的营造方式，另一方面又受到洋派建筑的冲击，于是就呈现出了一种矛盾的对立统一状态：前庭以崇尚唯美主义和新颖时髦为时尚，后院则以实用或传统为目的，这种矛盾的对立统一建筑形式在当时很是普遍。

十

纵观沈阳的历史，从新乐初民的制陶渔猎，祭舞雕鹏到秦开拓土立邑，始建候城；从汉魏玄菟，三迁于此到隋唐复土，王师东定；从辽金继起，沈州中兴到汗王建都，一朝发祥；从盛京伟业，留都繁华到奉系霸业，汉卿易帜，在这块土地上生存的沈阳人以智慧、豪迈、旷达和勤劳创造了 5000 年的文明和近 400 年的繁华，成为东北地区政治、经济和文化的中心。同时也为这座城市留下了满是沧桑的记忆，并让后人值得骄傲的老建筑。

在这座古城里，我们虽然经历了新中国成立之初随着北京古城墙轰然拆掉，沈阳老城墙也很快消失的岁月，但我们在今天仍然可以看到沈阳的旧城门，还可携家带友到故宫游览一番，城边的四塔梵影也依然是缥缈的一景。但是，随着城市的不断发展，老沈阳的旧貌已经不再完整，昔日曼陀罗式的精采布局只能出现在考据文字里，许多历史文化遗产也只有通过档案资料来认识和了解。高楼大厦越来越多，但有特色能让当代人印象深刻的却很少。虽然媒体上不断报道沈阳第一高楼、东北第一高楼已快拔地而起，报纸电视上的效果图也着实让这个城市里的人兴奋了一阵。但到头来，所有的第一高楼最终都成了"海市蜃楼"，而古城和许多有价值的老建筑却早已湮没在现代化的景象之中。二环、三环、甚至四环，浑河穿城而过，沈阳越来越大，古旧而沧桑的历史记忆星星点点般散落在城市的各个角落。特别是上个世纪 80 年代开始的大规模城市改造，许多老建筑几乎是一夜之间就从人们的视野里消失了：十王府、翰林府、奉天监狱、东北电影院、东北饭店、圆路餐厅。而一些纳入保护范畴，或挂上了政府文物局"不可移动"标志的老建筑也并不安全。如位于沈河区桃源街 118 号"奉天咨议局"已沦为仓库，西洋式布局的砖雕线柱装饰在风剥雨蚀中已开始风化脱落，雕饰已斑驳不堪。还有，原满铁奉天图书馆旧址、奉天医科大学旧址或是被拆迁或是改变用途。甚至就在文物局一个院里的"法国驻奉天领事馆"

也照样会遭到开发商的拆砸，致使媒体惊呼："文物局院里的文物楼遭破坏！"真不知道我们这个时代是感染上了一种什么病毒，为什么专和老建筑过不去？

我们还有那么多老建筑没有列入到保护名录里去，不知何时这些老建筑就会悄悄地消失在这个城市里和人们的记忆中。在我的居所附近，有一处"奉天国立农业大学"旧址，位于沈阳市皇姑区塔湾街34号，距塔湾无垢净光舍利塔仅400多米，那是沈阳农业大学建校的地方。还有在三经街沈阳日报社院里、辽宁老年报社院里都有一座古色古香的小楼，但许多人却说不清它们的身世。不知这些躲在角落里的老建筑哪一天会随着推土机的轰鸣而烟消云散。

沈阳之所以可以拥有历史文化名城的头衔，之所以能够以历史文化悠久而著称于世，是离不开那些不再具有"城市地标"意义，但却带有沧桑记忆的老建筑的。

一个城市的历史年轮和它的文化积淀，很大程度上是通过建筑体现出来的，尤其是老建筑，它不仅代表了一个城市的历史，更代表着这个城市的尊贵。所谓"文化古城"是什么？试想，如果一座"文化古城"缺少了老建筑，那它还叫"文化古城"吗？

在中国城市化的进程中，对老建筑的认识早已形成两种截然不同的态度，一种是在利益驱使下的个别政府部门与开发商相默契，对老建筑肆意破环，不彻底清除干净不罢休；一种是历史眼光开阔，文化意识强烈的有识之士到处呼吁甚至做起志愿者，以微躯来回护着这些老建筑。其结果，虽然许多珍贵的老建筑都随着城市开发过程中的商业利益和推土机的轰鸣而化为尘埃，但老建筑的珍贵价值也随着城市的发展与文化建设的需要而越来越受到人们的重视。

中国老建筑保护意识的兴起不过八十多年，因为在封建社会里，将建筑只看作"匠作之事"，根本提不到文化的范畴中来。近代以后之学者才普遍认识到："建筑是民族文化的结晶，也是民族文化的象征。"1930年2月，中国营造学社正式成立，学社的创始人朱启钤在《中国营造学社开会讲演词》中提出："吾民族之文化进展，其一部分寄之于建筑，建筑于吾人最密切。自有建筑，而后有社会组织，而后有声名文物。其相辅以彰者，在可以觇其时代，由此而文化进展之痕迹显焉。"这是中国人最早发出的保护古建筑的声音。1931年梁思成到营造学社后，才真正开始了用现代科学方法研究中国古代建筑。

所以，老建筑的保护无疑是一件任重而道远的事，正如抚顺高尔山古城遗址上那块民国时的古迹保护碑所书："保存古迹——创之不易，继者尤难。"

世人曾给了建筑那么多的定义和赞美，但建筑根本上还是一座座供人居为人用的房子。所以在一般人看来，建筑本质上就是人类需求的产物，又是人生不可或缺的温床。从这个意义上说，森严肃穆的紫禁城与流浪汉柄身的桥洞本质上是一回事。不同的是，没人会赞美或羡慕流浪汉的寓所，然而当末代皇帝被逐出紫禁城的时候，却会让无数长辫子遗老们哭绝在地或吊死在绳上。这是为什么？因为人的生存不仅仅需要供人居为人用的房子，还需要艺术与精神，需要具有历史和艺术双重价值的老建筑来和人在精神上的互动。人与人处久了会成为朋友，房子住久了也如朋友一般让人恋恋不舍。因此说，老建筑是人类灵魂的附着物，是这个城市带着体温的沧桑记忆。

在写作此文的时候，我抽时间去了沈阳故宫，去了中心庙，去了慈恩寺，去了王树翰寓所，去了肇新窑业办公楼。站在这些老建筑面前，我想起了果戈里的话："当歌曲和语言已经缄默的时候，建筑还在说话。"在我把这些老建筑打量一番，抚摸一遍之后，我感觉到自己的生命已与这座皇都，这个城市重叠为一体了。沈阳已是我的故乡，不管此生到哪个胜地游玩，到任何名城久住，那都是漂泊，只有这里才是归宿！

《名城印象：沈阳建筑图史》，侯振龙主编，大连理工大学出版社2010年8月版

序《红叶情思》

与黄卫东黄兄相识是在我主持《沈阳日报》专副刊中心时期。当时专副刊开了对应的两个版面："往事"和"网事"。"往事"讲述老沈阳的故事;"网事"讲述与网有关的新沈阳故事。就是那个时候,黄兄成为"往事"的作者,写了许多有关老沈阳北市、南市和相关人物、建筑等方面的文章。四五年过去了,如今黄兄又在他70岁之后,拿出了这本《红叶情思》的出版清样,并嘱我来为之作序。

黄兄之盛情,让我很为难。我一般不怕写文章,但就怕作序。首先怕的是写序费时间。你为一本书写序,总应将这本书读一遍吧。20万字的一本书少说也得三两天时间,看完书稿动笔,又要一两天。所以看似一篇不长的序言,却要几乎耗掉一个星期的工作日。其次是怕序写得不妥帖。序就是导读,是指引读者如何理解、阅读这本书的前导性文章,总要说出一些道理,评价应当中肯、准确和恰如其分。说得太过有廉价捧场之嫌,说不到位又有负作者期望。其三怕的是自己不合写序的身份。自古以来,大凡为人作序者,一曰大家,二曰通人,三曰名人。自树一义,雄视千古,开示来学,是谓大家;博闻强记,小叩大鸣,循循善诱,斯为通人;知识不论,人皆晓之,沾边添泽,可列名人。我既非大家，自无树义；亦非通人，腹笥甚俭，更难称名人，寂寞书斋。所以一向害怕作序。所以也就始终认为序是诸文章之中最难写的一体。

黄兄大作，分为三个部分："故乡情愫"、"旅踪情怀"和"忆史情话"。其中我最爱读的是第一部分，因为那里边渗透着黄兄的个人情感和童心情致，生动而韵味十足。

黄兄为1938年生人，故乡情愫在他的笔下，正如枫叶经霜，秋愈深色愈红，年纪愈大则思念愈深。作者的故乡在沈阳城南郊区的张当堡，那地方我去过，一眼的平畴沃野，在今天听来极其鲜活的词语，不少就是那里的野菜名，也是作者儿时的"家珍"：芨芨菜、苣荬菜、小根菜、苋菜、灰菜、扫帚菜、猪毛菜、野芹菜、雀扑鲁、芙子苗等等，这是作者在《故乡的野菜》里写出来的名字。他儿时从春到秋，几乎每天都要挎着一个柳条筐和小伙伴们拿着韭菜镰到野地里去剜野菜，那儿歌唱得也好听："有菜没菜，刀尖朝外；有米没米，刀尖朝里。"多好听的儿歌，多么富于诗情画意的故乡情愫。

在所有的故乡情愫中，当然最难忘的还是母亲。在书中，作者开篇即写《母亲的纺车》，那段母亲纺绳的描写尤为生动："这时，只见母亲两腿相盘，坐在纺车前。为了摇动时省力，她先给纺车浇点油，再用左手从就近悬挂于中柱上的一束线麻，拽下一根细麻匹儿，衔接在纺车一端待旋转的锭子上，再用右手轻轻地摇动着纺车开始纺麻绳了。只见一根根纤细的麻匹儿，在纺车的不停摇动下很快变成一条长长的麻筋儿。随后，母亲将纺车停下，从纺车上摘下转锭，再用猪后腿小骨棒做成的逛子，将两股麻筋儿合起来，逛成一条长长的细麻绳，用来纳鞋底和上鞋帮用。"母亲的动作、程序和神情就犹如一幅温馨的纺线图，清晰地浮现在读者的眼前。同时也表达了作者对母亲纺线情形的深刻记忆与由衷的崇敬。

在对故乡的其他意象里，作者也都饱含深情，每一件老物什，每一个儿时细节都能娓娓道来。如他在《故乡的老屋》里，对"靠近中门那根一尺多粗的老中柱"的难舍难离。在《东街的老井》里，将摘下的黄瓜扔到井里泡上，犹如冰镇，想吃的时候再用柳罐提上来。还有老家的紫铜火锅，父母留下的唯一一张黑白合影照，舅舅瓜园里的"十道白"，火盆里埋烧的黏火酪，走了50里雨夜路给未婚妻家背回的一坛子炸熟的鲜玉米，三弟家的芦花鸡，陶菲老师的"九碗香"，冬日窗前的"一品红"，等等，都渗透着作者绵长无尽的情思。

而此书"忆史情话"一部分，也能让我一篇篇细致地读下去，因为这一部分多是写老沈阳的前尘影事，每一篇都能让人感受到沈阳历史的沧桑和脉动。在这部分里，作者写到近现代沈阳的一些历史人物不仅情节生动，故事精彩，而且都是极其珍贵的第一手资料，每一篇都能给你以鲜活的感受。如《贺子珍在沈阳的日子里》，作者通过对当年毛泽东赴重庆谈判的警卫副官蒋泽民的采访，将贺子珍在沈阳解放之初的近一年的生活作了详细的钩沉。其中写道："贺怡向贺子珍介绍了母亲在延安去世前受到毛泽东周到照顾的详细情况。贺怡说，母亲去世后，毛泽东把母亲安葬了，并立了碑。胡宗南占领延安后，把母亲的坟给挖了。收复后，毛泽东自己拿出十块银元，请老乡重新将她掩埋起来，又立了一块碑。"这些细节都是这篇文章第一次披露出来的。再如贺子珍回国后第一次用俄文给毛泽东写信，毛泽东将李敏从贺子珍身边接到自己身边，贺子珍在沈阳第二次给毛泽东写信等情节，也都是这篇文章所第一次写到的。

在历史人物题材方面，再如曾为沈阳市和平区少年宫题过词的宋庆龄，查拳名师刘宝瑞，北市场跤场的"砘子刘"，沈阳的魔术大师郝锡久，北市场唱西河大鼓的郝艳芳和张家四姐妹等，都是作者经过调查所挖掘出来的最新的史料。如他为写作《沈阳电报大楼保卫战》一文，采访了许多人，包括当时保卫战的总指挥刘忠俊本人和他的女儿刘晓颖，最终弄清楚了许多悬而未决的细节。再如《戏法大师郝锡久》一文，是他通过郝的亲戚、在北市场说相声的女演员汤砚杰，找到了郝的女婿、当时在兴隆大家庭卖戏法道具的田振祥。那一段时间，他骑着自行车去兴隆大家庭四五次，和田振祥交谈，最终将郝锡久的事迹整理出来。最近，黄兄又告诉我，他正在搜集整理老沈阳的相声历史，准备写作《沈阳老北市里的九对相声夫妻》，其中如李久长与汤砚杰，师胜杰的父母师世元和高秀琴；金炳昶和付兰英等。为了采访这些人的事迹，他约谈了几十人，记了厚厚一大摞笔记。

正是以这种寻找当事人实行抢救性采访的方法，黄兄积累了大量第一手资料，从而掌握了话说老沈阳的话语权。对沈阳的老建筑、老市场以及其他老掌故，作者也多以生动而翔实的史料还历史以真实。此前，我在给《名城印象——沈阳建筑图史》一书写作前言的时候，对沈阳清末时期商埠地的具体范围一时难以说清楚，于是到处查找相关史料。不久一位学生给我复印来了一篇文章，题为《奉天商埠纪事》，文章说："奉天省城（今沈阳）商埠地划定在省城西门（怀远门）外。被划在商埠地区域内的东西南北起止各段，均设有明显的界牌标志。分为正界、副界、预备界。正界区域：东起大西边门，西至满铁附属地（今和平大街以东），南起十一纬路，北至皇寺大街，总面积为213平方公里。副界区域由十一纬路向南，在今南市场一带。预备界区域由南市场再向南移，在今市传染病院和砂山地区一带。"这一段描述，就将那个时期沈阳商埠地的区域问题彻底解决了。然而当我看到最后，才发现这篇文章的作者是黄卫东。于是不禁在心里蛮不讲理地暗暗骂他两句：这个老家伙，这么好的文章竟然不早点拿给我看，让我费了这么大周折。在这本集子里，不仅收了这篇文章，另外如《南市场圈楼与八卦街》《翻开中山广场及周边建筑的历史》《三合号与胡家紫竹笙》《久负盛名的沈阳联营公司》《香飘万家的沈阳酱油》等，每一篇都是解渎沈阳历史文化的好文本。

黄兄长期在党政机关工作，他做过沈阳城的核心区域——和平区的宣传部长、文化局长和人大副主任。然而多年的官场生涯没让他染上丝毫官气，倒是平添了几分文气，这对于一个安然走完仕途的人来说是最为难得的。他经常奔走在沈阳的大街小巷，考察沈阳的人文与历史，又孜孜以求地写出文字，刊发出来，让更多人了解这座城市和这座城市的历史。他所做的一切，对于后人来说，真是功德无量的一件事。

回溯人类文明发展史，在上下古今的众多国度里，只有中国以厚重浩繁的文化典籍穿越了几千年的岁月沧桑，绵延至今而不衰，这个千古神话无疑有赖于文字的发明。所以，当历史烟云散尽，世事飘若尘埃的时候，唯有文字最能承载人类之精神。古之圣贤一贯主张要立功、立德、立言。"立言"则是著书立说，为后世留下以文字记载的精神财富。许多贤士做不到前两项，但总要在最后一项上去努力，也是为人类文明的发展做出了贡献。从这个意义上说，黄兄也是一位贤者，他的这些有价值的文字也当得起后人的尊重。

读《红叶情思》，我还没有提到本书的第二部分，即"旅踪情怀"，关于这方面，我不想再多絮叨，因为关于游记的文字当下太多太多。我曾说游记最难写好，写游记是个费力不讨好的事。在时下旅游已成为许多地方主产业的时候，不少的旅游说明书都是一篇好散文，所以散文家写游记，稍不注意就会落入"说明书"的窠臼。但黄兄所作游记在选题上颇多考量，能于众多作品中突出重围，亦实为不易。如《刘承干与嘉业堂》一篇，就是我所喜欢的。

记得当年孙犁先生为韩映山的《紫苇集》写序时说："鼓吹之于序文，自不可少，然当实事求是。"我想我之于黄兄的《红叶情思》是做到这一点了。

黄兄书名《红叶情思》，这也是集中的一篇之名。想当初我的第一本散文集《不素餐兮》也收了一篇《红叶情思》，那是我《唐诗赏论》的后记。黄兄写的是黄山红叶，我写的是家乡红叶，我们都喜欢红叶。但他的"红叶"是书，我的"红叶"只是篇。我在此将我的那篇《红叶之思》的结尾复制过来赠于黄兄，以示对他《红叶情思》一书的致意与祝贺："此书编就之际，又是满山红叶之时。听淅沥秋声，又想起了家乡那两株高大的古枫和洒满红叶的林间小路，梦里依稀，这幅家乡秋景多少回都拂之不去。何时能聚一二知己，将心灵契合在时空的波光里，怡然自得中，听大自然的韵律和节奏，'林间暖酒烧红叶，石上题诗扫绿苔'或多或少各自都能获些幽然与遐思。"

《红叶情思》，黄卫东著，北方文艺出版社 2009 年 11月版

那一抹近世文学的窈眇芳华

——序《〈盛京时报〉近代小说选萃》

尽管文学作品是以有限展示无限，个别寄托整体。然而作家却要生活在有限的时空中，虽然每天新闻不断，诸如当下的利比亚大撤退、"两会"召开、日本 9 级大地震。不管是震惊感叹，还是痛苦无奈，但转眼间这些又会在背后逝去，成为只能回顾的历史和品茶饮酒间的谈资。正是如此，七十年前，《盛京时报》在沈阳的故事，如今已很少有人知道了，甚至品茶饮酒间也谈不到它。如果有人想起，谈到它，那也是学人间的事，学术上的事。永芳兄是学人做学术事，从事"《盛京时报》近代小说研究"这个课题已有多年，曾编辑出版了《〈盛京时报〉近代小说叙录》和《〈盛京时报〉文学作品名录》两种书。如今又要出版《〈盛京时报〉近代小说选萃》，并嘱我作序，让我和他一起回顾那段历史，探寻那段逝去的特殊语境中的文人创作情怀。

对于近代《盛京时报》小说创作的历史，我远不如永芳兄了解得多。但《盛京时报》却是我近几年来所关注的，因为研究近现代中国报业史和近代辽海文化史，不管从哪个方面都绕不开《盛京时报》。在那样一个特定时代的沈阳，这份报纸从光绪三十二年（1906）创刊，至 1945 年"八·一五"日本投降时停刊，坚持出版了 39 年，最多时曾有 17 万的发行量。覆盖面很广，影响很大，难怪戈公振先生在《中国报学史》中会称其为"东三省日人报纸之领袖"。这份报纸虽然为日本人所办，但却记载了当时东北所发生的诸多历史事件，因此它是研究近现代史、国际关系史、民族关系史、东北军民抗战史、北洋军阀史和东北文学史极为珍贵的历史资料，尤其对我们今天研究东北近现代地方史及辽海文化史都很有文献价值。而永芳兄等人所做的这个"《盛京时报》近代小说研究"，则又是东北文学史研究上的拓荒之举。当年《盛京时报》副刊所刊发的这些小说作品，不仅有着珍贵的文学史料价值，同时也体现了那个特定时代的文学变革精神与时代审美意义。今天通过《〈盛京时报〉近代小说选萃》而展示给世人，无疑是有着发轫之功的。

永芳兄是国内知名的近代文学研究专家。我和他相识在 1983 年，都是大学毕业不久分到同一个单位办杂志的。但我是本科毕业生，他却是研究生，而且还是"文革"结束后北京大学毕业的第一届研究生。其身份、招牌可想而知。然而永芳兄为人随和，胖胖的身体，整日带着笑容。说话高声大嗓，为人直率天真，朴实朗健中带着三分可爱。工作之余大家都喜欢与他聊天，他似乎无所不懂，无所不通。本来他的专业是古典文学，可主编的却是一本法学期刊，专业虽然相差很远，但是却将杂志办得风生水起，见树见林。他于文学研究、诗歌创作、图书出版、广告创意，乃至建筑、旅游、体育、烹饪等领域，都能达到准专业水平。比如足球，他谈起来头头是道，是个专业球迷，且还是单位足球队的守门员。胖胖的体形，站在球门间，面对那些业余射手，踢过来的球一般都能推挡出去。他还有一件本事，就是善改文章，一般的文章到他手中，三下五除二，一会就能改完，其速有如"温八叉"。经他手改过的文章会顿生色彩，大有点石成金之妙。这是他的独门绝窍，当年曾让我好生羡慕。

那时候，我只知道在近代文学研究上他是黄遵宪专家，上个世纪80年代就出版过专著。再后来，他调到了沈阳师范大学当了教授，我则去了新闻单位。但他的学术研究范围不断扩大，且颇有声色。我也不断收到他的著作，一本接一本，旧体诗创作、白话类编二十五史、古代养生经，等等，每一种都让人感兴趣。在收到他的《〈盛京时报〉近代小说叙录》和《〈盛京时报〉文学作品名录》不到两年工夫，这回又拿出了《〈盛京时报〉近代小说选萃》，则更让我刮目。我佩服他在学术研究上也有足球守门员的功夫：一夫当关，什么球都能接得住。

接到永芳兄要我为其《〈盛京时报〉近代小说选萃》写序的电话，我正在修改《辽海名人辞典》的稿子，每天都埋头电脑前，寻找那些湮没的辽海名家们。在辞典中，有不少人当年都与《盛京时报》有关系，都在其副刊上发表过作品。如东北最有成就的金石篆刻家王光烈，集诗词、书法、绘画、鉴藏于一身的于莲客，都曾在《盛京时报》做过主笔。著名作家穆儒丐的白话长篇小说《女优》、《梅兰芳》、《香粉夜叉》，萧军的第一篇小说《懦》和《端阳节》、《鞭痕》、《汽笛声中》、《孤坟的畔》等小说以及本书中所选冬斋的白话长篇小说《糊突谈》等，都是在《盛京时报》副刊上发表的。还有一位作家孟十还，当年也曾于《盛京时报》副刊发表作品。他曾在苏联留学十年，同国后到上海，在鲁迅指导下，翻译了许多优秀的苏俄文学作品，曾在黎烈文主编的《译文》、林语堂主编的《人间世》、周作人主编的《语丝》等报刊上发表，一时闻名遐迩。同时主编《作家》和《大时代》杂志。与鲁迅来往密切，曾合作翻译《果戈理选集》

等书,《鲁迅全集》里收有多封鲁迅写给他的信。1936 年鲁迅逝世,他曾是 16 位抬棺者之一。1949 年赴台湾,任"国立政治大学"东方语文学系第一位系主任,早年台湾白行培养的俄语人才都是他的学生。译作有《果戈理怎样写作的》《果戈理选集》《普式庚短篇小说集》《杜勃洛夫斯基》《密尔格拉德》《黑王子》等十几种。然而就是这样一位知名的辽宁作家,现在却很少有人知道了,即使在《鲁迅全集》中对其注释也语焉不详。我还是从《维基百科全书》里找到关于他的生平介绍的。

历史真是有太多的微妙,又留下太多的遗憾。比如有的人虽然昙花一现,却留下了很大的声名;有的人成就粲然,到头来却湮没无闻。比如孟十还的译作,比如王光烈的篆刻,比如于莲客的书画,比如《〈盛京时报〉近代小说选萃》中的这些作品,这些作者,如果不是永芳兄的研究挖掘与整理,会永远地湮没无闻。尽管他们是那个特定时代的记录者,尽管这些作品表达了近代中国文学的某些重要主题,显现了沦陷区文学的诸多特点,提供了近代文学史研究中不可多得的典型范例,但多年来却无人问津。如今,《〈盛京时报〉近代小说选萃》的出版,无疑是掀开了这一段尘封的文化史的扉页,抖落其百年烟尘,展示给世人的,当是一抹近世文学的窈眇芳华。

《盛京时报》的开端,离我们已一个世纪之多,其结束,也有七十来年。然而中国的历史太悠久,七十年,一个人生"古来稀"的过程,在说书唱戏人的口中,不过是"几度夕阳红"的事。但就这七十年间,世界却发生了七十年前无可想像的变化。当世界演进的脚步越是不断加快的时候,我们总结先人遗产,维护整理先人典籍的责任也就越发紧迫。因为当历史烟云散尽,世事飘若尘埃的时候,没有什么比卷帙浩繁的典籍文化更能供后人解读文明演进的足迹了。正是从这个意义上，我才更懂得永芳兄"《盛京时报》近代小说研究"这个课题的意义，才深知《〈盛京时报〉近代小说选萃》及其系列图书出版的价值。

以上浅见，约略陈之，但愿不是佛头著尘。

是为序。

辛卯年春月于沈水匏斋

《〈盛京时报〉近代小说选萃》，张永芳主编，沈阳出版社2011年6月版

烟霞翠微里的平山草堂

——序《汪家山水瓷画选》

喜欢汪家山水瓷画当是十几年前的事。那时于南昌得到一件汪野亭瓷板，瓷画上山峦重重，草树青青；云烟澹澹，古塔悠悠；溪水漾漾，村落迤迤。近景一荷锄农夫，蓑衣斗笠，匆匆板桥之上，给人想像，引人神往。整幅画面纵深千里，尺幅烟霞，花光岚色，翠微欲滴。当时，"珠山八友"还刚刚引起藏界重视，瓷画市场也远没有今天这样火热。因为当时我正属意浅绛彩瓷，所以对汪家山水并没有太重视。过了几年，我曾将元鉴先生此板发到了雅昌网上。当天版主"曙光"韦兄就给我发短消息说："正在景镇网上与熊中荣先生看您这块野亭先生瓷板，颇好，为汪氏中年代表作，十分难得，定当宝之。"听到韦兄此言，我又拿出此板细细品鉴，从而进一步认知了汪野亭和汪家山水瓷画的价值与意义。

从那时候起，我即有了收藏所有汪家山水瓷画的想法，于是淘到了汪少平的墨彩执壶，汪小亭的茶杯，汪平孙的瓷板、笔筒，汪沁的豆青釉粉彩、墨彩开光瓶。在这些汪家山水瓷画中，我尤为欣赏汪野亭的洗练与华滋，汪小亭的苍劲与老辣，汪平孙的隽永与文气，汪沁的秀雅与清丽。

汪家山水瓷画的开山者汪野亭，师承彩瓷名家张晓耕、潘□宁。到景德镇后又深受晚清浅绛彩瓷开山大师程门的影响，开始专攻粉彩山水。程门浅绛彩瓷作品以山水为主，其云烟供养之文人雅范，深得汪野亭的崇尚与服善。所以在汪野亭的早年作品中多有程门山水瓷画的影子。后来，清初"四王"和石涛的绘画风格对汪野亭多有影响，尤其是苦瓜和尚石涛，可说是深入到了汪野亭之骨髓之中，不仅学其画风，而且名之斋堂。石涛于1707年去世，埋骨扬州平山堂后万松岭。石涛墓前平山堂，二百年后汪野亭在此堂中加一"草"，以"平山草堂"名之于自己的室号，既含有他尊崇石涛，墓前入堂，又表达了自降一格，甘居"草堂"的谦逊之情。正是这种苦学石涛的艺术追求，再加之他对自然山水的师法与描摹，从而形成了山水瓷画大家的独特艺术风格。

汪野亭的瓷画艺术风格，最突出的是其师法自然性。胸有烟霞，他的瓷画作品，从构图到用彩，多以自然山水为摹本。从乐平故里的翥山、乐河，到景德镇的珠山、昌江；从溢浦庐山、浔阳江，到徽州的黄山、练江，赣北和皖南的山山水水，都让他"搜尽奇峰扣"草稿"，融人到自己的瓷画之中。这一点，是他作为汪家或是汪派山水瓷画最为可贵之处。

汪野亭在瓷画创作中深谙石涛绘商"截取法"之三昧。他初学"四王"，但在创作中又感到"四王"虽临古工深，却失之于墨守成规，缺乏创造性，构图千篇一律，有严重的形式主义倾向。而石涛则在师法自然的基础上，创造出一种独特的构图技巧——"截取法"，即从不同角度截取部分景物加以渲染，以特写之景传达深奥之境，结构新奇，变化万千。这种创作构图法在他的《粉彩山水文房三件》《湖山秋思》《六桥春暖》等作品中都有典型体现。

从现存的汪野亭作品看，他可称饱读诗书之人。老私塾塾师的底子，加之灵山秀水的浸润，使他作品中的书卷气和文人画意蕴越发浓厚。其瓷画上的题跋也颇具文人情致。如他在 1933 年所绘瓷板上的题跋："老树数株，茅屋三间；良田几亩，流水一湾。有时负手门前，数长空飞鸟，万户侯，何足道哉。"其文人的悠然个性跃然瓷上。1937 年所创作的青绿山水粉彩瓷板上题诗云："谁将笔墨写秋山，点缀烟霞尺幅间。欲访高人在何许，寒林渺渺水潺潺。"读来颇有唐人韵味。另一瓷上题跋则说："既慕朱老画，复着米家船。一帆风雨里，正好拥书眠。"其诗其画可谓相融相契。在"珠山八友"中，能于瓷画上经常题自作诗者并不多见，其中王野亭当数最多，这既是汪野亭山水瓷画文化内涵丰厚的表现，也是汪家山水瓷画的一大特色。

以上诸点不惟汪野亭，在以后的汪家山水瓷画中均有体现。特别是取意石涛一路的作品，时有所见，如汪野亭的墨彩《茅亭秋思瓷板》、《寒林鸦集印盒》，汪小亭的《溪山雨后瓷板》，汪平孙的《青花四季山水中堂瓷板》，汪沁的《春江双耳瓶》等，其创作构思与笔墨运用都与石涛的《十开山水册页》有着异曲同工之妙，当年石涛对自己曾有很正确的估计，他说："此道有彼时不合众意而后世鉴赏不已者，有彼时轰雷震耳，而后世绝不闻问者"，而"余画当代未必十分足重，而余自重之"，至于今人不能欣赏我，"我也知无之何，后世自有知音"。石涛作品，不仅在纸绢画上找到了如张大千等的众多知音，而在瓷画上也找到了如汪家这样的知音。平山堂后，那颗孤傲的心灵，也颇堪慰藉了。在山水瓷画中得石涛之真谛，这也可以说是汪家山水瓷画的看家本领，荣誉出品。这些在汪家第二代汪小亭身上表现得尤为突。

汪小亭天赋极佳，即使是在战事连连的年代，他也是"农事不荒，瓷艺不误"。他在二十世纪 40 年代以后一改"四王"那种干笔淡墨、典丽细腻之风，转而学石涛兼用粗、细、干、湿各种笔墨，尤其善用湿笔浓墨，横涂竖抹，使线条粗犷拙朴，坚实老辣。以此种笔墨，或绘危崖峭壁，或写寒水古木，信笔挥洒，逸兴遄飞，显出一种不可一世的气概，一种沉雄痛快、元气淋漓的绝大气魄，令人过目不忘，心生敬畏，成为汪家山水中最具个性，最具视觉冲击力的创作，极为珍贵。

为什么汪小亭的创作如此个性突出？这与他所生活的那个时代和他的境遇分不开。或多或少，他与石涛有着某种相似，惺惺相惜之情自然融入他的骨子里。所以，他师法石涛的人格，更师法石涛的艺术风格。他把他的全部人格和精神都投入到他的作品之中，这些作品是他那颗政治和传统都锁不住的自由而孤独的灵魂所发出的凄愤啸声，以致他笔下的山水草木和文字题跋都含有一股倔傲、乖戾之气。诚如石涛的一首诗所写："书面图章本一体，精雄老丑贵传神。灵幻只教逼造化，急就草创留天真。""精雄老丑"四字何尝不是汪小亭瓷画的风格特点呢。

汪家山水瓷画第三代传人汪平孙，某种程度上说是其家族中的集大成之人。虽然六十岁始绘瓷作，但却大器晚成，天分与悟性令人刮目，短短二十年时间，其创作成就似不在国家级工艺美术大师之下。

汪平孙的创作，集中了其祖父汪野亭的师法自然之道，父亲汪小亭的个性特点，同时又融入了石涛的写意笔法。其创作既有其祖父的厚重，也涵有其父亲的元气淋漓。尤其是晚年作品，洒脱而不失规范，厚重而时兼灵动，风格成熟，个性突出。如墨彩

《冬云瓷板》《卧看流泉瓷板》《山水执壶》《暮春三月笔洗》《夏江渔乐笔筒》《青花四季山水中堂》等，大气而富于艺术表现力。庚寅之年，汪平孙先生曾应约为我画了一件口径20厘米的"自置"款通景山水大笔海。山石、云树、村舍、行舟，一派烟云供养之气。题款为："青山隐隐水迢迢。"晚唐杜牧《寄扬州韩绰判官》诗中句。整个笔海瓷画，既有汪野亭的山水逼真之势，又有汪小亭的曲岸简括之状，再加上汪平孙所独有的远山岚影和苍茫花树，此大笔海构成了汪家山水的独特风格和书卷韵味，每每令我反复欣赏而欲罢不能。

汪平孙的学养在当今瓷绘家中鲜有可比。他大学中文系毕业，出于院派，兼及家传，能诗能文，文人气十足。胸有烟霞成竹，自然瓷滴翠微，其创作也得心应手。尤其是他的诗词，格律精湛，富于别材别趣。其《蚕烛集》中的诗词诸作，每一首都可读可赏。书法也自出一格，拙朴而富于书卷气。在对瓷绘艺术的审美和鉴赏方面，自然也高人一筹。因此，他的山水瓷画创作，自然有居高临下，其格不降的阵势。其瓷绘技法自不必说，单是瓷上诗文题款，就很难有人企及。如其在己丑年所绘瓷板上的题跋："今又重阳，满院秋光。西风劲，落叶飞黄。云穿幽谷，雾锁山冈。看峰峦静，流水急，鸟飞忙。树木行行，隐隐白墙，矮矮砖房。坡上菊，发散幽香，喜鹊一双，栖息枝头，昂首望，欲翱翔。"此为《行香子》词之一阕，读来韵味十足。再如《匡庐访友》瓷板，近五百字的题跋，当之无愧一篇生动的散文，其情节生动奇异，堪比《桃花源记》，甚至可入《聊斋》之中。

汪家第四代传人汪沁，在陶瓷世家的环境熏陶下，自幼酷爱艺术，高中毕业后即随其父习画陶瓷，深得其父真传。其作品集曾祖父之典丽，祖父之自如，父亲之文气，同时更注重构图的精巧，透视的科学以及层次的丰富，使其作品形成秀雅清丽之风格。如其《扇形山水瓷板》《豆青釉粉彩、墨彩开光瓶》《春夏秋冬四屏》《南国风光瓷板》《秋山红叶方笔筒》等，都保持了汪家山水的一脉心香。

更为难得的是，汪沁与夫人赵青时有合作作品问世，如《青花斗彩山水人物瓷板》《粉彩夜静山水圆瓷板》等。其创作质朴中满蕴诗意，典雅里不失活脱，画面颇具情致与妍婉之态。尤其是那件《青花斗彩山水人物瓷板》，江边细柳下，岸石山花边，骑牛归来的牧童悠闲地吹着短笛，似乎远处轻雾迷蒙中的点点帆影都为笛声所动，不忍遽然驶去。让人一下就想起宋人雷震在《村晚》诗中的句子："牧童归来横牛背，短笛无腔信口吹。"诗中有画，画中有诗，这大约就是汪沁夫妇创作的艺术追求。在汪家山水瓷画史上，还没有夫妇共同创作的先例，汪沁夫妇首开先河，我们期待汪家瓷画伉俪更有上佳的表现。同时也希望汪沁夫妇在今后的创作中应注重吸取祖父汪小亭的个性和父亲汪平孙的学养，于秀雅清丽中多注入一些汪小亭式的朴拙和汪平孙式的书卷气，同时更要和祖上就尊崇的石涛这位大师保持亲近。如此，汪沁这位第四代汪家小子定会青出于蓝而胜于蓝。

汪家山水瓷画在中国美术史上和中国陶瓷史上是一个绝无仅有的艺术现象，其瓷绘创作历经四代而不衰，代有才人出，这本身就是一个奇迹。中国瓷面历经清末的浅绛彩瓷和民国的"珠山八友"，实际上已进入一个更为全面和个性学养突出的时代。我在为《浅绛百家》一书所写的序言中首次提出了"中国瓷本绘画"这个概念。"瓷本绘画"将中国瓷、中国画、中国诗、中国书法、中国印五种最具中国文化要素的符号集中在一起，形成堪称国粹的"瓷本绘画岂术"。所以，这种艺术对创作者的要求更高，甚至比当年的官窑器更具难度。所以，瓷画的创作者必须提高自己的艺术个性和艺术学养，这样才能对得起"中国瓷本绘画"这种艺术形式。汪家山水瓷画在"中国瓷本绘画"这条道路上已经越走越远，它已经成为一个民族品牌，一种非物质文化遗产。汪家山水瓷画已与我们民族艺术和民族文化息息相关了。从这个角度说，汪沁，任重而道远。

需要说明的是，庆伟要做的这本书，称"汪家"而不称"汪派"，我想是有一定道理的，我当然也赞成这样的称呼，"汪家"只是家传，这是中国多少年的传统，这里有着太多的社会学，恕我不在这里展开详论。

庆伟喜欢陶瓷，接触陶瓷和汪派山水不到一年时间，就已进村人院，见山见树了。他为了研究汪家山水瓷画，几乎搜罗到了所有关于汪家的书籍，并通读多遍，对汪家谱系及每一个人都如数家珍般一一道来。同时，为了弄清"平山草堂"与石涛的关系以及石涛对汪家山水瓷画的影响，一个月间竟购买了几十本有关石涛的书籍，通宵达旦阅读。如今，他要编这样一本《汪家山水瓷画选》，作为他一年来关注研究汪家山水瓷画的总结，实在难得。他说等到书出来后，等到辛卯年春天到来的时候，我们一同到景德镇去，到汪家去。去看浮梁遗址，珠山云树，昌汀帆影；去看唐英灵祠，火神雕像，明清古窑；当然最想要看的还是烟霞翠微里的平山草堂。

庚寅岁尾于沈阳浅绛轩

《铁马清吟》序

　　树令兄诗集《铁马清吟》欲付梨枣，嘱我作序，实感惭愧。因为我很少作诗，于旧体诗创作更属边缘之边缘。然乡梓之情难却，只好遵嘱在此作俚人之言，亦如庐山之外看庐山景致了。

　　树令兄与我同为辽西北票市人，他出生在古称白狼水的大凌河南，我生在大凌河北。我们先后从那片大山里走出来，他从戎半生，成为令我歆羡的军中大校，我则一直虚度文字生涯。相识多年来，树令兄的淳朴厚重、真率稳健总是令我钦佩和服善。大约是三年前，他将创作的小令拿给我看，让我颇感意外的是这样一位有着慷慨硕壮之性情的军旅中人，竟然在金戈铁马之外，还怀有一份细腻轻倩的诗思。他很谦逊，让我帮忙修改并提意见。我说实在不敢，但我可以给你介绍一位合格的老师。于是他成为汤梓顺先生的学生，于是他的诗作大为长进，于是有了今天的《铁马清吟》。

　　汤梓顺先生是沈阳航空学院的力学教授，然在古典文学研究和旧体诗创作方面又颇富才情，硕果丰盈，可谓是自然科学与人文科学结合得最好的一位学者。他在古典文学方面曾发表多篇关于陆游生平创作的考证文章，出版有旧体诗词《拾穗集》。其诗词创作享誉诗坛，海内外诗界大家均另眼相看。我曾有《鹧鸪声里动诗情》和《早看行云晚赋诗》两文，专门介绍评价其创作，在此不赘。

自从拜入汤门，树令兄每个周末必到汤先生府上听课，从诗词格律到属对使典，从唐诗宋词到俗语俚曲，一个教得认真，一个听得入迷。三年下来，树令兄的创作实令我刮目，尤其是在一般当代旧体诗创作者难以逾越的平仄韵律方面，中规中矩，颇合法度，已然登堂入室；在诗意的艺术追求上，晓畅自然，风格独异，得以见树见林。那种朴实平易之格调，顺达通晓之情致，可谓文如其人，自然可爱。

树令之诗，题材广泛，感情真挚，或咏亲情，或赞山河，或歌风光，或叙军旅，都给人以亲切之感。如《贺恩师六十九岁华诞》："雪案莹窗欲曙天，程门化雨忆当年。析疑解惑承先绪，传道立言续郑笺。桃李成阴娱晚景，儿孙卓荦世称贤。门人齐作黄昏颂，牢记师恩着祖鞭。"再如组诗《红色征程》，从"南湖建党"写到"天安门"，历数中国革命的每个重要阶段，每一首都诗意浓郁，情感真淳。

在树令《铁马清吟》中，最突出和感人的是那些军旅诗词。其内容均是诗人本身所经历的生活提炼，真实而生动。如《军中诗五首》《战友情》《红色军队》《大阅兵》《赞小长山岛海防兵》《破阵子·冬练》《双红豆·哨塔卫兵》《画峨眉·深山哨所》《喝火令·战士巡边》《满江红·军旗颂》等都是这方面的代表作品。其中如《行香子·雪原鏖兵》："塞北森林，积雪腰深。鸟飞难，兽迹无痕。雄师开进，将士同心。勇登山岭，越冰河，夜追巡。挖洞藏身，雪拌粮吞。练生存，实战遵循。为民保国，不畏艰辛。更增军力，壮军威，铸军魂。"以简捷明快之笔墨，写出了北国边防战士在"雪拌粮吞"的环境里"壮军威，铸军魂"的豪迈气概。

正因为如此，当树令兄让我为此诗集命名时，征得汤先生首肯，我即以《铁马清吟》名之。

"铁马"之名，本有两义。一是为身披铁甲的战马，即铁骑之义。语出《文选·石阙铭》："铁马千群，朱旗万里。"李善注："铁马，铁甲之马。"宋代陆游《书愤》诗"楼船夜雪瓜州渡，铁马秋风大散关"中的"铁马"和《十一月四日风雨大作》诗"夜阑卧听风吹雨，铁马冰河入梦来"中的"铁马"均是此义。二是指檐铃。悬于檐间的铁铃，风吹发声，如铁马阵响。元人王实甫在《西厢记》第二本第四折中说："莫不是铁马儿檐前骤风。"《红楼梦》第八七回中也有："一会儿，檐下的铁马也只管叮叮当当的乱敲起来。"将檐铃称作"铁马"，据清人顾张思在《土风录》卷一中说是"始於隋炀帝"。这一说法大约可信，因为在唐人冯贽的《南部烟花记》中确有这样的记载："临池观竹，既枯，隋后每思其响，夜不能寐。炀帝为作薄玉龙数十枚，以缕线悬于檐外，夜中因风相击，听之与竹无异。民间效之，不敢用龙，以竹骏代，今俗则以烧料谓之铁马。以如马被甲作战斗形，且有声也。"这个从檐铃演绎到铁马的典故，在《南部烟花记》中已说得清清楚楚。今以"铁马"作树令兄诗集之名，既符兄之军旅身份内容，又合诗之"清吟"风格形式，亦算恰切。

时逢《铁马清吟》诗集即将出版之际，我这个诗之边缘人也学乡兄树令样，"清吟"一首，权作对兄之大作出版之祝语：

籍属同乡凌水边，君提长剑我题笺。

而今共握江郎笔，铁马秋风听铎檐。

辛卯秋月于沈水鲍斋

《铁马清吟》王树令著，白山出版社 2011 年 12 月版

序《期刊编辑与策划》

　　伟夫给我送来《期刊编辑与策划》清样那天，正好是谷雨刚过，楼前绿草茵茵，杏花开后见李花。他很匆忙，简单交代几句就上车而去。望着在林阴路上于一片落英中开走的轿车，我在心里说了一句：真是个好编辑。

　　伟夫是个好编辑，不仅仅是他写出了这本《期刊编辑与策划》，更重要的是他在编辑岗位上长期坚守，默默耕耘，做出了那么多的成绩。他的编辑风格，一如他的为人，厚道而朴实。

　　在清样上读《期刊编辑与策划》，伟夫所写的每一章每一节都是那么亲切和熟悉。

　　说到亲切，是我与期刊的感情。大学毕业后做了二十年的期刊事业，曾为六本期刊写过创刊词，为两本期刊写过终刊词。在期刊编辑中，我有着太多的经验与教训，也获得过许多的快乐和愉悦。我曾在《我的期刊二十年》一文中写过这样的话："二十年，是我人生最好的一段时光，有过创业，有过曲终；有过艰辛，有过喜悦；有过失败，有过成功。每一年，每一幕都值得我细细品味和怀念。"在我结束期刊编辑到报社工作后，每每见到期刊界同仁，我都会羡慕他们，因为在诸种平面媒体中，期刊是既有挑战意义，又比较从容的一件事。所以直到今天，我仍然对期刊有着很深的感情。

说到熟悉，不仅是伟夫书中所论所述的是我熟悉的业务，同时伟夫在书中所引述的一部分策划内容也是我所参与的，因为有一段时间，我曾与伟夫所编辑的《中国地名》杂志共同策划过三个专号，即《名士之城——走进辽阳》《盛京盛名——在地名中读懂沈阳》《钟灵毓秀——走进大连金石滩》。虽然这三个专号最终或多或少都囿于投资方的意见而使策划性大打折扣，但还是获得了读者的认可，具有一定的典藏性。在这个策划过程中，伟夫和我做到了很好的配合，从宏观把握到具体加工，都展示了他良好的编辑素质和突出的策划意识。诚如他在本书《"中国地名文化万里行"城市专辑的版面特色》一文中所谈到的："沈阳专辑定位为'盛京盛名——在地名中读懂沈阳'。稿件深人、全面地挖掘了沈阳地名文化的历史文脉，从候城——沈州——沈阳路——盛京——奉天府——承德——沈阳的历史变革中，考察沈阳历史上地名变更的历史渊源。"在沈阳专号中，具体到每一个标题都做了认真的修改，伟夫曾在此文中说："《苏家屯：中国第一屯原是野鸭子的聚集地》的原题叫《苏家屯名称由来》。题目很平，没有抓住文章的中心，从中只能看出两个信息：一是苏家屯，一是名称由来。这种标题属于信息不全，说明不当，对读者没有任何吸引力，起不到导读作用。为了使标题与文章本意紧密结合，实现导读效应的最大化，编辑们在对文章内容进行提炼之后，改为现题，使之信息完整，中心突出，更具导读性。苏家屯是主体，它所负载的信息有'中国第一屯和野鸭子的聚集地'两项。这样，苏家屯名称的由来——野鸭子的聚集地的意象就跃然纸上……类似的题目还有很多，如《沈阳四塔为何北塔最重要?》的原题叫《沈阳四塔》。《头台子，二台子，三台子，沈阳还有多少台子?》原题叫《台子类地名知多少》。"这些编辑过程，伟夫不仅参与其中，亲历亲为，而且过后还能总结出来，写成文章，辑成著作，实在是难能可贵。

在《期刊编辑与策划》这本书中，伟夫就是这样总结多年来的期刊编辑经验，详细沦述期刊编辑的基本规律，从而使这部著作有许多可圈可点之处。如谈期刊的选题策划、栏目创设、标题制作、装帧设计、版面构成、视觉效应等，既有理论深度，又有可操作性。在《标题制作务实》一篇里，列出了15种标题制作方法：1. 疑问式标题。2. 巧用文言。3. 词汇的借代。4. 词汇的借用。5. 反义式标题。6. 引述式标题。7. 对偶式标题。8. 因果式标题。9. 巧用典故。10. 巧用成语。11. 设问式标题。12. 巧用标点。13. 巧用谐音。14. 借用诗词。15 借用影视片名。每一个标题制作方法里都举例说明，同时强调制作过程中应注意的问题，很有实用性。再如《地名编辑工作四要》一文中，对地名编辑提出了四点严格的要求：一要理清新生国家地名变更的脉络；二要甄别地名的属地，防止错用；三要掌握繁难的地名用字及读音；四要掌握地名工作的政策法规。为防止误读、误写地名，减少疏漏，文中还特地编制了一个《特殊地名读音正误表》，列出了71个日常人们容易读错的地名。这种对期刊具体编辑工作细致人微的论述与总结，在《期刊编辑与策划》一书中时有所见，特别具有指导意义。

如今，人类已进入一个"速读"时代，或说"资讯烦恼"的时代，在这样的一个时代里，读者更多的是寻求"精品阅读"。而"精品阅读"的重任毫无疑问地将由具有沉淀性、深层感、精致度的品牌期刊来完成。什么是品牌期刊？2004年，我在《期刊的CIS策划》一书中说过："期刊的品牌是期刊媒体里面那些内在的丰富底蕴与外在的完美风采结合而成的高智力产品。'高智力'，主要指出版人的出神人化的策划能力，特别需要的是个性化策划，这是品牌期刊压倒竞争者的威力所在。要达到品牌期刊的个性突出，策划是至关重要的手段。它是期刊成为品牌、进入市场、受到读者喜欢所必须的。可以这样说，有策划的期刊不一定赢得读者和市场，但没有策划的期刊一定会失去读者和市场。要办好一本期刊，从大的方面说一定要对期刊的理念、行为、视觉三个方面进行全方位的策划；从小的方面说，诸如刊标刊名、内容定位、栏目设置、标题导语、版面构成、影像元素、纸张开本、印刷油墨、终端摆放等，从创刊到成品售出甚至售后服务，每一项都需认真而细致的策划。期刊人从来就不只是报道者，还应该是设计者和策划高手。"这些方面，也是《期刊编辑与策划》一书所着重强调的。

在当下的全媒体时代，期刊正面临着新的挑战与机遇。在这个过程中，更需要编辑的高素质和策划意识的增强。伟夫此书，已为期刊界提供了许多可资借鉴的道理和实例，希望能对期刊人有所启发和帮助。

个人所见，约略陈之，但愿我的文字能为伟夫此书执帚而行。

是为序。

《期刊编辑与策划》，张伟夫著，辽宁教育出版社2011年6月版

序 "《大众生活》文库"

　　"《大众生活》文库"是建立在《大众生活》杂志基础上的再生选题。

　　在中国现当代文化史上,《大众生活》这本杂志应该说是一道颇为引人注目的风景。它先是于 1936 年由邹韬奋先生在上海创刊,后来被国民党查封;1939 年,国民政府再度于韶关创办《大众生活》,不久即停刊;1942 年,汪伪政权又在南京创办《大众生活》,时间不长也告消亡。今天我们所见到的《大众生活》是 1993 年在沈阳创刊的,至今已创刊五周年,出版了 55 期。盛世弘文,中国历史上的第四个《大众生活》终于有了一个广阔的成长天地和辉煌的发展前景。创刊五年,《大众生活》遵循"关注社会,直面人生,品味生活,服务大众"的办刊方针,以可信的纪实性、可读的通俗性和可靠的服务性为特色,使杂志格调温馨亲切,形式活泼多样,内容新颖实用,实现了杂志主题词所说的"大雅、大俗、大千世界;众生、众事、众望所归",成为当今读者最喜爱的期刊之一。

　　60 年间,不同历史时期存在了四个同一刊名但不同风格的《大众生活》,这是中国期刊发展史上的一个独特的景观。今天,前三个《大众生活》早已成为历史,成为期刊研究者追思的对象，而第四个《大众生活》却在蓬勃发展。五年历史，一个生命的新绿。在创刊五周年的时候，应广大读者的要求和建议，杂志社编辑部创设了这套"《大众生活》文库"选题。

"《大众生活》文库"是在《大众生活》杂志栏目的基础上充实扩展而成，其中有些内容已在杂志先期发表，并引起很大反响。此次结集成书，按不同类别又进行了重新整理，使其更具系统性和科学化。

文库分为六个书系，即"男女三只眼"书系、"婚恋密码"书系、"四脚走天涯"书系、"女性魅力看招"书系、"生涯起步走"书系和"大众自助餐"书系。文库第一批为每个书系 4 本书，共 24 本。每本书在 15 万字左右，计划两年之内出齐。

编辑本文库的初衷是想为大众读者提供一套与日常生活密切相关的家居丛书，在轻松休闲、温馨风趣中使你的日常生活更具情调。如果这套书能陪伴在你的床头案边，我们感到不胜欣慰。

当"《大众生活》文库"最终确定交给出版社的时候，新的一年即将来临。伴着北方的雪花，有若断若续的歌声飘来：

> 雾里看花，水中望月
> 你能分辨这变幻莫测的世界
> 涛走云飞，花开花谢
> 你能把握这摇曳多姿的季节

但愿这套文库能给你一份生活上的启示，帮助你用自己的慧眼，将丰富多彩的大众生活看得清清楚楚、明明白白、真真切切！

　　"《大众生活》文库":《三只眼眼看生活》,谢学芳主编,沈阳出版社 1998 年 5 月版。《非常男女心 36计》,谢学芳、谌青主编;《味道》,肖瑛、王世海主编;《不是我不贞纯》,王爽、庞铁明主编;《只想和你一起慢慢变老》,谢学芳、李培成主编,沈阳出版社2002 年 9 月版

《沈阳读本》引子

谁都不会忘记 2004 年 11 月 4 日那个月色皎洁、灯光璀灿的夜晚，中央电视台举行年度最为盛大而隆重的直播晚会——"中国十大最具经济活力城市"颁奖典礼。大多数沈阳人都坐在电视机前，因为沈阳也荣登这十大城市之列。这是历经一年，经过数轮竞争，在 280 个候选城市中评选出来的。在典礼直播现场，主持人敬一丹宣读评委会给沈阳那充满个性和诗意的颁奖词：七十年现代工业文明的洗礼，成就了"共和国装备部"的美誉。虽然，几千根烟囱的轰然倒塌，让共和国工业的长子经历了阵痛；虽然，数十万产业工人的艰难转型，让国企的发源地感受了改革的任重道远。但是，这座从来都不缺少实力的城市，正在用激情回应振兴，装备中国。

对沈阳来说，这 109 个字的颁奖词，虽然只是针对改革开放 26 年来的高度概括与精粹提炼，但其中也渗透着对沈阳悠久的历史积淀、历史贡献和可贵的创造力及人文精神的肯定。正如评委会所言：最终当选的 10 个城市，不一定是目前国内生产总值最高、投资额最大、吸引就业最多的，但它们应该是中国现有地级以上城市中，经济成长性、健康度、影响力等相对均衡的城市，代表了中国城市的未来发展方向。

是啊，沈阳，确实是一座"从来都不缺少实力的城市"，更是一座充满激情、健康和影响力的城市。

有着 7000 年人类居住史和 2300 年城建史的沈阳，占据着东北大平原最为有利的地理位置和优越的自然环境，正如《大清一统志》所说："盛京形势崇高，水土深厚。长白峙其东，医闾拱其西，沧溟鸭绿绕其前，混同黑水萦其后。山川环卫，原隰沃饶。洵所谓天地之奥区也。天作地藏，自开辟以来，以待圣人。"又如《盛京通志》而言："盛京沧海朝宗，白山拱峙。浑河绕其西南，混同环其西北。缔造鸿规，实基于此。"真可谓"天眷盛京"，钟灵毓秀，它不仅蕴育了辽河流域的早期文化，同时也成为中华民族的发祥地之一。

纵观沈阳的历史，从新乐初民的制陶渔猎，祭舞雕鹏到秦开拓土立邑，始建候城；从汉魏玄菟，三迁于此到隋唐复土，王师东定；从辽金继起，沈州中兴到汗王建都，一朝发祥；从盛京伟业，留都繁华到奉系霸业，汉卿易帜，在这块土地上生存的沈阳人以智慧、豪迈、旷达和勤劳创造了 5000 年的文明和近 400 年的繁华，成为东北地区政治、经济和文化的中心。

在漫长的历史演进中，尽管沈阳的历史还不如中原、江南一样有着完整的发展脉络和绵延不断的文化衍生，但沈阳的文化精神始终保持着一种昂扬上进的形态和强烈的争先意识。这正如沈阳故宫大政殿与十王亭的布局，虽然它缺少北京故宫那种森严凝重的气氛，但却显露出简约挺阔的博大胸怀与朝气蓬勃的进取心态。在这种胸怀与心态下，从春秋战国开始到有清一代，沈阳这块土地不仅接收过闯关东的百万饥民，更容纳过遭受政治迫害的数十万"中原名士"与"塞北佳人"。正是这块土地上产生和凝聚的这种强健的接纳心态与积极进取的开放精神，才使人口不足百万,地偏东北一隅的后金人能人主中原,以游牧文明兼容农业文明,不仅统治中国达267年之久,而且还创造了中国有史以来最大的疆域版图。

在这种文化精神支配下,到了近现代,沈阳人不仅制造出中国历史上的第一辆民族品牌汽车,同时还培养出刘长春这位第一个参加奥运会的中国人。汽车与奥运,沈阳人为新中国的高速发展,提前做出了物质与精神的双重贡献。所以,在新中国成立前后的一段时间里,沈阳作为解放全中国的战略大后方和重工业基地,做出了无与伦比的贡献,这就是"中国十大最具经济活力城市"颁奖词中所说的:成就了"共和国装备部"的美誉。

进入二十世纪80年代的沈阳,这位共和国工业的"长子"却经历了改革的阵痛,"几千根烟囱的轰然倒塌","数十万产业工人的艰难转型",国企发源地感受到了改革所带来的巨大冲击与考验。但沈阳人在巨大的困难面前却表现出了共和国"长子"所独具的兄长般的负重精神和博大胸怀,以蓬勃的进取心态和强烈的争先意识,弄潮华夏大地,走出了改革开放大路上最铿锵有力的时代足音。

改革开放30年过去了,伴随着伟大祖国的沧桑巨变,沈阳这座老工业基地也再度焕发青春,人民生活水平显著提升,城乡面貌发生历史性变化,城市综合实力明显增强。不仅一举摘掉了"世界十大污染城市"、"东北现象"的黑帽子,还获得了除"中国十大最具经济活力城市"之外的"国家森林城市"、"国家环保模范城市"、"老工业基地调整改造暨装备制造发展示范区"、"中国十大最具幸福感城市"的荣誉称号。

"三千化宇风云会,十二重楼烟雨中。"如今的沈阳已进入加速发展的新时期,"这座从来都不缺少实力的城市",正以令世人信服的实力，不仅"在用激情回应振兴，装备中国"，同时也在创造更大的财富与奇迹。

历史将从今天翻开新的一页，沈阳也将重新书写自己更新更美的文字。在这里，我们不仅要读懂沈阳的过去，还要读懂沈阳的今天与未来。

《沈阳读本》，沈阳出版社2009年4月版

幸福是一只青鸟

——《人生与幸福》序言

坊间淘得一本民国时期上海泰东图书局版比利时作家梅德林克的《青鸟》，王维克译。《青鸟》是梅德林 1908 年创作的童话剧，1910 年在伦敦上演。剧中故事发生在圣诞节的前夕，穷樵夫的孩子蒂蒂尔和弥蒂尔，在梦中为帮助仙女，替生病的女孩寻找青鸟，因为青鸟知道一切和幸福有关的秘密。孩子们历尽千辛万苦，但青鸟多次得而复失。梦醒之后，一位貌似仙女的邻居为他生病的女孩来讨圣诞礼物。蒂蒂尔把自己心爱的鸽子赠送给她，不料鸽子逐渐变成了青鸟。原来青鸟不用跋山涉水去寻找，它就在人们的身边。《青鸟》最终要说明的是只有甘愿把幸福送给别人的人才会得到真正的幸福。

在中国神话中也有一只青鸟，那是女神西王母的信使。传说西王母居住盛产仙桃的昆仑山瑶池畔，那里有"赤首黑目"的青鸟为仙界与人间传递美好的信息。晚唐诗人李商隐就在《无题》诗中说："蓬山此去无多路，青鸟殷勤为探看。"所以有青鸟光顾，必有福音降临，这是世间所有人企盼和追求的。这就是幸福。

关于幸福的探讨，如同爱情一样，是人生也是文学中一个永恒的主题。但什么是幸福，却总是难以有一个统一的标准。幸福是什么？长得什么样子？没有人能够完整地说出个所以然来。其实，幸福的面貌存在每个人的心底，唯有自己才能够正确地描绘出幸福的图像与定义。有人说幸福是偎依在妈妈温暖怀抱里的温馨，是依靠在恋人宽阔肩膀上的甜蜜，是抚摸儿女细嫩皮肤的慈爱，是注视父母沧桑面庞的敬意；还有人说幸福是怀有一颗感恩的心，拥有一个健康的身体，有一帮值得信赖的朋友，有一个和睦的家庭和一个充满希望的明天；或说幸福是读一本精彩的好书，是听一首动听的歌曲，是看一部火爆的电影。当然也有说得更具体，说幸福是每天早晨有一杯热牛奶和两只鸡蛋，晚上睡前有一碗八宝粥；或是考个高分数，读个好大学，选个好专业；或是找份好工作，娶个好老婆，生个好儿子。更具体的则如同电视剧里范德彪说的那样："幸福就是我饿了，看别人手里拿个肉包子，那他就比我幸福；我冷了，看别人穿了一件厚棉袄，他就比我幸福；我想上茅房，就一个坑，你蹲那了，你就比我幸福。"这些都说得没错，因为幸福本来就是一种顿悟，一种经历。不同的人，具有不同的价值观和道德观，自然对幸福的理解不同，体验不同，追求不同，感受自然不同。

　　幸福为什么会是这样？因为幸福不是一种物质的存在，幸福是一种感觉，一种灿烂的感觉。它不取决于人们的生活状态，而取决于人的心理状态。真正的幸福是不能描写的，它只能体会，体会越深就越难以描写，因为真正的幸福不是一些事实的汇集，而是一种状态的持续。所以，感觉幸福的时候一切看起来都是那么美好，而感受不到的时候，会觉得一切都是那么黯淡。一个城里人到乡村爬到杏树上或是枣树上去采摘，满头大汗，甚至还多处被刺扎破，但他觉得很幸福，他就是幸福的；另一位农村大妈到城里儿子家的高楼里住着，夏天有空调，冬天有暖气，每天能洗澡，三天两头吃饭店，但是她就是呆不住，总感觉不如回农村老家喂鸡喂猪、下地干活更舒服。在城里真是不幸福，那她就是不幸福。由此说来，你觉得你幸福你就是幸福的，如同快乐不快乐只有自己知道一样，幸福不是给别人看的，更不是别人赐予的，而是一点一滴在自己生命之中筑造起来的。与别人怎样说、怎样看无关，重要的是自己心中是否充满阳光，幸福是否掌握在自己手中，埋藏在自己心中。

然而幸福一般也分为两种状态：一种是因为欲望的满足而感到幸福，另一种是生命主体的跃动和充实感所产生的幸福。我倒是觉得后一种状态更加形而上，更应得到一切有为的青年人去实践，去获得。曾在一本叫做《缘爱诚语》的书里见到这样一段文字："幸福何处来？幸福来自健康的身心。幸福来自仁慈的心念、纯净的信仰、豁达的胸襟、内在的宁静、对物质的知足、无条件的关怀、不断的自我教育、高尚愿望的实现、与周遭人事的和谐、彻悟宇宙与人生的真理。"这些道理既平常又高深，每一个都能做到，但又都难坚持做到。比如就健康的身心这一项吧，有多少人都能做到呢？所以说，这一段文字是达成人生幸福生活最好的目标和标准，如果能按这个标准去做，那种"生命主体的跃动和充实感所产生的幸福"自然就会相伴我们一生。

每一个人都应当早点开始创造和经营自己的幸福，不要认为幸福遥不可及，只要你有了"仁慈的心念、纯净的信仰、豁达的胸襟、内在的宁静、对物质的知足……"有了正确的价值观和道德观，幸福是可以随手得到的。记得有一首老歌里有一句最具哲理的歌词："曾经在幽幽暗暗反反复复中追问，方知道平平淡淡从从容容才是真。"在年轻的岁月里，可能一心一意追求的是形式上的美好与条件上的耀眼，经过哀乐中年后，方悟得幸福的真义，才发现真正的幸福就是尝过生命诸般滋味，平平淡淡从从容容，省心与自由的萧散感受。其实这种"从从容容"的幸福也是很容易就能得到的，关键是你有怎样的心态，所以幸福最终还是一种感觉，一种灿烂的感觉。

读了《青鸟》一书，特别欣赏其中的一段文字："玫瑰之乍醒，水之微笑，琥珀之露，破晓之青苍。"多美的一种意境，阅读刹那，我有一种冬日阳光下半倚在沙发里读书的幸福。那一刻我意识到，幸福其实就是我们手指间的事情。你愿意承认他（她），接受他（她），他（她）就在不经意间融人你的心灵。这大概就是梅德林克在《青鸟》中写到的："幸福是一只青色的鸟，只有在梦境的神秘氛围中，乍隐乍现，纵使有幸在现实的刹那捕捉它素朴的真谛，却又无法恒久掌握，只消弹指的工夫，它便振翅惊飞而去……"也许这就是幸福的原貌，随兴而来却又难以捕捉。

《人生与幸福》，共青团辽宁省委编，2009 年 10 月版

御风而行

——为辽宁电台建台50周年而作

　　辽西来的两位朋友在我家聊天。早春的阳光斜射在客厅墨绿色芭蕉叶上，冬寒飘忽，阳台上的盆景红榕绽出了嫩芽，窗外的一丛樱桃也有了含苞吐叶的意思。朋友记起上大学前在公社和县广播站的情景，说有一年也是这样一个早春，我们三人背着二十多公斤重上海产录音机到一个大队农田基本建设工地上搞录音通讯的事。朋友说那时搞基层广播工作真是很苦，现在好了，编报纸、做期刊，比搞广播总出现场要好多了。他说他已有多年没听广播了，昔日最红火的媒体，今天倒是有些寂寥了。我说不然，你是不入山阴道上不知目不暇接之美景。

　　我是做了半生媒体的人。中学毕业后搞广播，大学毕业后做期刊，现在又转行编报纸。正是这个缘故，我几乎每天都要接触传统的四大媒体，坐在车里听广播，办公室里看报纸，晚上在家看电视，随时不忘翻期刊。以我的理解，这四大媒体，很难说谁更红火谁更寂寞。就如当年互联网刚刚兴起，有人惊呼互联网将取代其他媒体一样，说是说，这多年了，互联网在发展，其他传媒也在进步。受众不同，形态各异，谁也取代不了谁，充其量只能是伯仲之间，称兄道弟。

　　大约我曾有过的从事广播的经历，大约我童年的回忆永远与村里大喇叭的广播和老胶木唱片的声音交织在一起。我还是以为世间诸种媒体，各有各的优势，又各有各的局限。广播，虽然它不具备电视和报刊的一些长处，也不再有上个世纪六七十年代的万种风情，但它自有其他媒体不可比拟的优势。

　　交流性与意境感。从传播的方式上看，报刊的交流性是机械的，电视的意境感是有局限的，而广播的交流性却是跃动的，意境感是深邃的。记得父亲在世时爱听评书连播，但他从不听电视上的，他说看电视的评书连播不如听广播的评书连播"味道可口"。原因是什么，父亲说不出理论来，但他的感受是对的。广播可以使人对感知的事物和事理出现反跳，并依此再造一个"境界"，而电视的图像是一种成型的和定格式的表现手段，必然使人的想像空间产生局限性，必然使人的想象力受到限制。广播却可以从播报的语言、气息、情感等声音的多种表现手段中，充分开启人的心扉，掀动人的感情，进行二度创作，产生一种最为和谐与完美的想象。古人论读书之境界有三："以眼读"，下智；"以心读"，中智；"以神读"，上智。如此说来，听广播或是听广播的评书连播正是"上智"之读书法——以神读。

　　机动度与灵活性。边走路边拿着报刊图书看的人极少，也没有人在大街上和商场里边走路边捧着电视瞧的，但却有人在大街上和商场里边走路边听广播的，这就是广播的机动度与灵活性。广播是只传送声音的媒体，一只耳朵听足够，除了耳朵，不会影响人体任何部位和器官的功能与运动。所以，人们可以在各种状态下收听广播，这就极其适应快节奏的现代生活方式。尤其是当代人对读书已变得越来越慵懒，对画面已越来越感到麻木，每个人都亟需保护眼睛的情形下，开发耳朵的功能或许已成为一种时尚,所以听广播比读文字比看画面更一举多得或说更有意味则是不言而喻的。还有,汽车的普及造就了"动众一族",在这一受众领域,广播已不是一种单纯的娱乐方式,而是已成为一种必不可少的行为陪伴。

覆盖的广度与受众的宽度。据说广播技术的飞速发展,已经可以顺利地把广播信号直接传送到环绕地球的通讯卫星上,而且在一些发达国家还开发和研制出了一种可以直接接收卫星信号的收音机,所以,即使在最偏僻的地方发生的最有价值的新闻或信息,通过广播也可以在最短的时间里迅速传播到地球上的任何一个地方,这也就是广播之所以作为重要的舆论阵地和政治工具的原因。

低投入与高回报。广播不像电视台或是报社那样大的投入,但却能收到更可观的社会与经济效益。有一次我在汽车上,那天是元宵节,天气寒冷,车外的风声嘶咧着,在车内我听到的是辽宁交通台组成七路送元宵车队的现场直播,他们正在沈阳、抚顺、铁岭、辽阳、鞍山等五座城市同步开展了"辽宁交通台十五慰问交通人"活动。我听得很入神,主持人的充满激情的播报让我感动,这样的现场感,这样的感染气氛,我们期刊做不来,报纸也难做,电视做起来也难度很大,但交通台却做得举重若轻。据说如今广播还有着更新的花样:诸如多功能手机边看电影边听广播;方正一体机看电视,听广播;打手机听广播;家中电话听广播;因特网的广播"流媒体";车载卫星广播系统……这种局外人难以想像的内外开发与经营创意,足可使广播一夜春回,山花烂漫。

在资讯无所不在的今天,广播的行为,实际上已成为一种存在的延伸……它是一种呼吸,一种舞蹈,一种运动,一种激情,编辑、记者、播音员因此而加入到整个世界的呼吸循环的过程。

　　然而，广播要争取听众最佳境界的结果还必须是从行为忠诚度上升到情感忠诚度。怎样创造这种听众的情感忠诚度，这就是所有传媒都要考虑的"品牌化"的问题，你成为品牌了，就会有一大批忠实的听众。广播要想成为品牌，必须具有"核心竞争力"。所谓"核心竞争力"，就是别人不容易模仿、代替、超越的优势能力。比如在期刊界，《财富》的核心竞争力是其和"资本主义商业成功联系在一起"的高度的权威性；《商业周刊》的核心竞争力在于对影响全球资本主义经济走向的观念与技术的前瞻性报道；《福布斯》的核心竞争力在于对私有企业的非同寻常的关注。我们交通台的核心竞争力是什么？我不懂，但肯定有，否则不会有今天的成就，有如此众多的听众。

　　在遵嘱写这篇小文的时侯，我再一次打开收音机。无所不在的广播，这是怎样的一种境界："这里是中波——千赫，调频——兆赫——电台的——节目，我是主持人——"我很喜欢听这一套很专业但又不完全明白的声音。一听到这样的播报，我就想到《庄子·逍遥游》御风而行的神话："列子御风而行，泠然善也。"列子在风中飞扬起关于天地与生命的思绪，如同今天的风中飘荡着无线电波的味道。《逍遥游》又说："藐姑射之山，有神人居焉，肌肤若冰雪，绰约若处子，不食五谷，吸风饮露。乘云气，御飞龙，而游乎四海之外。"如今，我们的广播，我们的交通台就如同一座"藐姑射之山"，在听众的想像里，在我的想像里，那里有一群"肌肤若冰雪，绰约若处子"的男男女女，每天都在说着清露滴落一般泠泠悦耳的声音。那声音不仅给我一种现代的愉悦，还给我一种掩藏在心底的回忆，那不仅是村口高音喇叭和胶木老唱片的气韵，还有少年时柳梢月色的情怀。"人间万事消磨尽，惟有清香似旧时"，网络太无序，电视过于商业化，报刊一味追求时尚花哨，似乎惟有广播还有旧时的清香。

《辽宁电台成立 50 周年纪念集》，1995 年 10 月版

2006：世界园艺在这里定格

——序《2006：聚焦世博园》

2006 年的春夏之季，是沈阳历史上最为绚烂的时光，世界众多国家的各种摄影机都在这个时段里向沈阳聚焦，聚焦我们沈阳的天光云影，聚焦我们沈阳的五颜六色，聚焦我们无与伦比的世博园。摆在我们面前的这一本《2006：聚焦世博园——辽沈新闻出版工作者"看世园"主题摄影大赛获奖作品集》正是这历史大聚焦中的一个闪光的分镜头，一个将沈阳最为辉煌的 2006 留给历史和后人的最好的纪念品。

中国造园具有悠久的历史，在世界园林史上有着独特风格。然而中国的典型园林都在江南，给我们的感觉不是"名园依绿水，野竹上青霄"，就是"绿垂风折笋，红绽雨肥梅"，园中的植物总是江南特有的竹和梅。很少让人想到东北的白桦、水曲柳或是黄菠萝、天女木兰进入到园林中，今天，奇迹在沈阳出现了，借世界园艺博览会，沈阳人独具匠心创造出了融国内外园林艺术为一体又有地方特色的北方园林。

想当初，2003 年的 11 月，当沈阳市市长陈政高向 AIPH 会长法博（FABER）先生提出沈阳举办 2006 世界园艺博览会的意向性申请的时候，2004 年的 9 月 1 日，当沈阳成功获得世界园艺博览会举办权的时候，我们在一片欢腾、为之振奋的时候，我们心中充满的是一片憧憬。今天，当世园会即将落下帷幕之际，我们心中充溢的则是骄傲。三年来，我们沈阳人以特有的博大胸怀，以"我们与自然和谐共生"的主题理念，在中国的山林雪野中上演了一次天人合一的旷世壮举，创造了三个举世瞩目的人间奇迹：工业城市能获得世界园艺博览会的举办权，短时间内完成招展工作，来此参观的国内外游客突破1200万，使2006沈阳的世界园艺博览会成为世界上最大的园艺博览会，森林里的园艺博览会，北方特色的园艺博览会，展示城市建筑文化的园艺博览会和环保生态的园艺博览会，真正实现了"世界给沈阳一个机会，沈阳还世界一个奇迹"！

为了让世人更好地了解世博园，我们组织了这次由沈阳市新闻出版局牵头，省期刊协会、市出版工作者协会共同主办的"'辉山乳业杯'辽沈新闻出版工作者'看世园'主题摄影大赛"。为了搞好这次活动，市新闻出版局和出版工作者协会多次组织各家报刊社赴世博园采风，广泛征集作品，认真评选，最后编辑出版了这本精美的摄影集。这是我市宣传文化系统出版的第一本关于世园会的摄影集，首开其风，圆满结束，其活动创意和整个过程，都善始善终，成为整个世园会宣传工作中的一大亮点。

翻开这本摄影集，让我们感受到了光与影的结合。它真实地记录了人与自然共鸣的欢快乐章，人与自然共舞的优美片断。我们在这里既能欣赏到有天下第一斜塔之称的"凤之翼"阳光下的凌风振翅和夜色里的炫彩丽影，又能欣赏到世界最大的雕塑体建筑"百合塔"的玲珑与壮观；既能欣赏到大型观赏温室"玫瑰园"里玫瑰花的绚烂身影，也能欣赏到中外园林不同的造型与风情；既能欣赏到水光花态的局部与细节，也能欣赏到空中俯视全景的恢弘与磅礴。在这里，通过摄影工作者的镜头，我们看到了人与景的和谐，山与水的交融。虽然园林是整体和立体的美，摄影是平面的结构美，但集子中的大部分作品都能在平面的二度空间中自然地表现出三度空间的园林特色，综合起来看，既展示了世博园的局部美，也展示了世博园的整体美。相信每个人看了这些作品，都能唤起重游那曲径通幽，诗情画意，虽由人作、宛自天开的世博园的感觉，再现那园中有景，景中有人，人与景合，景因人异的风光境界。

历经盛夏，沈阳已进入金秋季节，此时望着展翅灵动的凤之翼，我想起了 2004 年 11 月 4 日，中央电视台"中国最具经济活力城市"评选揭晓，沈阳市荣获"中国最具经济活力城市"称号时的情景。当沈阳市市长高兴地接过奖杯的时候，现场给出的组委会为沈阳荣获"中国最具经济活力城市"称号的评语是："70 年现代工业文明的洗礼，成就了共和国装备部的美誉，虽然几千根烟囱的轰然倒塌，让共和国的工业长子经历阵痛；虽然几十万产业工人的艰难转型，让国企的发源地感受到改革的道远和任重，但是，这一座从来就不缺少实力的城市，正在以激情回应振兴，装备中国！"这诗一般的评语至今仍激励着每一个沈阳人。今天，世界园艺史上最成功的博览会又在我们这里定格，"最具活力的城市"同时也获得了最有成效的展示。"最具活力的城市"同时也需要最具活力和底蕴的文化内涵，希望我们在共和国振兴东北的大战略背景下，借世园会的成功举办和巨大影响，将我们的每一项文化宣传工作都力争做到更好，更优异。

《2006：聚焦世博园——辽沈新闻出版工作者"看世园"摄影大赛获奖作品集》，辽宁省期刊协会、沈阳市出版工作者协会、沈阳市新闻出版局 2006 年 10 月版

遗文编就慰师心

——跋《李林生文存》

　　五年前，我的母校沈阳师范大学建校五十周年，应校办之约，我写了一篇《走出兴隆台》，在那篇文章中我说："原以为我已到了不再激动的年龄，但是在写这篇文章的时候我却再一次激动了，原因是母校的兴隆台给了我太多太清晰的回忆。我说文字原是记忆的追悼，在我尤为如此。半生的文字生涯其实真正是从兴隆台开始的，因此我的文字魂魄是藏在兴隆台的稻田里和阡陌上的，是藏在何叔久的苍苍白发里、饶浩的狐狸皮领棉大衣里、田泽长的老花镜里、珞珈的黑皮包里、朱大成严肃的菊花般的笑容里、徐祖勋的唐诗吟哦声里和李林生厚厚的随笔手稿里的。"想不到，我文章中提到的"李林生厚厚的随笔手稿"如今却作为"遗文"摆到了我的案头，当年的纸香墨韵里清晰地浮动着李老师朴实而亲切的笑容，让我思念，让我追怀。

　　第一次见到李老师的随笔手稿是在 1978 年秋天的沈阳师范学院教师宿舍中，那时的师院还在兴隆台上课，老师们住在简陋的平房里。我刚入学时间不长，老家北票县委报道组的刘俊田先生介绍我去见李老师，他说李老师是县委宣传部出去的，很有才情，读了许多书，还是个拉小提琴的高手。在那个平房里，我第一次见到了戴着呢前进帽和深度近视眼镜的李老师，见到了他案上厚厚的一本一本的随笔手稿，手稿订得很齐整，有的还包着深蓝色的布面。大学二年级时，李老师给我们讲"文艺理论"，那是同学最爱听的一门课。"文革"过来的那一批大学老师，虽然历经过十年如梦魇的磨难，但身上总有着一一些文化遗民的品位，课堂上不时会流露出一丝丝前朝的傲慢和院派的清高。李老师多少有些不同，他身上散发着更多的平民所喜欢的阳光之色，人民服的衣袋里装着旱烟和烟纸，前进帽下是一张堆满笑容的脸庞，课余时间总要和同学在一起拉家常，还会按每个同学的爱好，为你开出一大堆要读的参考书目。

上课时，李老师会提前 10 分钟来到教室，臂下只夹着一本讲义，但一堂课下来，也未见他翻过。他讲课从不看稿，所有的知识都装在他的脑子里，许多古今中外的诗词典故都能倒背如流，语言表述得极为准确生动，没有丝毫的废话赘语。有人说，他在课堂上一字一句的生动表达和流畅语言，就如同演奏一首钢琴曲时运用每一个音符和每一只琴键那样准确和严密。他不仅课讲得生动，而且还有一手漂亮的板书，那枝在别人手里多少有些蹩脚的粉笔，在他手上仿佛有神来之助，如同一位书法大师在宣纸上挥洒一般，信笔而就，却又布局严整，充分展示了汉字的线条魅力。他板书还有一特点，就是涉及中国古典文学时，多是用繁体字竖写；涉及中国现当代文学时，总是用简体字横写，这看似不经意的设计，却无形中增加了听课人的理解度和情境感，给人以很深的课堂艺术感染力。

大学四年，课余时间我经常去的地方就是李老师的宿舍，在那间弥漫着老旱烟味的卧室兼书房里，听李老师讲古今中外的文学佚事和写作技巧。李老师经常提到他的高中老师吕公眉，给我讲当年吕老师怎样教他写作。他说吕老师告诉他，写文章要有独到的见解，要写出自己的独到之处。比如写女人漂亮，千万不要写俗气，如果能写出她的两道入鬓的细眉，那一定很漂亮，这就是说描写要抓住特征。遣词用字还要趋生避俗，比如美丽一词，一篇文章里用了一次，最好不要再用，要用近义词，才能显出你词汇的丰富。好比你家请客，餐桌上上了一个炖豆腐，就别再上干豆腐了。这些浅近明白的道理，让我受益颇多。李老师还送我他珍藏的吕公眉先生的散文代表作《念珠桃》，那可以说是一篇辽沈地面散文创作中的上上品，朴实中不失轻情俏丽，精致里满蕴自然流畅。开篇一段即夺人眼目："早春的故乡里，见不到什么动人的风色，连清明时节尚且不见细雨纷纷，有时东风吹来还要夹带一阵薄雪，何况又是在寒食以前呢？但南梵寺的一带青砖围墙里面，却掩不住一番旖旎风光，念珠桃的一抹轻红，像晓霞似的遥远地映着南山背面的残雪。越在盛开的时候越红得那么娇艳，但四围却是寂静静的。"这样美的景致描写，我真的很少见到。当年李老师说他写不出来，今天我更写不出来，只能是一遍一遍地读，体味那一脉馨香留舌本的享受。

关于李老师与吕公眉先生的师生之情，我曾经偶然在一篇郜育诚先生怀念吕先生的文字中读到过。郜先生说，在风雨如磬的岁月里，吕老师的处境极其艰难困苦。1962年夏季的一天，一个学生借了5元钱特地从沈阳来到盖平看望他，这名学生给老师买了一瓶山楂酒。晚上，吕老师把红酒倒在饭碗里，喝着，品着，谈诗论文，一直到深夜。这名学生闭着眼睛难以入睡，他清楚地感到，吕老师走到床边，有热泪滴在他脸上。第二天一早，吕老师夹了一条旧毯子，把驴赶到山上，手里拿着烟斗，没有书，没有稿，一字一句地为学生串讲清初诗人吴梅村的《圆圆曲》。学生听得高兴，躺在草地上仰望天上的白云；吕老师也很高兴，讲完了，随口说出："为爱山花频□酒，怕惊山鸟不叱牛。"这学生是谁呢？据郜先生文中说："他一直嘱我不要披露他的名字。"后来我得知这学生就是李林生老师。

为什么"不要披露他的名字"？当我读到这些文字的时候，李老师已经去世，不能当面请教个中的原委。2003年春天，李老师的家乡营口出版地方名人传记，约我为他写一篇小传。为了审慎，我请李老师的女儿从单位里借出了老师的档案，这是我平生第一次翻开一个有着一番历史的个人档案，从中我感受到中国人档案里浓厚的政治色彩。李老师在中学时曾是营口高中的高材生，1956年，在学校的作文比赛中，他的长诗《向科学大进军》获得吕公眉先生的赞许，从此，他与吕先生建立了密切的师生关系。当年，他的目标是考取北京大学，然而最终他却连普通大学也没能进入，因为在他的毕业鉴定上写着，包庇"右派"吕公眉，屡经教育不改悔，只能干重体力活。于是他高中毕业后只能到造纸厂去当力工，考上大学的女友也与他断绝了关系。这种政治与情感上的双重打击，一度让他十分痛苦和消沉。知道了这些，我自然理解了他不让披露自己名字的苦衷。

当年吕公眉先生在李老师身上倾注的情感，同样，李老师也传达给了他的学生。大学四年，李老师身边有一大批勤奋苦读的弟子，其中有在校本科生，也有夜大生。有两位夜大中文的学生，在李老师的指导下，读了大量的中外名著，每人能背诵近千首古典诗词。多少年之后，这两位学生谈起当年跟李老师读书的情景，都觉十分难得，终生受益。

四年中，未见过老师有什么娱乐，有时高兴和几个学生在一起饮一两杯酒，那也是有数的几次。他生存的空间划定在白天的教室和晚上的写读宿舍之间，他的人生似乎栖息在玄远而真淳的境界里，忘了繁华也忘了山林。

大学四年，我读了李老师的大部分手稿，不管是文学知识上，还是写作方法上，都获益良多。大学毕业后，我与李老师始终保持着联系，逢年过节，都能在他的书房里小聚，话题也从来都是学问和写作。

李老师去世的前一年，到沈阳的胸科医院治疗，我和伟群兄去看他。当时，我进了这家医院就感心情沉重，因为不久前我的父亲去世了，此前老人家也在这里住过院。但住院的老师心情蛮好，呢前进帽遮不住鬓霜斑斑，玳瑁圆框的眼镜衬着他炯亮的眼神；眉毛还是那般的浓密，看上去总感觉似一行硬朗的黑体字；丰满而高挺的鼻子像水墨画里的山势，鼻下腮畔一抹刮后留下的淡淡须影恰如同枯笔扫出来的山中小径。身上还是我读大学时经常见他穿的那种中山服，领口和袖口略有磨蚀，约略地绘出一派古旧而潇洒的风范。他要我为他准备一些书籍和稿纸，他说住院就是休闲，他离不开书，离不开文字。

任谁也没有想到，老师竟匆匆地走了，那是 2002 年 10 月 30 日的早晨，我和玉学、伟群兄赶到营口已是一片灼'火时刻。尽管营口的秋天没有多少凉意，但老师居所前的柳树上依然挂满了洁白的清霜。我们送老师的挽联是："秋水蒹葭，当年幸立程门雪；春风桃李，此日尤怀马帐风。"呜呼，天忌才人，文章憎命，竟至一读书人也不予存留。

老师去世后，他的儿子李永有一天找到我，说父亲去世前曾遗憾地对他讲，写了许多文字，竟没有出一本书。如果你有能力一定要把我的书整理出来出版。这事你做不了，就去找你初大哥。听了这话，我心愈加沉痛。我答应了李永来做这件事，并表示一定要将这本书出好。

过了一段时间，李永将李老师的手稿从营口搬到了沈阳，足足有两大箱子。我在灯光下一件一件地整理，有时在书房铺了一地。按内容我将这些手稿分为五个部分：即"学人墨笔"——古典文学论文；"宋词随笔"——宋词的鉴赏与评论；"现代信笔"——现当代文学论述；"域外走笔"——外国文学评介；"灯下漫笔"——读书札记与随笔。五部分内容共选出40余万字，结集为《李林生文存》。不知老师在地下对这样的编排可否满意，学生乏力，只能做到此处。在选编文稿和校对清样时，我不时地在想，老师如在，由您自己选定篇目，我们来打下手当是多么快意的一件事。如今，您走了，由我们来做这件事，心中着实地忐忑不安，唯恐拂了您的本意。老师地下有知，如此编排如有不当之处，还望鉴谅学生的无能和寡才。

实在讲，书中的文字远不能反映和概括李老师的全部学术和文学成就，这里有选编者的眼光不足问题，也可能有手稿遗失，未见到全部内容的问题。我记得当年李老师的"灯下漫笔"手稿就有十几本，有许多是蓝布面的。但这两箱手稿中却只有几本"灯下漫笔"，且少见蓝布面的遗稿。另外，李老师的散文和杂文都写得有声有色，但集子中却未收这部分创作，其原因也是手稿中缺失这一部分，不免让人颇生遗珠之恨。一般说，谋生过分艰辛跟生活过分安逸的人一样，不太可能写出过分成功的作品。老师半生坎坷，在文学研究和文学创作中尚能有如此成就，实属难得。在编辑过程中，我读他的论文和随笔，那渊博的学识、精到的论述、流畅的笔调以及漂亮的字体，都让我深深折服和感叹。

老师在世时对我厚爱有加，此次整理他的遗稿，会不时见到在某一页竟剪贴着我多年前发表的散文作品。在上面，有老师用红笔画过的痕迹和圈点，红笔过处，有可读的句子，也有病句和错别字，想见老师对我倾注了怎样的感情。看到这样的地方，我按捺不住自己，一时竟泪眼迷离。那一刻自觉我读的书很少，才气不足，辜负了老师的厚爱，以至这部《李林生文存》编得也很不理想。但愿书的出版能略慰师心，我则足矣。

如今，老师已走了三年，有时静夜灯下追忆，想到老师的种种情事，好像他的跫然足音永远近在咫尺，他还是那样满面笑容，头上依然是那顶前进呢帽，手里总是捏着一根纸烟，眼睛看着你，告诉你最近要读哪一本书，背哪些诗词，细数你文章中的点点不足。他的精神境界、他的殷殷教诲和他对我的影响，已成为潜藏在我心田深处的老根，不管生活怎样忙碌，即使忘了浇水也不会干枯。我庆幸自己消受了这样带有书卷气的诚挚的师生之情，总是觉得同老师相处的那些岁月如同雪夜里浮动的暗香，直到今天仍幽幽地散落在我的笔底。

老师走了，月光下的茶也凉了。谨以此文代后记。

《李林生文存》，李林生著，中国文史出版社 2006 年 3 月版

《大众生活》创刊词

93，按中国大众的理解，是一个吉祥大气的数字。1993 年伊始，伴着南国的蕉风椰雨和北国的雪松凌花，《大众生活》创刊了。

在本世纪的历史上，曾有过三个《大众生活》，我们这是第四个。是前人未竟的事业，还是后人瞻望的辉煌，在你读到这期杂志前，忙碌了几个月的编辑们，似乎无暇顾及这许多。《大众生活》实实在在是大众的事业，许多事情终归是大众自己决定才是历史发展的必然。

《大众生活》是一个综合性的社会文化生活类杂志，是面向大众、服务众生，反映生活原色的一个传播媒体。芸芸世界，万物共生，用佛家语来说，一切大众皆有情，只有为大众服务，才是最根本的事业。基于此，我们杂志的主题词为"大雅、大俗，大千世界；众生、众事、众望所归"。在大雅大俗众生众事中追求一种文化品位和生活格调，这尽管很难，但却有人生的意味。

这种追求结果会是怎样，没有天才的预测专家，任何事物都有其固有的自然发展规律，好在公道自在人心。结果也许会寂寞，也许会清贫，但寂寞有时也是一种博大的丰富；清贫未尝不是一种富有的选择。只要为大众尽力，自然就能充实自己，就是一种心灵的辉煌，或许正是一种最高境界的"众望所归"。

经过岁月的风蚀，回过头来看历史，似乎只有心灵的辉煌才是真正的辉煌。

毋庸讳言，在现代商品意识、经济热浪的冲击之下，想守一方静隅，创办一个具有文化品位和生活格调的杂志，至少在时下是一种艰难的选择，用很会办杂志的美国人的话说，"自杀的最好办法只有一种，就是办杂志"。听起来有些夸张，但却道出了个中甘苦。

无论在事业上还是生活中，中国人总是想追求圆满密合，"胜者王侯败者贼"，是作为一句极通俗的名言而为大众所普遍接受的。从这个民族积淀的心理定势出发，中国人每做一件事还未开头就想要结果，心理过于期待成功。实际上，许多事情的意义并不在于结果，而在于过程，在于一个辉煌而无愧的过程。

《大众生活》生长在大众之中，不可避免地想圆满、想成功，且恰逢改革开放、好运纷至的时代，也一定会圆满和成功。为了成功的那一天，我们愿同大众一道，不问结果地走上一个辉煌而无愧的过程！

《大众生活》创刊号，1993 年 1 月 8 日出版

钓鱼去

——《垂钓》创刊词

冬天来了，钓鱼去；春天来了，钓鱼去；夏天来了，钓鱼去；秋天来了，钓鱼去……

到哪钓鱼？钓什么鱼？怎样钓鱼？

在全国九千万钓鱼爱好者的企盼和关爱下，中国大陆第二本钓鱼杂志——《垂钓》终于在沈阳问世了。

《垂钓》的问世，对于中国钓迷来说，多少有点千禧年喜得龙子的意味。它诞生在龙年岁尾北纬 36 度这边的冰天雪地之中，漫天洁白，银装素裹，正是冰钓者凌花凿梦、雪里扬竿的时候。来得多么恰当，又多么浪漫。

有智者说，钓鱼最是人生的享受，最是融入自然的运动。

《垂钓》无疑是这项运动中的一面旗帜，或说是万千钓友相识相聚的一种最亲切的媒体。为了广大钓友的兴趣和爱好，我们将在今后的时日里为钓鱼运动摇旗呐喊，为钓友生活增光添彩；我们将和钓友们一起同歌同泣，相拥相偕。钓到大鱼的是我们的朋友，钓到小鱼的也是我们的朋友，没钓到鱼的同样是我们的朋友。海钓的是我们的朋友，溪钓的也是我们的朋友；只要你是钓鱼爱好者，我们永远是朋友。我们既可垂纶沧海，也可笑钓江湖，重在钓鱼这个过程。

钓到大鱼者，有鱼线扯动、鱼竿颤动、双手震动、腰脊酥动的快感和享受，而没有钓到鱼的人依然有水边静坐、柳下悠然、心神怡然的享受。一位钓友曾说"钓鱼而不在鱼，重在钓鱼这一过程"，这大概就是垂钓的最高境界。诚如庄子所言："就薮泽，处闲旷，钓鱼闲处，无为而以矣。"这可能是真正垂钓者的禅语。

钓鱼去，这里多少有点像唐代高僧从谂大师的"吃茶去"。来过的也去吃茶，没来过的也去吃茶，极其简约地表达了禅家的平常心。"钓鱼去"，也是一种平常心。何谓"平常心"？就是澹泊自然，见山举步，遇水行舟，饥来则食，困来就眠，不必百般须索，亦不必千番计较。钓到鱼钓不到鱼都是一件高兴的事，只要有鱼可钓。

钓鱼去——独坐溪岸，清心绝虑，静静地品味那来自大自然的鱼的游动、水的清澈、风的柔软、心的跳动，真正地感受一种忧烦事物之外的冲融淡泊、悠然恬适、百虑不生、心如止水的境界。此时此刻，垂钓之人也在这一片钓境中自觉不自觉地隐入了某种"自悟"的禅机，最后是"酒肉千般好，不如钓鱼去"。

钓鱼去，鱼，我所欲也；钓，我所欲也；《垂钓》，亦我所欲也。走进《垂钓》，鱼也欲也，陶也乐也。

《垂钓》创刊号，2001 年 1 月 1 日出版

有车的时代

——《车时代》创刊词

当你翻开这一本《车时代》创刊号的时候，我们已经进入了 21 世纪——一个人类有史以来最为辉煌和发达的时代。21 世纪会有许多让人难以预料的奇迹发生，接续上一个世纪，这会是一个信息时代、电视时代、网络时代、基因时代、纳米时代，同时还是一个车时代。

车时代，一个以车来定位生活质量的时代。这无疑是我们进入 21 世纪感受最强烈的气息。早在 20 世纪末，联合国科教文组织的一份报告中曾将人类进步归为两条：寿命的延长和足迹的扩大。前一条由基因科学来实现，后一条无疑与汽车有关。

有人说汽车是人类由必需进入到奢华的里程碑，此说绝不是耸人听闻。从大处讲，汽车对于国民经济，作用不言而喻；从小处说，汽车对于一个家庭、一个人，都会有进入另一番天地的感受。

没车人体会不到有车人的乐趣。

一位男士曾这样描述有车的感受：不必说远征胜地的刺激，就是忙里偷闲的就近点染也相当生动。譬如下班后带上夫人孩子，去 40 里外的滴翠山庄，在夏日傍晚宁静的山林中踏着不知名的野花和茵茵绿草散步；掠过林梢，可以欣赏远处农家那袅袅升起的淡青色的炊烟，草虫唧唧，晚露飒飒，在掺有淡淡的田园泥士香的清新空气里品尝小吃，喝点饮料……玩了很多程序转了很大一圈之后回到家里，正好赶上看央视的"现在播报"，一切的一切毫无异样，神不知鬼不觉。

一位女士则有另一番驾车的体验：不必用力，更无需动嘴，一大堆复杂而美丽的钢铁就在你的怀中任你指挥；那一刻，你绝对有一种驯服着一只大型猫科动物让它在你面前俯首贴耳的感觉。什么叫"香车美女"？从这位女士的感觉中，任谁都得承认车之于女人的魅力。

汽车对于现代人的生活质量，无疑是举足轻重的。如果说有了车的日子是一幅目眩五色的彩色影像，那么过去了的没有车的日子只是一张张黑白照片。

正是从人们的这样感受里，《车时代》才应运而生。中国是一个最具潜力的汽车消费市场，同时中国也是一个最具潜力的期刊消费市场。我们正在迈进一个车时代，汽车刊物当是这个时代里最俏的时尚媒体。爱车吗？请先阅读《车时代》。

《车时代》，将带给您一份最为惬意和愉快的享受。

尽快去买车吧，生活在车时代，一定不要辜负了汽车给予我们的美好。

来阅读我们的《车时代》吧，有车没车，只要你爱车，这里就会有一片任你驰骋的新天地。

《车时代》创刊号，2001 年 1 月 1 日出版

Hello，小灵通来了

——《数学小灵通》创刊词

Hello，小灵通来了，我来了。迎着千年的朝霞，披着红色的披风，踏着洁白的瑞雪，在蓝天碧海间我向漂漂亮亮走进新千年的小朋友们问好！哇，我看见新千年的伙伴们真是不一样了。东北的小朋友在冰天雪地里裹着厚厚的羽绒服，但却裹不住透出的一身学问；中原的小朋友更是爽爽利利，抖出一身的灵气；海南的小朋友则嬉戏于椰林蕉丛之中，一身的可爱，还有新疆的、云南的、北京的、杭州的、上海的……不说了，反正都是好"酷"好"帅"呀，小灵通我呀，高兴得直想飞啊！

对了，有人问我是谁？我吗？

我出生于中国教育学会小学数学教学专业委员会，天生的有一个数学脑瓜和一颗乐于助人的心灵。我看上去长得有些笨拙，那是恐龙时代留下的遗传痕迹；我同样也患有这个时代的现代病——近视眼，但人们又夸我说在我的眼镜后面，闪烁着你们都熟悉的祖冲之那老人家的智慧，嘿嘿，夸我呗！表扬有时也能让人更进步。我有一件神奇的红色披风，能随时随地，乘着21世纪的天光云影飞到我们每一个小朋友的身边，和你们一起学习人类最智慧的学问——数学，同时为所有喜爱数学的新世纪的小朋友们祝福和服务。

我是大家的伙伴，而且是一位朝夕相处、随身相携、随叫随到、有求必应的伙伴。只要有我在你身边，你在今后的数学学习中，就有了一位好朋友，我会热心地为你解疑释难，你也可以随时地向我发问，我会告诉你学习数学的方法，并使你在学习中获得愉快。

作为你们的伙伴，我将如何来为大家服务呢？我要请最有知名度的老师来"名师导学"；每学期的课本同步，"帮你学新课"；聪明地学习，给你"一点就通"；测测你的智商，我们来共同作"思维体操"；平时，我们来点"名题欣赏"；升学前，重点作"试题选登"；还要讲"数学家的故事"和"趣味数学"。另外，我们还要设"数学擂台"，搞"竞赛讲座"，给大家发奖品，多棒！

还有一个更重要的，常年设有"小灵通信箱"，解答伙伴们提出的所有问题，但千万别忘了我的地址：沈阳市北陵大街56号数学小灵通杂志社；邮编：110032；电话：（024）86911830

好了，下次再见，别忘了给我写信，Bye！

Your good friend：小灵通

《数学小灵通》创刊号，2000 年 1 月 9 日出版

医食为天
——《医食参考》创刊词

当初，我们将这本杂志命名为《医食参考》的时候，曾读过这样一个故事：传说时代，长江与黄河之间，云遮雾绕的神农架里，有一位头上长着牛角，缺一颗门牙的男子，领着部落种百谷，植桑麻，凿井取水，涉海煮盐，人称神农氏。为了给人治病，他亲尝百草，辨别药性。一天，他刚尝过一种草药，就天旋地转起来，迷蒙中，他知道自己中毒了，不由自主地躺在一棵树下昏死过去。过了很久，他苏醒过来，感到脸上凉凉的，睁眼细看，原来是有水珠从树上滴入他口中。他一下明白了，是这棵树救了他。从此，茶让神农氏发现，华夏遂成为世界上茶的发源地。

这个故事说明救命的饮食对人类该是多么的重要，同时还说明茶不仅是一种饮料，同时也是一种药。它让人们想到了医食的同源性，所以我们也就更有理由将"医"与"食"放在一起来"参考"。

过去，中国人总是在强调"民以食为天"。"王者以民为天，而民以食为天"，古人的"食"，多指"手中有粮，心中不慌"的粮食之义，进一步则诠释为"吃"。直到今天，吃都是国人一种难以割舍的工作和生活方式。然而，吃得好未必就是吃得营养和吃得科学。曾读过一篇《中国人的"饭局"怎生了得》的文章，那上说，据权威部门估计，2006年中国餐饮业的收入可望突破一万亿元人民币。这说明，中国人花在下馆子的钱，远远超过花在全国几亿大中小学教育的投入。我们不去谈这大的方面，就说这种天天肉山酒海而造成的个人身体的营养过剩，造成的高血压、高血脂、高脂肪、高血糖等"富贵病"，就不知撂倒了多少人。

从建设和谐社会和节约型社会的角度出发，面对这么多"吃"出来的病人，总会让人生出许多幸福的尴尬。这说明，解决了温饱之后的"食"依然是"天"，因为我们不仅吃得好，还要吃得健康，吃得长寿，每个人都应从餐桌上做起，饱尝口福而不浪费，追求享受而不奢侈，丰富生活而不铺张，以健康的饮食生活态度对待以食为天，这才是积极高尚的生活方式。同时，在吃得好吃得健康的前提下，还要注重医的安全与科学，因为在大众眼中，医与食同等重要。人们在解决了温饱问题、住房问题之后的主要后顾之忧，则是医疗问题。过去是"无粮不稳"，现在则是"无医不稳"，"医食"依然和同样是今天人民大众的"天"。

作为个体的人应当如何尊重和经营好自己的"一片天空"，现实的最好办法就是管好自己的嘴。中华民族很久以来就有"药食同源"、"寓医于食"之说。有人认为中医是来自厨房的医学，有道理的。油盐糖醋姜葱蒜，瓜果蔬菜鸡鱼肉，药乎？食乎？在中医的眼里，都可以成为防病治病的良药，而在高明的厨师的手里，可以调理出无数美味佳肴。

医食同源的一个重要意思是告诉我们应当怎样科学地饮食，

健康地饮食。韩剧《大长今》中说长今母亲的《饮食手札》里记载着：人不就食，因人而食。药食同源，食即是药。此中的道理是说吃食物也像中药配伍一样，讲究君臣佐使，搭配得好则营养更全面、合理，味道也更鲜美，并有防病治病的功效。这就告诉我们，饮食也如吃药，科学饮食如同吃一剂良药，否则就如吃一副错药。"病从口入"在今天已不单单是指饮食不卫生造成病的传染，而很重要的是指饮食的不平衡和不节制，造成许多"吃出来的病"。所以，维持人类生命的根本在于饮食，无病无灾的健康生活的基础也在于饮食。这恰如中国古代《本草经》中说的，药分为上药、中药和下药三种，平衡协调的饮食为上药，以保健预防为目的的药为中药，而生病时所使用的药为下药。如果我们深谙医食同源之理，当然就会每天都能得到上药。

在管好自己嘴巴的同时，还当重视医的价值和作用，比如定期地检查身体，有病及时看医生，家中备有常用药，科学正确地用药打针，等等。不要像当年那位发现茶的神农氏，他发现了能解毒的茶之后，于是就更大胆更尽心地从事尝百草的工作，谁知有一天他尝了一种奇异的草后，肚子便疼痛难忍，终因寻茶不及，断肠而死，此草就是著名的"断肠草"。如果他当年备好茶，就不会出现这样的结果。

医与食都讲究地道，阳澄湖的大闸蟹、扬子江的鲥鱼、太湖的茭白、兰州的百合、张家口的蘑菇……均以地道出名；而黄连出自四川、黄芪出自内蒙、枸杞必须宁夏、虫草必须青海……也必须地道。办杂志也同样是这个道理，必须地道，尤其是专业期刊。《医食参考》创刊于我们解决了温饱问题，而追求健康生活的时代；创刊于这个人们只知忙碌只知追求时尚只知创造财富，而不知休闲与忽视健康的时代。她应运而生，她是一本不追时尚,只求科学;不施诱惑,只布关爱;不事张扬,只讲实在的科学读本。具体说,它是一本安全医药,营养美食,关爱您和您全家的医食参考书。我们编辑部在今后的办刊过程中,在"医食为天"的主张下,将会认真科学负责地办好每一期杂志,办出一本地道的医食参考书。

《医食参考》创刊号,2007 年 1 月 1 日出版

大衍之数有五

——为《大众生活》创刊五周年而作

天道有序，五年为一个发展阶段。

今年，恰逢《大众生活》走过五年历程，开始一个新的起点。更换新的主办单位，步人沈阳日报社的大序列，《大众生活》以此掀开 1998 年新的一页。

此时此刻，很容易让人想起那副古老而尽人皆知的对联："又是一年芳草绿，依然十里杏花飞。"许多事就这样轮回变幻，因果相生。五年来，《大众生活》虽然每年"又是"，但却没有"依然"。创刊五年，杂志风格趋于成熟，发行量以平均每年40%的速度上升，读者给予了最大程度的厚爱，尤使我们感念和欣慰。

回顾五年创业历程，我们每每悲喜交集。命运似乎总爱跟《大众生活》开玩笑。当年邹韬奋先生在上海创办《大众生活》，发行量曾是那个时代中国期刊之首但却在鼎盛阶段被当局勒令停刊。只出了 16 期的邹韬奋的《大众生活》有那个时代固：有的局限和必然的悲剧，而我们的《大众生活》诞生在中国是为充满生机的年代——1993 年，那是中国期刊事业最繁荣的时候。有资料显示：那一年，中国几乎平均每天创刊一种新期刊。大好形势诞生了《大众生活》，但市场经济的发展又给《大众生活》上了严肃的一课。她一问世就被推向了市场经济的大潮中，没有任何系统依赖，没有必备的资金保证，有的，只是几个年轻人的热情和乐观。如今，回过头去看，创业之初，未免有些热情多于冷静，乐观有失审慎，没有充分估计到市场经济的残酷。然而，迈步上路，就难退却，在困难面前，大家靠着一种毅力，一种精神终于走了过来。当时，编辑们拿来自己家的存款做差旅费，在料峭的春寒南下北上，走太原，奔西安，跑杭州，闯武汉，一边组稿，一边发行，每人背着一大包创刊号，东求西讨，左冲有撞……

如今，当《大众生活》已经摆上全国各地报刊亭里为读者认可的时候，当国家有关社会调查评价部门将其评为"读者最喜爱的期刊"的时候，我们当初创业人的眼中都会闪出悲喜交集的泪花。

悲喜之余多冷静，此时此刻沉下心来回顾往事，最难忘、最应感谢的是我们的读者。五年来，是他们给予的厚爱，才使我们有了信心和力量。《大众生活》的读者，绝大部分为自费订阅，他们的选择就是对我们的检验。检视那五年中数不过来的大摞大摞的读者来信，面对那热情而中肯的鼓励与批评，都会让我们感动不已，没有广大读者的支持，我们绝不会有今天的发达。在此，我们全体编辑向所有的读者道一声：谢谢你们给予的厚爱，如果办不好《大众生活》，我们将无颜再见你们。

值此刊庆之际，我们还要感谢这五年来对我们给予多方面关照的各方朋友，是你们在我们面临沙漠饥渴之中，送来水和面包。如今，在我们步入绿洲之时，尤为难忘你们的支持。不必说出你们的名字，更不想再用文字客套。朋友，我们将永远记住你们，永远感谢你们。

五年已成为过去，当年亦毋须留恋，最要紧的是未来，未来的五年、十五年、五十年。《易大传》曾说："天数五，地数五，五位相得而各有合。天数二十五，地数三十，凡天地之数五十有五。此所以成变化而行鬼神也。"又说："大衍之数五十有五。"凡事有"五"，自然辉煌永久，无往而不胜。再过五十年，《大众生活》当"五十有五"。我们期待那一天。

机缘当前，仍须努力！

《大众生活》创刊五周年特刊，2007年1月8日出版

十年的编辑部故事

——为《大众生活》创刊十周年而作

编完本期（创刊十周年特辑）杂志，沈阳正好下了第一场冬雪。记得 10 年前在黄河北大街 45 号，《大众生活》创刊号出刊时，也是大雪纷飞。杂志社十几个人，人手一本创刊号，在一个小酒馆里兴奋地喝了半夜。当时正是葛玲、李冬宝那班人在《编辑部的故事》里走红中国的时候。也算是一种巧合，《大众生活》的编辑部故事从此在生活中上演。流光容易把人抛，10 年似乎在一瞬间就过去了，如果不是书架里一溜摆开的这 10 大本厚重的《大众生活》合订本，谁又细数得出十年里自己都做了些什么？

一本杂志走过 10 年历程也是一件很难得的事。回首上个世纪创刊的四个《大众生活》杂志，前三个存在时间最长的也没有超过两年。第四个《大众生活》创刊的 1993 年，有资料显示，当时新创刊和改刊的杂志平均每天一种，到了今天，当年面世的杂志已有许多早早地退出了历史舞台。回顾《大众生活》10 年所走过的路程，从白手起家到今天的发展，我们不仅办了一本读者喜欢的杂志，同时也培育出了一批优秀人才。2001 年，《大众生活》入选国家期刊方阵，在全省期刊策划、制作、活动等五项评比中获得四项第一，在全省期刊编辑知识竞赛中获得第一名。2002 年，又获得沈阳市优秀期刊奖和新闻出版业编校业务测试（报刊组）集体第一名。这些成绩的取得是现在和曾经从事过《大众生活》编辑出版的每一个同志的功劳，作为主编，我由衷地感谢他们，感谢陪伴《大众生活》十年的新老读者，同时也感谢各级领导和关心过（伏众生活）的朋友们。

作为一个办刊人，深知办杂志最是一件眼高手低的事。《笑林》中有这样一个故事，说有一州官上任，上司勉以仁爱，不要乱杀人。州官说："本官固不敢草管（菅）人命。"上司回他："本司亦何尝茶（荼）毒生灵耶？"办刊者与旁观者有时就如同上司与州官，水平差不多，要紧的是看谁最能尽心。10 年来，我们问心无愧的就是尽心了，我们把一生中最好的时光都献给了《大众生活》。我们克服了诸多的困难，在资讯与媒体如天光云影般包围着我们日常生活的年代，我们苦心经营着《大众生活》的定位，面对大众，我们强调时尚与实用的结合，生活与生趣的统一，不要经典要经读，每一个选题、每一篇文章都有大家策划的心血。尽心就是完美，因此我们深感欣慰。

回想 10 年光阴，我十分留恋当年的创业精神和那种和谐的工作环境，还有选题讨论会上的夜半灯火与通宵下版回家时路上的熹微晨光。时代更新，旧梦依稀，在以后的晨光或是夕照中，我永远记得十年里《大众生活》的每一天。

当年，创刊的第一个早春，杂志社的同事分头到全国搞发行，我去的是山西与河南。我们离开沈阳时，办公室院内的念珠桃花还刚绽蕾芽，我们发行回来时却已是满树桃花了。那时觉得时光流逝的分明。而今天，当年创刊时小院里的念珠桃树已高过二层楼房，成了一株老树。李冬宝的头发虽未见长，但葛玲已从那个编辑部里的未嫁女变成了石光荣的老太婆。倒觉得十年时光逝去得无声无息。

《大众生活》里编辑部的故事依然在上演，还有更好的十年二十年在等待着今天的年轻人。我依然是个怀旧的人，杂志社所在的三经街的高楼大厦我都觉得陌生，只有附近八纬路或是连珍巷里残存的木门灰瓦不断唤回前尘影事。创刊10年了，翻检10年的合订本，我偏爱的是刚创刊那几年有关后天城市人与涉及旧情怀的文字。对着10年前的合订本，我闻到的是黄河北大街45号小楼旁的念珠桃花，清香如故。

《大众生活》创刊十周年纪念号，2003年1月8日出版

"编读"须"往来"
——写在《大众笙活》里的三则"编读往来"

编辑杂志，必须要有"编读往来"，编辑、主编必须要跟读者交流，经常了解读者在想什么。在《大众生活》杂志任主编的 11 年里，我每周都要拿出固定的时间阅读和回复读者来信。也曾写过许多篇"编读往来"的小文，发在"编读往来"栏目里。选出以下写于 2000 年的三则，以纪念《大众生活》那一段最快乐的时光。

漂漂亮亮过千年

当读者见到本期刊物时，我们已经漂漂亮亮地走进新千年。在千年之交的时候，我们做了那么多的漂亮事，我们经历了那么多的漂亮事，澳门回归，有望加入 WTO，经济增长接近 8%，生活达到小康水平，税收突破一万亿……还有读者给我来信，说收到的 2000 年第 1 期《大众生活》太漂亮了，红彤彤，喜气洋洋，尽管这也可以称作是一件漂亮，但不可同日而语，我们今后会更漂亮，漂漂亮亮。

说起来这"漂漂亮亮"是我刚刚读完的一位读者来信中的

"专利",这位热心的读者是甘肃省的庞襄东先生,也是《大众生活》的老朋友。他在读了本刊去年第 8 期白玛顿珠在"爱情词典"写的《卿卿我我》一文很不以为然。原来是白玛先生在文中说:"中国语文当中有许多形同口吃的词,好像被吓着了一般。譬如:兢兢业业等等。这种'口吃型'成语及俗语,极大地影响了现代汉语的流畅性、优美性和典雅性,建议取消。惟'卿卿我我'保留下来,供人赏玩。"对此庞先生说他不同意这种意见,认为白玛先生所谓的"口吃型"成语、俗语、俚语和谚语是劳动人民经过几千年来的实践和创造发明出来的,它很有流畅性、优美性和典雅性,且读起来方便生动,朗朗上口,没有什么"口吃"的感觉,我们要热爱它、发展它,这种态度才对。对这种"口吃型"的词语,白玛先生在文中举了三十几个例子,而庞先生一下就举出了三百多个,并说读起来从未口吃过。其中庞先生就将"漂漂亮亮"放在了第一个。

正是基于此,我说使用"漂漂亮亮"该是庞先生的"专利",如果按白玛先生的意见,我们今天大概就不会"漂漂亮亮"了。感谢庞先生,感谢这份热心,祝您在新千年里万事如意,漂漂亮亮!

说漂漂亮亮,还有高兴的事,本刊今年第 1 期上市后供不应求,是我们自己对形势估计不足,导致天天电话不断,读者为此意见不小,在此我向诸位道歉。另一个最为高兴的事是本刊所隶属的沈阳日报社经国家新闻出版署批准,组建成立"沈阳日报报业集团",这是中国目前 15 家报业集团之一。集团的成立,标志着沈阳报业发展进入了一个新的阶段,对于沈阳的文化事业和经济发展以及国际大都市的建设,都有着不同寻常的意义。1999年 12 月 28 日,"沈阳日报报业集团"成立庆典在沈阳日报新闻大厦举行，隆重而漂亮。随着集团的成立，本刊的发展也必将进入一个漂漂亮亮的新境地，这是我们和读者共同高兴的一件事。

进入 2000 年，我依然是每天下班后读当天的读者来信，我想这是与读者沟通的最好的办法。前几天有位山东作者给我写信，不满言辞甚为激烈，原因是编辑部总退他的稿。我了解了一下情况，也读了这位先生的文章，感觉与本刊内容多少有些不相合，还缺少点可读性，或说略略少点"漂漂亮亮"。本刊每天收到大量来稿，退稿也很多，希望收到退稿的先生能谅解。王朔的稿尚且会被《花花公子》退回，更何况我辈了。如此说，收到退稿的先生，也应有些漂漂亮亮的绅士风度才行。

对了，甘肃的庞先生在信中极想认识他的本家，本刊编辑庞铁明。借此告诉庞先生，庞铁明是本刊最年轻的编辑，去年大学毕业，有事尽管找他。他是一位漂漂亮亮的小伙。

尽心就是完美

许多事你以为很网满了，但有时结果还是出乎你的想象。比如《大众生活》的出版时间，根据多数人的要求，我们提前了15 天，力争最偏远地区的读者也能看到当月的杂志。尽管这样，依然还有读者不能当月收到刊物，我的桌子上就放着两封西藏读者的来信，其情恳切，商量出版时间是否再提前几天，他们就能读到当月的杂志。然而，问题来了，两位西藏读者的来信我还未及同复，办公室又送来了一份沈阳地区读者的传真，对提前出版提出了批评意见，对此不同的两种意见，我认为都有道理，并安排调整，尽可能地让读者满意，也希望大家能谅解我们。

今年，随着本刊第 1 期火红封面的面世，《大众生活》的影响已越来越大，订阅的渠道也开始多样化，许多人已从网上订阅。今年网上订阅《大众生活》，的第一人是上海浦东新区的黄琼，本刊全体编采人员向她祝福，祝她在龙年里每天都有一份好心情，快快乐乐，事事如意。还有旅居日本长野县的刘文静朋友，在国内时'是本刊的热心读者，去日本后，一片乡思之中尤难忘怀《大众生活》，只好将以前的杂志拿出来重读，不意这些过了期的《大众生活》竟成为刘文静的家人及周围华人最爱看的读物之一。为此，刘文静给本刊写信寄款，要求邮购《大众生活》。此事让我和我的同事们很感动，难得在东瀛海外，还有一群这样的读者，为了这些可爱的同胞，为了多年来理解和支持我们的广大读者，我们没有别的可说，只有尽心去做，尽心编好我们大家的《大众生活》。

说到尽心，还有一位内蒙古科尔沁右翼中旗名叫吉雅的姑娘，给本刊写了一封很长的信，我查了一下，足有五千多字。在信中，吉雅姑娘尽心地给本刊作了一次年终总结，肯定成绩，指出不足，提出建议。尤为难得的是问题看得准，建议也切实可行。如她提到：做点有关公益的事情，多发表一些百姓关心的焦点方面的文章，如提倡环境意识，保护生态平衡等等；在杂志上开一个"名著缩写"栏目，让人们花不多的钱就能读到名著。我曾在编辑部里宣读吉雅的这封信，编辑们说，作为一个读者能如此关心一本杂志，那她作为一个职员，也一定会出色地完成自己的本职工作。她是一个尽心的人，同时也一定是一个快乐的人。

林清玄先生曾有一句名言："快乐活在当下，尽心就是完美。"我想，给我们写信的西藏和沈阳的读者是尽心的，上海的黄琼是尽心的，在长野的刘文静是尽心的，大草原上的吉雅更是尽心的。大家的表现只能让我和我的同事们更加尽心地做好自己的工作，将杂志编得更好。经过我们的尽心，但愿西藏的读者能看到当月的杂志，沈阳的读者再晚几天收到杂志，黄琼和刘文静们更喜欢《大众生活》，吉雅也能读到"名著缩写"，我们大家对当下的事都去尽心，我们的生活就会更加美好。

因为只有尽心才会有快乐的当下，尽心就是完美。

心中有道亮丽风景

曾有一位美国的小姑娘给总统克林顿写信说，她非常喜欢自己的国家，因为每天在这里都能吃到全世界最好的冰激凌；又有一位深圳的小姑娘给她们的市长写信，说她非常喜欢这个城市，因为在这个城市里一年四季都能穿裙子。前几天我也收到了一位农村姑娘的来信，她在信中说她非常喜欢《大众生活》，因为《大众生活》总能给她心中一点亮色。她在信中说："我刚刚忙完地里的活，很累很累，但是不管怎么累，我还是摸黑去了离我家一里多路的妇女主任家，借来了当月的《大众生活》。我很喜欢，真的很喜欢，尤其是九九年新版的《大众生活》，内容丰富，给人打开了一片新的世界。……我多么想拥有一套自己的《大众生活》呀！但我却订不起。我的家庭状况实在是让我无能为力，妈妈在几年前的一场车祸中一只胳膊粉碎性骨折，因为没有钱，至今钢板仍未取出，妈妈都是咬牙挺着。爸爸因为着急，一只眼睛得了白内障，听医生说做手术需要很多钱。因为家中这种情况，我初中未读完就回家干活了。每当看到我的那些同学都快高中毕业了，我就对着墙默默地流泪。我现在惟一的精神寄托是读《大众生活》，她会给我许多光彩的东西。……"

这位姑娘名叫傅玉,家住法库县三面船镇大双台子村。在众多的来信中,这一封尤其让我感动。感动之余,我又想,人生在世,每个人的心中都有一道亮丽的风景,感动着或者支撑着自己,就像冰激凌之于美国小姑娘,裙子之于深圳小姑娘,《大众生活》之于傅玉一样。这道风景是自己的深爱,是一种精神抚慰,她能给人生命中永不褪色的鲜活的记忆,每每想及,都会让人振奋,让人充满希望,让人心中一亮。每个人心中的那道风景也许不一样,但每一个热爱生活,对生活充满希望的人的心中都会有一道亮丽的风景。每个人的生活经历不一样,这道风景或许是一张课桌、一片绿地、一间书房,或许是一位知己、一位恋人,等等。只要你心中有一道这样的亮丽的风景,你的生命就会充满生机,你的前程就洒满阳光。否则,你的心中是黯淡的,生命也将枯萎。

就此而言,美国的、深圳的和我们法库的小姑娘,都是心中装有一道亮丽风景的人。她们的纯真慧心让人感动,同时又为其他人的心中增添了一道风景。

有一天,我将法库姑娘的故事讲给了沈阳市妇联主席张颖同志。大概是傅玉心中的那道风景也感染了这位妇联领导,她当即决定自己花钱为这位姑娘订一份《大众生活》,并说一定要找个机会到法库去看一看这位心中装有亮丽风景的傅玉姑娘。但愿傅玉今后心中装满更亮丽的风景。

说完傅玉的故事,似乎我自己心中的风景也更为亮丽。其实同傅玉一样,我和我的同事们心中的风景也是这本《大众生活》,只是亮丽的程度不完全由我们自己来决定。读者越是喜欢,我们心中的这道风景就越是亮丽。四川渠县熊继泉同志来信热诚地表扬我们,还寄来了一张偷拍的同事们相拥而读《大众生活》

的照片，并说他们都订了 2000 年的《大众生活》，这真是让我们心中亮丽得一片灿烂。然而灿烂过后，更让我们充满了力量和信心，我们要用我们的智慧和爱心为我们的读者创造更多更美好的风景。你读《大众生活》，我编《大众生活》，同时亮丽起我们心中的风景，这就是我们最终的追求！

《电大语文》终刊词

深秋时节，我们编完了《电大语文》1992年11—12期合刊的文稿，这也是我们所编的最后一期了。从1993年起，创刊已十年的《电大语文》将要停刊了。

望着窗外飘飞的黄叶，此时我们想起本刊第九期封面上的一段话，那是杂志创刊十周年本刊编辑部文章《寻常十年》中的结尾语：

说说寻常的心里话，未尝不是一种纪念。平平淡淡才是真，人生，有一个值得纪念的十年便足矣。

冥冥中似乎有一个命运之神在指点什么，上边那段话竟被说中了。"十年足矣"，十年过后，只编了三期，就结束了一个《电大语文》的时代。想起来，作为一个总向命运抗争的人，也下意识地感到有些悚然。

《电大语文》从1982年创刊，伴随着广播电视教育事业至今，走过了风风雨雨的十年。随着电大教育事业的几起几伏，《电大语文》也是几次辉煌，几次衰败。

在广播电视大学创建伊始，教学手段的不完善，给学生的学习带来诸多不便，应运而生的《电大语文》弥补了文字材料匮乏的不足，深爱广大学生的喜爱。一经问世，便确立了稳固的地位，发行量直线上升，最高时达到25万份。

　　随后而来的是如雨后春笋般的各类电大辅导刊物，竞争给《电大语文》带来危机。然而此时的《电大语文》已有一批熟悉她、爱护她的读者，有了这最强有力的后盾，《电大语文》在危机中重获生机。此后，声名鹊起。每期读者达数十万众。时至今日，那些重情义的读者还来信叙叙旧情：我早已电大结业，但是，伴我度过三年电大学习的《电大语文》已深留心中，偶尔翻翻最新出版的《电大语文》，一种亲切感便油然而生。当年，正是这厚爱，使《电大语文》度过难关，生存至今。

　　然而，随着远距离教育的发展，专业的增多，中文专业招生数的递减，再加上中央电大教材及辅助教材的完善，《电大语文》的订数便逐年下降，使杂志入不敷出，无奈之余，我们只好出此下策，决定停刊。

　　一个办了十年的杂志就这样停刊了，再潇洒的人也会泛起某些黯然和神伤。但是，有生就有死，死也是一种再生，所谓"物有本末，事有始终"，这是任何事物都难以抗拒的规律。所不同的，只是时间的长短。英国著名的幽默杂志《笨拙》，已有百年历史，与几代人相伴。然而，由于无法适应快节奏的现代生活，前不久已告停刊。其影响之大、时间之久、读者之广泛，《电大语文》是不可与之相提并论、同日而语的。但最终相同的结局，使我们相信，适时停办《电大语文》是明智的选择。何况老子早就说过："慎终如始，则无败事。"

　　待这期杂志送到读者手中时，怕已是寒冬了。有句名言："冬天已经来了，春天还会远吗？"让我们共勉。中国还有句老话：山不转水转，没准儿，我们还会重逢！

《电大语文》终刊号，1992 年 12 月 7 日出版

《大众生活》终刊词

世间任何事物都有始有终，如同人的生命，一本期刊也必然有它的归程。在 2003 年的岁尾，根据全国报刊治理整顿的需要，《大众生活》宣布停刊。至此，这本在 20 世纪历史上创办的第四个同名杂志，共办了 11 年，出版了 126 期。

在得知《大众生活》停刊的消息后，我们翻出了 11 年前的创刊号。在创刊号上．有雷群明先生写的《邹韬奋与〈大众生活〉》，有李平先生写的《历史上的三个〈大众生活〉》。在署名"本刊编辑部"的创刊词中有这样一段话："从这个民族积淀的心理定势出发，中国人每做一件事还未开头就想要结果，心理过于期待成功。实际上，许多事情的意义并不在于结果，而在于过程，在于一个辉煌而无愧的过程。"就《大众生活》11 年的过程而言，虽然不敢说辉煌，但尽可说无愧。1993 年，《大众生活》在没要任何投入的基础上创刊，三年后在辽宁省统计局和辽宁社会经济调查所联合举办的媒体问卷调查中获得"读者最喜爱的期刊"称号。后来，又成为辽宁省一级期刊，人选"中国期刊方阵"。11 年来，我们不仅创办了一本读者喜爱的期刊，同时还培养出一批办刊人才。11 年来，为了这本杂志，全体编采人员倾注了全部的心血、智慧和创意，同时也收获了一生中最值得回顾和最值得骄傲的成就。

创办了 11 年的杂志停刊了，作为编辑，我们深感遗憾，同时还有大批的读者也为我们惋惜。在这里，我们向 11 年来支持我们的读者致意，感谢你们多年来一如既往的厚爱。曾有一位读者告诉我们，她手中完整地保留着一套从创刊号开始的《大众生活》杂志，都是一本本从报刊亭中买的，11 年从未间断。其中的许多本已开始泛黄，那是周围同事借阅所致。像这样忠实的读者还有许多，他们每天都感动着我们。在杂志即将停刊的时候，我们由衷地感谢伴随了我们 11 年的读者朋友。同时也感谢 11 年来给予我们各种各样多方面支持的朋友。

报刊已进入一个"速读"时代，同时，读者也将面对一个"资讯烦恼"时代。在这样一个时代，读者更多的是寻求"精品阅读"，而"精品阅读"的重任毫无疑问地将由具有沉淀性、深层感、精致度的期刊来完成。未来的期刊发展，一个很重要的现象则是"大众逐渐隐退，小众纷至沓来"。期刊想成为品牌，首先要获得"小众"的掌声。

在这样一个"精品阅读"的时代，相信《大众生活》之后的中国期刊事业，将会有一个更为崭新的发展天地。此时，想起了著名诗人李松涛先生在《大众生活》创刊号上"大众箴言"栏目里写的一段话："别家的阳台上鲜花缤纷，自家的阳台上堆满破烂。天上同是一个太阳，地上却是不同的日子，这是怎么回事？不要问邻居。"再一次感谢 11 年来支持我们的朋友，感谢你们的帮助和惦记，我们的阳台依然鲜花缤纷。

《大众生活》终刊号，2003 年 12 月 8 日出版

还是"钓鱼去"

——为《垂钓》杂志出刊 100 期而作

　　接到刘海军主编打来的电话，说是《垂钓》出刊 100 期，让我写点文字。乍听我还一愣：100 期？这么快吗？在我的记忆里，《垂钓》创刊的事仿佛还是昨天，想不到竟已出版 100 期了。时光容易将人抛，我们的记忆虽然还停留在昨天，但《垂钓》的时光却扎扎实实地走过了九年，走到了 100 期。100 幅封面，100 张版权页，100 个目录页，100 次编前会，100 次下版，100 次付印……《垂钓》的时光年复一年，红了樱桃，绿了芭蕉。100 期，每一期都有一个光鲜的记忆。

　　《垂钓》创刊于 2001 年元月，准备工作则是从 2000 年夏天就开始了。那时候还没有办公地点，是在三经街上借了一个四楼的单室；人员有纪平先生、刘海军和我。确切说就是海军一个人。因为纪平是从省局方面领导此事的，他是下班后来和我们一起策划。我则是每周两天完整时间来此，其他也是业余时间。只有海军一个人全天候的，既是编辑又是编辑部主任。记得刚开始时什么都没有，我从家里搬了一台电脑，纪平从家里搬来了一台打印机，就这样开始了创刊的准备。那段时间，周末从不休息，在三经街那个临街的厢房里，三伏天，既不能开窗，又没有空调，闷热难耐。我们三个人光着膀子，策划栏目、选题、发行措施和广告战略。热得实在受不了，就到厕所里冲个冷水澡。就这样，到了创刊号要出版时，我们已将所有工作准备就绪，编采和经营队伍也组建完成。尽管创刊号出版前还是隆冬季节，但大家情绪高扬。记得创刊号签字付印之后，编辑部想轻松一下，还集体到本溪关门山里去采了一次干花，带回了一大抱白色的荻花，红豆一样的花楸和藤蔓缠绕的萝口。回来插在办公室的陶瓶里，一直放了好几年。那时候，大家的收入不多，但心气都蛮高，人人充满着期望，充满着未来。

创刊号的发刊辞是我写的，题为《钓鱼去》。我在发刊辞中说："《垂钓》无疑是万千钓友相识相聚的一种最亲切的媒体。为了广大钓友的兴趣和爱好，我们将在今后的时日里为钓鱼运动摇旗呐喊，为钓友生活增光添彩；我们将和钓友们一起同歌同泣，相拥相偕。钓到大鱼的是我们的朋友，钓到小鱼的也是我们的朋友，没钓到鱼的同样是我们的朋友；海钓的是我们的朋友，溪钓的也是我们的朋友；只要你是钓鱼爱好者，我们永远是朋友。我们既可垂纶沧海，也可笑钓江湖，重在钓鱼这个过程。"现在100期过去了，《垂钓》不仅走过了一个艰苦创业的快乐过程，也为期刊界创造了一个典型的成功范例，为钓鱼人开辟了一个新的天地。如今，她真正的拥有了一大批具有情感忠诚度的读者，拥有了——个充满魅力和灿烂的未来。

《垂钓》走过了九个年头。对于我们办刊人来说，今后的路还更漫长，我们尤其要以平常心对待今天的成功。诚如我当年在发刊辞中说的那样：钓鱼去，这里多少有点像唐代高僧从谂大师的"吃茶去"。来过的也去吃茶，没来过的也去吃茶，极其简约地表达了禅家的平常心。"钓鱼去"，也是一种平常心。何谓

"平常心"？就是澹泊自然，见山举步，遇水行舟，饥来则食，困来就眠，不必百般须索，亦不必千番计较。钓到鱼钓不到鱼都是一件高兴的事，只要有鱼可钓。换句话说，九年了，100 期，我们亲手创办的杂志还由我们继续相伴她走下去，直到 200 期，300 期……那无疑就是我们的人生价值。

2009 年的春天来了，当带着《垂钓》100 期去做点什么。做什么？悠悠万事，无如钓鱼去，还是"钓鱼去"！"独坐溪岸，清心绝虑，静静地品味那来自大自然的鱼的游动、水的清澈、风的柔软、心的跳动，真正地感受一种忧烦事物之外的冲融淡泊、悠然恬适、百虑不生、心如止水的境界。此时此刻，垂钓之人也在这一片钓境中自觉不自觉地隐人了某种'自悟'的禅机，最后是'酒肉千般好，不如钓鱼去。'"创刊号时我如是说，今天我还是这样说！

在纪念《垂钓》创刊 100 期的时候，我很感念那些在一起创业的人。昨晚我打开《垂钓》创刊号，重读版权页，当年每个人的神态又浮现在我的眼前。版权页上记着他们的名字：发稿编辑/王力春、孙云龙、李丹歌、王雁鹏；实习编辑/王乐、陈小溪。

《垂钓》出刊 100 期纪念号，2009 年 4 月 1 日出版

到太子河源读"名士之城"

——《中国地名》辽阳专号"名士之城"卷首语

编完本期《中国地名》辽阳专号，已到国庆节长假。沈阳的浑河碧水悠悠，两岸红叶离离，想浑河上游的英额河、苏子河，还有辽阳的太子河两岸一定会比这里更美。总编说等这期专号印出来，一定将编辑部全体人员都拉到太子河或苏子河上游玩一玩，看不到树上的红叶，也要看一看地上的红叶，体味一下红叶翻飞的诗情画境。编辑们都记住了这句话，盼着筹划了半年多的专号尽快地出版。

将这期专号定名为"名士之城"是编辑部在反复征询各方意见的基础上，综合辽阳的历史文化而最终决定的。当时定此名的时候，我们还略有些顾虑，觉得过于夸张了辽阳。等到全部文稿都集中到编辑部的时候，这种顾虑自然就没有了，因为从这些文稿中，我们认为，称辽阳为"名士之城"她当之无愧。

辽阳的名气，辽阳的名士之气不是任后人随意一说就成立的，它有着诸多的理由和客观依据。2400 年的历史与文化积淀，"关外三京"之一的东京古都，清以前东北地区政治、经济、军事、文化的中心地位，历代名士所创造的独特文化现象，等等，辽阳可以说是东北的文化之根，东北的名士之乡和东北的文脉之源。记得辽阳的当代名士林正义先生曾有过一段被林彪择婿的经历，其间，黄永胜的老婆考察这位准"驸马"。她问道："你是哪里人？"林正义回答："辽阳人。""噢，那可是个出人才的地方。满洲国的八个大臣，有四个是出在你的家乡嘛！"听着这位总参谋长太太的一番话，林正义竟不知该怎么回答了。心想，满洲国的大臣也能算"人才"吗？满洲国大臣算不算人才不是我们所讨论的，但这件事至少说明一个问题，在相当大的一个范围内，任谁都知道，辽阳是出人才的地方。其实，黄永胜老婆以满洲国四大臣为例说辽阳出人才，是没有说到本质处。要说辽阳出人才，出名人或是名士，数多少也不一定数到那四个满洲国大臣上去。从历史上数，有那么多华夏闻名的名人、名士，他们的名字都是响当当的：秦开、箕子、太子丹、丁令威、公孙度、完颜雍、高宪、彭春、王尔烈、刘文麟、白永贞、金毓黻、杨晦，等等，哪一个不是东北的甚至是全国的名士？

作为名士之城，除了历史文化，文名当然是不能少的。在这方面，自古以来辽阳就是文名卓著。无名氏的《燕丹子》，陶渊明的《搜神后记·丁令威》，司马迁《史记》中的"秦开拒胡"、"燕丹就义"，刘义庆《世说新语》中的"辽东三杰"管宁事迹，《三国演义》中的多回述辽阳事，蒲松龄《聊斋志异》中多处涉及辽阳史料等，辽阳的文名在东北没有哪一个地区可比。即使是清以后东北政治中心从辽阳移到沈阳以后，辽阳的文名也是首屈一指，许多辽海地区的著名文士，大都有辽阳背景。有清一代东北地区的进士和翰林，一半以上出自辽阳。现代以来辽阳最著名的人物就是史学家、文学家金毓黻先生，他留下的约1400万字的著述，可谓体大思精，包罗宏富，堪称一座硕大的学术丰碑。他在历史学上尤其是东北史的贡献，无人能及，诚如吴廷燮所评:"中夏言东北故实者莫之或先。"又如于右任先生所誉:"辽东文人之冠。"从国学角度言,在东北,能与关内、南方诸学者比肩称大师的唯金毓黻一人而已。

当然,论名士之多之名,辽阳不及南方诸城,但在东北甚至在中国北方,辽阳从哪个方面讲都不愧对此名。

然而,作为名士之城,辽阳还有待进一步加强自身的经营,在对历史文化的全面策划和整合上还需下一番工夫。比如,现在全国有 109 座历史文化名城,但却没有辽阳的名字。从哪一个角度讲,辽阳都有充分的条件进入这一序列。在"关外三京"中,盛京沈阳和兴京新宾都有了自己的世界文化遗产,唯有东京辽阳还缺少拿到世界面前的文化建树。最近,辽阳已开始东京城的整体规划,这是一个良好的开端。相信不久的未来,辽阳不仅是中国历史文化名城,同时也是令世界瞩目的文化之城。

本期"名士之城"辽阳专号即将与读者见面。记得第一次专号编辑会议在辽阳汤河召开的时候,宾馆院里还是青杏小小,如今已是杏叶红透,落红缤纷了。半年多的筹备,令人欣慰的是,"名士之城"专号有一个新颖和别开生面的策划,有一批既有文化含量又有可读性的作品。虽然整个策划不是按部就班的传统方式,但却脉络清晰,重点突出,尽量多说前人未说之话,多叙时人未知之事,这是本期专号最大的亮色。尤其是本刊特邀的沈阳市作家协会副主席初国卿和《辽阳日报》副总编辑李大葆两位领衔撰写的作品,定会给读者一种深度阅读的享受。看一看本期专号的这些题目,就深感不同凡俗:《名士之城为什么是辽阳》《名士家园:辽阳的八个历史坐标》《江官屯的繁华旧梦》《那只经典的辽阳鹤》《辽阳名士的诗意生活》《辽阳出了个金毓黻》《喜欢辽阳的 36 个理由》《辽阳的 32 个魅力地名》《辽阳的六种可能》。但愿这些作品能在辽阳历史文化的建设上让人记住。

在本专号即将问世的时候，我们还要感谢为此付出努力的朋友和同仁们。尤其要感谢辽阳市委书记和辽阳市长接受本刊特邀记者的采访，同时也感谢本刊驻辽阳办事处为本期专号出版所做的丁作。

专号要出来了，我们也要准备背包里装着她，到太子河或苏子河去旅行。"林间暖酒烧红叶，石上题诗扫绿苔。"坐在苏子河或是太子河源头的大石头上读着"名士之城"，那当是另一番好心情。

《中国地名》辽阳专号"名士之城"，2009 年第 1 期

“文溯阁周刊” 发刊辞

《沈阳晚报》“文溯阁周刊”经过近一年的筹备，今天终于同读者见面了。

这是一个文化周刊，确切些说应该是一个地域文化周刊。我们将以新闻为切入点，从文化视角挖掘辽沈地区或说“辽海文化”的人文历史与背景故事。做到精英文化与大众文化相结合，时下新闻与历史事件相融汇，从而达成文化周刊的新闻性、可读性和深度阅读性的统一，为地域文化品牌的提升打造一个新的园地。

所谓地域文化，即是指在一定地域范围之内形成且连续存在的一种文化形态。南于地理、历史、民族、宗教、风俗等因素的影响，各地域文化具有鲜明的个性特征，通过精神的、物质的及非物质的遗产世代传承下来。在全媒体时代，地域文化建设已成为地区社会经济成功运行的巨大内驱力。凡是经济社会有声有色的地区，同时也是地域文化及其文化产业、文化活动多姿多彩的地区。辽沈地区从魏晋时期即以“辽海”之名形成与“燕赵”、“齐鲁”、“吴越”、“巴蜀”等地相互对举的概念，其文化形成与积淀有着鲜明的个性，值得我们下大功夫挖掘与弘扬。

为什么要将此周刊定名为“文溯阁”？因为文溯阁不仅是辽

沈地区唯一一座建筑意义上的皇家藏书楼，同时也是中国文化史上一种集大成的高端文化象征。从某种意义上说，文溯阁代表了辽沈乃至全东北地区文化的制高点。我们以此作为周刊之名，不仅表达了我们对此文化制高点的崇仰与尊奉，还寄寓我们创办此周刊的努力与追求。

本周刊为每周八版。主要栏目为"寻找辽海"——本土文化的发现之旅；"家族故事"——一个家族大起大落的发展史；"书房夜景"——阅读方式及与书房生活相关的泛文化散文；"艺术玩家"——在捡漏与打眼间品味收藏与修炼："影像志"——老照片里的前尘影事。

"文溯阁周刊"问世，我们期待读者的批评与建议。正如灰墙绿瓦的文溯阁不同于整个故宫的金碧辉煌一样，我们的周刊，需要的是深沉与冷静，还有别开生面。

《沈阳晚报》"文溯阁周刊"，2011 年 8 月 17 日出版

我与《大众生活》

　　2004 年，《中国编辑》杂志刘相美来沈阳组稿，我曾答应她写一篇《我的期刊 20 年》。那一年，我 47 岁，结束了 20 年的期刊生涯，开始任《沈阳日报》特稿部主任。在 20 年的办刊过程中，我先后主编过《电大语文》《大众生活》《车时代》和《垂钓》。为六种杂志写过创刊词，为两种杂志写过终刊词。但回顾 20 年的办刊岁月，最让我难忘的还是《大众生活》那 11 年。

一

　　《大众生活》创刊于 2003 年。那是中国期刊业发展最为快速的年代，据后来资料显示，那一年，全国新创办的期刊有 300 多种，几乎平均每天就有一种新期刊问世。这种情形就如同炒股人所面临的股票牛市高点，处在峰值上的行情不知哪一天就会瞬间跌下来。但是我和我的年轻同伴们却不懂这个道理，属于盲目入市一族，满怀信心、兴高采烈地很快将杂志办起来了。那一年我 36 岁，职务是正处级，职称是副编审。正是一个人如日中天，无所畏惧，目空一切做大事业，骄妄甚至不顾后果一味前行的年纪。那时候，为了证实自已做事业的决心，谢绝了主办单位提供的 10 万元开办费。没有开办费，杂志社的 8 个人每人从家里拿出了 5000 元存款，共 4 万元作为开办费存到了杂志社的银行账号上。

1993 年 1 月 11 版的《大众生活》创刊号印了 5 万册。办刊宗旨是：以可信的纪实性、可读的通俗性和可靠的服务性关注社会，直面人生，品味生活，服务大众。其主题宣传词是：大雅、大俗，大千世界；众生、众事，众望所归。封面人物是台湾"绕着地球跑"的主持人李秀媛，她当时正在央视"正大综艺"节目里出镜，很让大陆观众喜欢。封底则是正当红的歌星毛宁和杨钰莹一对金童玉女。创刊号还邀请了周汝昌、徐中玉、袁世海、石维坚、赵忠祥、李扬、李瑞英、孙小梅、杨澜、韩乔生、倪萍、蔡明、郭达、郁钧剑、李双江、董文华、王朔、杨春霞、陈小艺、聂卫平、马晓春等一大批学者及影视体育名星签名祝贺。创刊号的主要栏目有：本刊特稿、焦点关注、编辑部的故事、尘世演义、名士沙龙、世说新语、冷暖人间、女人密码、家里家外、地北天南、开门七件事等。从栏目就可以看出，这是一本真正包罗万象的"大众生活"。创刊号刊发了雷群明的《邹韬奋与（大众生活）》、苏青的《'76 勤政殿：邓小平挨批仍拿大主意》、周汝昌的《相逢若问名和姓》、汪曾祺的《谈幽默》、江迅的《诱人的"羽西世界"》、台湾李秀媛的《我怎样走进"正大综艺"》、邓刚的《俄罗斯人的幽默》、曹正文的《胡斐与任盈盈》等。

客观说，《大众生活》创刊号是下了一番功夫的，从作者阵容到文章组织，都花费了许多心思，但杂志出版后效果并不好。尽管大家拿着自己家的存款做差旅费，每人背着一大包创刊号，在料峭的春寒里南下北上，走太原，奔西安，跑杭州，闯武汉，一边组稿，一边发行，东求西讨，左冲右撞，但最终 5 万册也只售出了 2 万册，大部分做了赠送品。同样第 2 期发行得也不好，以至 1993 年全年双月刊 6 期杂志每期发行量都不到 2 万册，且二渠道发行款还难以收回。到了年底，自然是入不敷出，亏损严重。记得 2004 年元旦前，各单位都给职工发放福利，买鱼买肉，杂志社却冷冷清清，没有钱来置办年货。后来还是获得全国烹饪大赛一等奖的东北民航管理局餐厅经理任国安，在得知我们的拮据状况后，特意给杂志社送来了鱼、虾、鸡、酒等年货，这样才避免了大家空手过新年的窘境。

那一年，中国大陆正在流行一本畅销书，周励的《曼哈顿的中国女人》。我是在到上海组稿的火车上读完的，书中的一句话让我记忆尤深："自杀的最好办法只有一种，就是办杂志。"当时主编《苏州》杂志的陆文夫也曾为办杂志劳心劳力，他也说了一句类似的话："想让谁倒霉，就劝他办杂志。"这两个人的话让我深有同感。1994 年底，辽宁省教委人事部门约我谈话，准备调我到辽宁教育电视台任总编辑。考虑到当时杂志的状况和教育电视台的未来发展，于是我答应了省教委。记得是 1994 年元旦的晚上，《大众生活》主办单位辽宁省广播电视大学的校长姜绍志先生到我家，说是我有好茶，来喝茶聊聊天。其实姜校长主要目的是来说服我不要离开《大众生活》的。谈话中他随意说了一句："你张罗起来的这本杂志，你要离开，我找谁接啊？"他的这一句话虽是笑着说的，但却让我顿时觉得脸很红，甚至有点无地自容。是啊，《大众生活》是我创办起来的，在办了一年的时候，而且还是很艰难的关键时刻，我却要离开。尽管是上级领导部门调动，但在我自己却是逃离，一种不负责任的逃离。那一刻我感到了从没有过的耻辱，自尊心受到强烈的震撼，刹那间感到我脸上的热度犹如端在手里的热茶。稍稍冷静一点，我似乎没有多加考虑，就对姜校长说："校长，不好意思。我对不起你！从现在开始，我哪也不去了，我会与《大众生活》共存亡的。"那个元旦的晚上，我失眠了，想了很多，但最多的还是《大众生活》该怎样办下去？因为已经说出了要与《大众生活》共存亡的话，言必信，行必果，总得走出一条路来啊。

二

回想《大众生活》创刊一年来的困难局面，不可否认有面市期刊过多，竞争激烈的客观原因，但最主要的问题还是我们本身准备不足和杂志定位不准。杂志匆忙创刊，一问世就被推向了市场经济的大潮中，没有任何系统依赖，没有必备的资金保证，有的，只是几个年轻人的热情和乐观。未免有些热情多于冷静，乐观有失审慎，没有充分估计到市场经济的残酷。另外在当年那种大众阅读已开始向"小众阅读"过渡的时期，以《大众生活》的刊名想在内容上包罗万象式地办刊，这种定位本身就让杂志走进了死胡同，很难获得更多的读者认同。要想让杂志起死回生，必须找准读者和内容定位，这是最要紧的事。

于是我在元旦期间连续三天到市里一家最红火的报刊亭帮着卖报刊，其目的就是想了解期刊市场，弄清楚到底是什么人在买期刊，什么样的期刊卖得最好，以此来给《大众生活》从性别、年龄、职务、收入、文化程度、爱好兴趣等方面确定一个对路的读者群。实践证明，不能指望让所有的人都喜欢《大众生活》，因为那是不可能的。我们创刊第一年的问题就出在太想让所有人都喜欢这本杂志了，其结果是面对所有人办刊，却是所有人都未必喜欢。因为我们的内容太驳杂了，抓不住特定的读者群。如果退一步做到了部分人喜欢，而且是特别地喜欢，即从行为忠诚度上升到情感忠诚度，那就意味着读者群定位准确了。

三天的报刊亭没有白站，我从中获取了许多有价值的第一手资料。我发现，到报刊亭买报纸的多是男人，买期刊的则多是女人；而在买期刊的女人中40岁以下居多，她们选择的多是某一方面相对内容集中的期刊。在市场调查的基础上，杂志社又召开了不同层次的专家和读者座谈会，征集《大众生活》的定位意见。最终我们将市场调查与专家和读者意见结合起来，给《大众生活》做了一个新定位：读者以40岁左右，文化和收入中等以上人群为主，偏重女性，偏重时尚生活。淡化了社会性和纪实性的栏目，增加贴近生活如"心理健康"、"生理人生"、"服饰沙龙"、"流行橱窗"、"美容美发"、"四季美人"等栏目。同时收集了多种台湾和香港的生活类期刊，尽量学习他们在选题策划、标题制作及版式上的创意与方法。

经过对内容调整的《大众生活》，很快就见到了效果，邮发与零售都有了大幅度的增长，到1994年末，杂志实发已达到5万余册，广告收入也初见成效，在经营上实现扭亏为盈，终于在竞争激烈的期刊市场上站住了脚。1995年，在辽宁省统计局和辽宁省社会经济评价中心联合举办的"首次辽宁省传播媒介受众调查"活动中，《大众生活》荣获辽宁省10种"读者最喜爱的期刊"称号。

此后，《大众生活》的影响不断扩大，先后主办、协办和推出了一系列活动，如"沈阳市玫瑰小姐大赛"、"'东方丽人'封面模特选拔赛"、"'大众小天使'形象征集展示"、"跟踪希望行动"、"杨青青形象设计教室"、"姜红'四季美人'工作室"

等。在社会和读者中产生了很大的影响。同时注重期刊的选题策划，重点推出了一大批为期刊界和读者关注的选题，如"'创意频首'主题策划"、"服装的自我设计与搭配"、"保家卫己 36 计"、"后天城市人"、"拯救童心"等。刊发了一大批有影响力并为其他报刊纷纷转载的文章，如《文君：一个用头发走路的女孩》《生死两茫茫》《前门长巷：探访苦命七兄妹》《来今雨轩》《我发现了东北第一个艾滋病患者》《她目睹了八女投江》《20 年后，走进没有记忆的唐山》《承诺梦露》《躲在〈青春之歌〉背后的爱情故事》《沈阳女人闯塞班》《徐志摩和他的五位红粉知己》《鹧鸪雨声中，妈妈用诗心为女儿安魂》《马家军内幕实情实说》等。到 1997 年，《大众生活》的读者定位与办刊质量有了很大的提高，发行量已接近 10 万册。此时，全国报刊调整，《大众生活》与所有办刊人员转入沈阳日报报业集团，由沈阳市委宣传部和《沈阳日报》主办。社长与总编辑由当时的沈阳日报报业集团总裁傅贵余担任，我任主编。杂志的主要经营和管理事宜则全部归入报业集团。

三

1999 年，《大众生活》推出新版，由原来 48 页黑白印刷的普通 16 开本改为 80 页彩色印刷的大 16 开本，装帧印刷精美，内容丰富多彩。整本杂志的突出特色是时尚与实用的结合，生活与生趣的统一，更符合新世纪年轻人的追求与口味，深受读者喜爱。特别是为青年女性读者而设置的"风花雪月"刊中刊更具有浓郁的生活气息，颇得市场认可。至此，我和我的同伴们不仅办了一本读者喜欢的杂志，同时也造就了一批优秀人才。2001

年，《大众生活》入选国家期刊方阵，在全省期刊策划、制作、活动等五项评比中获得四项第一，在全省期刊编辑知识竞赛中获得第一名。2002 年，又获得沈阳市优秀期刊奖和新闻出版业编校业务测试（报刊组）集体第一名。

2003 年底，在新一轮的期刊调整中，报刊管理部门决定沈阳日报报业集团所属的《大众生活》和《青年科学》两种杂志留一停一，最终集团党委决定《大众生活》停刊。至此，这本在 20 世纪历史上创办的第四个同名杂志，共办了 11 年，出版了126 期。

在这里不得不说一说 20 世纪中国的四个《大众生活》。同一个名称的期刊，在同一个世纪先后存在了四种，也是一个很有趣的现象。

第一个《大众生活》是 1935 年 11 月 16 日在上海创刊的。编辑人、发行人为邹韬奋先生。杂志 16 开 40 页，为时事性综合周刊，办刊地址为上海福州路复兴里。韬奋先生在题为《我们的灯塔》的发刊辞中宣布"力求民族解放的实现，封建残余的铲除，个人主义的克服"为该刊的三大目标。主要发表时事论文、学术论文、国内外通讯、随笔小品及漫画，形成了既浅显通俗，又严肃高雅的风格。1936 年 2 月 19 日，国民党政府下令邮局停邮《大众生活》，于是，出版了 16 期的《大众生活》被迫停刊。1941 年 5 月 11 日韬奋先生主编的《大众生活》又在香港复刊，并很快成为香港最有影响的杂志，同年 12 月 6 日出至第 30 期，终因太平洋战争爆发而停刊。

第二个《大众生活》是 1939 年 12 月 1 日在广东韶关创刊的。在创刊号上，编辑者和发行者只注明"大众生活社"；第二期编辑人为巫范，发行人为黄础增。后来的编辑人变换频繁，先后有陈辉佩、刘飞航、黄华棣等。该刊为半月刊，32 开，是面向初级文化水平读者的通俗读物。宣传抗战，竭力鼓动大众参军上前线，是此《大众生活》的主要内容。它的封面也风格独特，都是反映抗战内容的木刻作品。此刊出版时间大约只有一年多。

第三个《大众生活》是 1942 年在南京创刊的。这本杂志为半月刊，是一本由汪伪政权的御用文人主办的汉奸杂志。1943年宣告停刊，共出了 10 期，只存在 5 个月。

六十多年里，四个《大众生活》，每一个都有着自己的时代特色。走过 20 世纪的风雪烟云，闪动着中国期刊发展的吉光片羽，许多期刊恐怕连名字都已难以查到，但四个《大众生活》都留在了人们的记忆里。而在沈阳编辑出版的《大众生活》在四个同名期刊中不仅出版期数最多，而且还跨越了 20 世纪，走到了 21 世纪。

四

然而跨入 21 世纪的《大众生活》终究没有走远。

《大众生活》在 2003 年底停刊，从感情上讲，我是很不情愿接受的，毕竟朝夕相处了 11 载。从没有一分钱开办费，艰苦创业办起来，到发行 10 余万份，成为在全国有一定影响，成为辽宁省"读者最喜爱的期刊"。这期间，我和我的同伴们付出了许多努力与艰辛，我人生最好的 10 年几乎都给了它，既因为它承担了巨大的压力，也因为它获得过欣慰与快乐。然而从理智上讲，《大众生活》停刊也有其必然性。当时许多人对领导决定停刊《大众生活》难以理解，但我觉得领导还是有一定的前瞻性和战略眼光，因为客观上以此为刊名的杂志已越来越显示出它的局限性。所以我在"终刊词"中特意说了这样一段话:"报刊已进入一个'速读'时代,同时,读者也将面对一个'资讯烦恼'时代。在这样一个时代,读者更多地是寻求'精品阅读',而'精品阅读'的重任毫无疑问地将由具有沉淀性、深层感、精致度的期刊来完成。未来的期刊发展,一个很重要的现象则是'大众逐渐隐退,小众纷至沓来'。期刊想成为品牌,首先要获得'小众'的掌声。"虽然当时的领导未必如我所想,也未必有此前瞻和战略眼光,但客观上却成就了这样一个结果。

《大众生活》停刊后三年,美国时代旗下最有名的杂志、创刊于1936年的《生活》停刊。2009年,全球最有影响力的期刊、美国的《读者文摘》宣布破产保护。这是不是我在"终刊词"中说的"大众逐渐隐退"呢?

《大众生活》停刊后,我在杂志社留守了将近半年。在老沈阳日报社院子里一个六楼办公室,我每天上班处理善后事宜,其中最主要的就是为杂志社员工安排去处。为此我和集团领导一个一个落实,最终所有人都去了自己满意的岗位,其中大部分到了《沈阳日报》和《沈阳晚报》。当最后一名女编辑离开杂志社到《沈阳日报》报到后,我站在六楼的窗前望下去,只见满院的槐花盛开,阵阵香气袭来,心中颇感慰藉。那天晚上,我在日记里写道:《大众生活》虽已隐入历史,但我忘不了和我一起艰苦创业的老同志和年轻人,他们是聂德斌、谢学芳、王景涛、梁岐峰、何军、张旭辉、左禹、赵大声、王昕、徐翔,还有后来的王爽、张恩超、单振勇、王玉学、肖瑛、谌青、吴丽梅、钱蕾、刘军、金雨、李培成、王世海、庞铁明;还忘不了11年来曾经支持我们的领导和朋友,他们是李庚心、姜绍志、张伯海、孙钧、谌纪平、孟繁华、王大路、李安民、刘永学、何捷智、杨贵祥、陈曦、周利、高勇、张冼星、傅贵余、梁利人、林勇。

那个晚上，在一院的槐花香里，在如水的月光下，我打开《大众生活》终刊号，再一次品味了一遍"终刊词"的最后一段："在这样一个'精品阅读'的时代，相信《大众生活》之后的中国期刊事业，将会有一个更为崭新的发展天地。此时，想起了著名诗人李松涛先生在《大众生活》创刊号上'大众箴言'栏目里写的一段话：'别家的阳台上鲜花缤纷，自家的阳台上堆满破烂。天上同是一个太阳，地上却是不同的日子，这是怎么回事？不要问邻居。'再一次感谢11年来支持我们的朋友，感谢你们的帮助和惦记，我们的阳台依然鲜花缤纷。"

2009 年 8 月于沈阳浅绛轩

我的期刊二十年

2004 年的暮春时节，我在沈阳日报社老院里的六楼。《大众生活》停刊将近半年，最后一位编辑安排到《沈阳日报》工作，从窗口目送她走出院外，我想我也很快要搬离这间办公室，离开这个长满槐树的大院。这个院子原是上个世纪二十年代奉系重要人物孙烈臣的家庙，院中还有一座精致的二层小楼，《沈阳日报》的老总编刘黑枷先生当年就住在那里。院里的十几棵大槐树总有七八十年了吧，每到这个时节都会飘着馥郁的槐花香，直飘到院外的三经街上。那一天我站在窗前没有心思闻花香，有的只是对自己从事了二十年，今天终于画上一个句号的期刊生涯的回忆。

一

1982 年 8 月，我于沈阳师范大学中文系毕业，留校任写作课教师。第二年 5 月调到辽宁广播电视大学，任《电大语文》编辑。

那个时候，正是全民知识渴求的年代，全国遍地都是电视大学学生，所以《电大语文》这本针对电大中文专业学生的辅导类杂志，1981 年刚创刊就显示了它强大的生命力。我到编辑部时这本期刊已出到第三年，总第 21 期，发行量已超过 10 万份。我是从 1983 年第 8 期，总第 23 期开始介入编辑工作的，那时候我 26 岁。当时的主编孙富英、何军两位老领导开始从期刊最基本的编辑步骤教我，同时带领我到作者家约稿，去印刷厂联系业务，从他们身上我学到了许多办刊经验。那年夏天，全国电视大学外国文学教学会在旅顺召开，我以《电大语文》编辑的身份参加这次教学会。记得会议地点是旅顺最幽静的地方太阳沟的白云宾馆，其间我认识了从北京来参加会议的中央广播电视大学主讲、北京师范大学中文系的几位外国文学教师：陈□、陶德臻、谭德玲、匡兴、傅希春，还同他们一起第一次游览了蛇岛。

当时，中央广播电视大学建校之初，各学科还没有自己的主讲教师，绝大部分都是从全国各知名高校聘请的。所以当时的电大学生虽然没有考上本科高校，但却享受到了全国重点高校一大批最知名教师授课的福分。当然我们作为《电大语文》期刊编辑也主要跟这些知名教师打交道。如历史是北师大的张传玺；古汉语是北京大学的郭锡良、蒋绍愚、何九盈、曹先擢；写作是北师大的刘锡庆、朱金顺；哲学是南开大学的陈晏清；文学概论是上海师范大学的刘叔成；古代文学是北京大学的袁行霈、褚斌杰和北师大的李修生；现代文学是北京大学的黄修己；公文写作是东北师大的李景隆；当代文学是北京大学的谢冕。这些教师不管是当时还是现在看，都是中国最知名的教授。在我与他们研究选题，组织稿件的过程中建立了深厚的友情，如袁行霈、褚斌杰、刘锡庆等，每次到北京组稿都会到他们家里喝茶餐叙。

除了这些主讲教师外，还有当时中央广播电视大学负责课程组织设计的责任教师，也是《电大语文》的主要作者。如张继缅、孟繁华、孙绿漪、王建吉、任鹰、李平等，他们不仅是期刊的好作者，而且还是交往中的好哥们，大家经常在一起开会，每年要数次见面，每个人家里的饭都吃过无数次。

那时候，我曾有过一年到北京 15 次的经历，每次都是先进北大西校门对面的畅春园，至主讲老师家里取稿，然后再从北大西门进入校园，在未名湖边流连一会儿。如今我还保留着在未名湖同一个角度留下的三张照片，湖水、苇草、塔影，那是我到北大最喜欢欣赏的地方。拍完照片后就沿着湖边小径出北大东门到燕东园，再从燕东园的蓝旗营乘车去北太平庄的北师大。那些年，与这些全国知名的大学教授交往与交流十分融恰自然，我曾请李修生老师求启功先生为《电大语文》题写过刊名，请刘锡庆老师向郭预衡先生要过书法，请袁行霈老师为我的专著《唐诗赏论》写过序。从他们身上，在他们家里，编他们的文稿，让我从中学到了许多有价值的东西。

那时候，《电大语文》连主编带编辑一共才三个人。大约是1985 年的夏天，主编朱世滋借调到北京，另一位编辑到高校进修，编辑部里就只剩我一个人在编杂志。那段时间，我既约稿，又编稿，还得画版式，跑印刷厂，校对、改版、付印、赠送样本、发稿费。为了按时出刊，我白天跑外组织稿件，处理编辑部日常事务，晚上将稿子拿回家中编辑、画版，往往是一个通宵，当一期稿子全部处理完毕的时候，外面天已放亮，早起锻炼的人已开始跑步出门。这时我才关了灯，小睡一会儿。8 点钟准时到办公室，然后再骑自行车到沈阳新华印刷厂，送这一期稿子下厂付排。就这样我一个人编了五期杂志，直到再调来新的编辑。好在那时候不到 30 岁，玩了命地干身体也不会垮下去。

1987 年，《电大语文》主编调到北京，我开始任编辑部主任，1988 年又任主编。那一年，《电大语文》发行量已达 25 万册，编辑部人员也相对齐整起来，聂德斌、谢学芳、王景涛，后来在辽沈地区颇为知名的这几位广告、编辑、新闻高手那时都在《电大语文》编辑部里做编辑。编辑部每年都要搞几个大型活动，如为了将期刊封面设计得更好，曾向全国征集封面设计，从征集上来的近千件封面设计中选出一等奖，作为下一年的封面。举办"全国电视大学优秀毕业论文大奖赛"，评选出一大批优秀的毕业论文。记得一等奖中有一篇是杭州市文物考古所沈芯屿的《越瓷的起源与越文化》，曾使古代文学的几位主讲颇感兴趣，特意让我复印寄给他们。其间还举办了"全国青年书法大奖赛"和"'我们这一代'全国摄影大赛"，两项比赛的参赛作品都超过 5000 件，在全国产生了很大影响。同时杂志社还围绕教学出版了许多图书，如《古典文学鉴赏集》《基础写作名词例释》《古代文学图表》《古代文学讲稿》《面对时代的选择》《毕业论文写作指导》等，每一本都有几万册的发行量。

1990 年以后，随着全国高校招生的不断扩大，电视大学中文专业生源减少，加之各省纷纷创办同类教学辅导刊物，致使《电大语文》发行量逐年递减，最终于 1992 年底停刊。《电大语文》办了 12 年，共出刊 135 期。我在终刊词中带着复杂的感情写道："一个办了十多年的杂志就这样停刊了，再潇洒的人也会泛起某些黯然和神伤。但是，有生就有死，死也是一种再生，所谓'物有本末，事有始终'，这是任何事物都难以抗拒的规律。所不同的只是时间的长短。"从 1983 年到 1992 年，我和《电大语文》相伴了 10 年，10 年好时光，将我塑造成了一个期刊人。所以强烈的期刊情结让我在终刊词的最后说道："待这期刊杂志送到读者手中时，怕已是寒冬了。有句名言：'冬天已经来了，春天还会远吗?'让我们共勉。中国还有句老话:山不转水转,水不转人转。没准儿,我们还会重逢!"

<h1 style="text-align:center">二</h1>

"我们还会重逢。"在说这句话的时候,其实我已经开始筹备《大众生活》的创刊了,所以会有"重逢"之说,那是期待着在另一本杂志中重逢。

《大众生活》创刊于1993年1月,那是我第二个期刊10年的开始。在此之前,我曾数次去北京为《大众生活》的刊号审批而奔波。有一次在崇文门大街曾被一个刹车失灵的三轮车撞倒在马路的斑马线上,头触柏油路的一瞬间,我感到头顶和耳边在呼呼生风,原来是正赶上一辆公共汽车的车轮擦着我的头发碾过。毫厘之间,我幸运地躲过了一劫。第二天,《大众生活》刊号批下来。那天晚上,我经当时中央电视大学主讲田小琳老师的介绍,去住在北京芳庄的出版署期刊司司长张伯海家,给他带了一件小礼物,一台当时很先进的索尼牌长波收音机,还有一本我的专著《唐诗赏论》。记得那天芳庄小区停电,我爬了十几层楼到了张司长家。离开张司长家时,他只留下了《唐诗赏论》,说什么也不要那台收音机。推脱间,他说如果你不拿走,我明天就取消你的刊号。后来我才了解,张司长是一位很讲人格修养的著名学者,道德文章,识者有口皆碑。他退休到中国期刊协会后,我们接触多起来,尤其是他所倡导的期刊品牌化的理论,对我们的办刊思路颇具指导意义。2002年,我代表辽宁参加他率领的"首届大陆赴台期刊展"。那是两岸有史以来最大规模的期刊交流活动,赴台的大陆期刊界有100多人,参展的期刊近2000种。

在台湾期间，不管是招待宴会上的即席讲话，还是"两岸期刊高端论坛"上的长篇发言；不管是参观交流过程中的学识素养，还是待人接物七的风度礼节，张伯海都表现出了官员的大气与学者的深邃。"大陆有个张伯海"，在台湾期刊界，他受到高度的礼遇与尊重。而大陆期刊界赴台的一百来位老总们也欣欣然，为有这样一位高水平的会长而感到骄傲与自豪。如此可见张伯海先生在中国期刊界的影响与魅力。

同顾《大众生活》的10年，深感是是我期刊生涯中的另一种境界，一种从市场炼狱中走出来的境界。与此前办《电大语文》这种教辅类期刊不同的是，它没有系统支持，没有固定的读者群，完全要靠市场运作，靠市场认同。在创刊之初，我们对市场的严酷性估计不足，为了证明自己的决心，竟然谢绝主办单位给的10万元开办费。在内容和读者定位上也缺乏准确，以刊名定内容，过于追求大众化和包揽性。后来经过调整，将杂志重新定位，即读者以40岁左右，中等文化和中等收入以上人群为主，偏重女性，偏重时尚生活。淡化了社会性和纪实性的栏目，增加了贴近生活如"心理健康"、"生理人生"、"服饰沙龙"、"流行橱窗"、"美容美发"、"四季美人"等栏目。同时收集了多种台湾和香港的生活类期刊，学习他们在选题策划、标题制作及版式上的创意与方法。经过对内容调整后的《大众生活》，很快就见到了效果，邮发与零售都有了大幅度的增长，到1994年末，杂志实发已达到5万余册，广告收入也初见成效，在经营上实现扭亏为盈，终于在竞争激烈的期刊市场上站住了脚。1995年，在辽宁省统计局和辽宁省社会经济评价中心联合举办的"首次辽宁省传播媒介受众调查"活动中，《大众生活》荣获辽宁省10种"读者最喜爱的期刊"称号。

到 1997 年，《大众生活》在内容定位与市场销售上基本趋于成熟，发行量接近 10 万，成为辽宁省完全面向市场的生活类期刊。

1997 年，全国报刊调整，《大众生活》与所有办刊人员转入沈阳日报报业集团，由沈阳市委宣传部和沈阳日报社主办。社长与总编辑由当时的沈阳日报报业集团总裁傅贵余兼任，我任主编。杂志的主要经营和管理事宜则全部归人报业集团。

1999 年，《大众生活》推出新版，由原来 48 页黑白印刷的普通 16 开本改为 80 页彩色印刷的大 16 开本，装帧印刷精美。内容丰富多彩。整本杂志的突出特色是时尚与实用的结合，生活与生趣的统一，更符合新世纪年轻人的追求与口味，深受读者喜爱。特别是为青年女性读者而设置的"风花雪月"刊中刊更具有浓郁的生活气息，颇得市场认可。至此，我和我的同伴们不仅办了一本深受读者喜欢的杂志，同时也造就了一批优秀人才。2001 年，《大众生活》入选国家期刊方阵，在全省期刊策划、制作、活动等五项评比中获得四项第一，在全省期刊编辑知识竞赛中获得第一名。2002 年，又获得沈阳市优秀期刊奖和新闻出版业编校业务测试（报刊组）集体第一名。

2003 年底，在新一轮的期刊调整中，报刊管理部门决定沈阳日报报业集团所属的《大众生活》和《青年科学》两种杂志留一停一。最终集团党委决定《大众生活》停刊。至此，《大众生活》共办了 11 年，出版了 126 期。

在二十年的期刊生涯中，《大众生活》是我办刊最投入，也是最值得回顾和骄傲的一项事业。其间的酸甜苦辣、喜怒哀乐以及人情冷暖和世态炎凉，都让我备参三昧，感触良多。因此前写有《我与（大众生活）》一篇，这里不再赘述。

三

在《大众生活》后期，从 2000 年到 2003 年的四年时间里，我应辽宁省新闻出版局和辽宁省期刊协会之邀，经沈阳日报报业集团同意，在主持《大众生活》工作的同时，每周拿出一定的时间组建辽宁省期刊协会所属的"北方报刊发展中心"，同时创办了《车时代》《垂钓》和《英语小灵通》等期刊。

那四年里，我每周用一个工作日和两个休息日处理"北方报刊发展中心"的工作。2000 年，中心的《数学小灵通》创刊，我为其写的创刊词是《Hello，小灵通来了》。2001 年，《车时代》和《垂钓》同时创刊，我兼任这两本期刊的主编，为《车时代》写的创刊词题目是《有车的时代》，为《垂钓》写的创刊词题目是《钓鱼去》。2002 年，《英语小灵通》创刊。北方报刊发展中心一度拥有了 5 本期刊。那一段时间，我负责三本期刊的主编工作和其他编辑业务，每天脑子里装的全是选题，几乎每个星期都要在我的办公室里召开选题策划会。在选题上我对编辑们采取强制创新法。要求每一个编辑要有不同的想法，要多换几个角度去考虑问题，从同样资源中，从平凡事物中创出新意。比如就一个选题，能从五种写作方式中确定一种，那这一种将是当前最好的。在这样强化期刊选题策划下，《车时代》和《垂钓》做到了很好的读者定位，并很快就打开了发行市场。

那一段时间，结合办刊实践，我正在研究"期刊与 CIS 策划"这个题目。CIS 作为一种舶来品，是英文"CorporateIdentitysystem"的缩写，亦即"企业形象识别系统"（体系）。CIS 由理念识别（MI）、视觉识别（VI）和行为识别（BI）三大要素构成，从现代企业的市场化运作意义上说，CIS 既是一种意识，也是一种文化，同时也是一种战略和方法。将 CIS 体系引入期刊社的编辑、管理与营销中是期刊的商品属性、企业性质、市场竞争的必然结果、品牌战略的需要及期刊的不可随意更换性等几个方面所决定的。而期刊的内容定位、内部管理和外部形象又正好与 CIS 系统相吻合，所以我认为期刊最适合用 CIS 系统来包装定位。如根据 CIS 的策划方略，将"现代企业识别系统"导人到期刊策划中，即可将期刊所有因素划分为三大识别系统：理念识别（包括办刊宗旨、读者定位、编辑方针、经营理念等）、行为识别（包括教育培训、职工福利、行为规范、章程制度、专业素质及市场调查、公共关系、营销活动、广告经营、多种经营、公益活动、网络开发、国际竞争等）和视觉识别（包括期刊名称、期刊标志、期刊封面、标准字体、印刷字体、标准色彩、期刊版式及旗帜徽章、工作服装、灯箱牌匾、办公用品、交通工具、宣传广告、公关用品、工作环境、建筑外观等）。在我国期刊进行市场化运作过程中，导入 CIS 战略进行策划是一种行之有效的方法，是提高期刊竞争力和品牌创造力的重要途径。

《期刊的 CIS 策划》一书于 2004 年 4 月出版，这也是《大众生活》停刊后的那段日子。这本书不仅是我从事期刊事业二十年经验和教训的总结，更重要的是第一次将期刊与 CIS 策划这样完整地结合在一起，为期刊的发展提出了一套最为行之有效的战略战术。诚如张伯海先生在此套书序言中所评价的："《期刊的 CIS 策划》这一本，将'现代企业识别系统'导入到期刊策划中……这种利用 CIS 对期刊进行全方位的策划不仅在期刊界是一种新的策划方法，同时也为期刊的策划找到了一条最为有效的途径。"后来这本书成为辽宁乃至全国期刊界的培训教材，某种程度上说，这不是因为作者写得多么好，而是缘于期刊界真正认可了这种将 CIS 导入期刊策划的先进方法。

在二十年的期刊生涯中，加上后来为《医食参考》杂志所写的创刊词《医食为天》，我一共为五种期刊写过创刊词，为两种期刊写过终刊词，还出版了一部有关期刊的专著。这二十年，是我人生最好的一段时光，有过创业，有过曲终；有过艰辛，有过喜悦；有过失败，有过成功。每一幕、每一年都值得我细细品味和怀念。

2004 年 5 月末，我处理完《大众生活》停刊的善后事宜，同时辞去了《车时代》和《垂钓》主编的职务，到《沈阳日报》就任特稿部主任，从此开始尝试新的平面媒体——编辑报纸的专刊与副刊。

2009 年 9 月于沈阳浅绛轩

跋

　　书前名"序"，书后称"跋"，古有定制。编辑完这本《浅绛轩序跋集》，好像最应当有的就是书前之序和书后之跋。

　　2004 年春天，我亲手创办的《大众生活》杂志在全国期刊调整中停刊。我也结束了二十年的期刊编辑生涯，到《沈阳日报》任特稿部主任，后又任专副刊中心主任。2008 年底，我放弃了专副刊中心主任的竞聘，朋友对此多有询问。其中读书入境的宏伟兄给我发短信说："您主动辞去日报专副刊领导一职，专心向学，可贺可贺。在 19 日《沈阳日报》上见到专副刊部合影照里的您，站后排，侧身，谦逊内敛，温柔敦厚。"宏伟可谓理解我。我对他说："实在是简单的小事一桩，平常心对平常事，只想生活简约一些，以求心境更为轻松快乐一点。所谓'质量生活'，其实很大程度在'省心一境'。好像是张爱玲说的吧：要做贤人，先做闲人。大约正是此理。"从那时起，我就想静下心来将二十年的期刊生涯做一个总结，于是先写了《我与（大众生活）》和《我的期刊二十年》，继而又想将创刊词、终刊词一类小文和平时写的序跋等结集起来，哪知这个想法竟拖了三年才实现。不过还好，事情终归是做成了。

　　如果说序是"首引情本"的书前介绍与评价，那么跋则是书后的短文，其功能是说明写作经过、资料来源等与成书有关的情形。最初书与文只有序，而无跋。自从将序固定在书前以后，作者如果还有要说的话，或者别人要把意见和考证等内容写上去，就只好写在书后，这就是跋。跋起源于唐代，最初称为后序或后题，如韩愈的《张中丞传后叙》，柳宗元的《读韩愈所著毛颖传后题》等。到了宋代，这种书后文章则统称为跋，如欧阳修的文集中就有几十篇跋，量多质精，如《集古录跋》《牡丹记跋尾》《跋茶录》《跋李西台书》《跋学士院题名》等。近现代以后，跋在很多书中又称"后记"。

跋与序虽然在书中的性质大致相似，但在语言上却略有不同。因为跋或后序、题后之类实际是对序的补充，所以一般都更为简劲峭拔，不像序那样详细丰富。

《浅绛轩序跋集》在跋中要说的话当然也很简单。集腋成裘，非我一人之工。此书得以结集，多篇文章要感谢朋友们的帮助寻找；此书得以出版，还要感谢辽海出版社的编辑和为此书审读的彭增祜先生。

此书编辑有日，经过盛夏、中秋，出版之时已是第二年的春天。切望读到此书的朋友、方家及读者不吝赐教，多提宝遗意见。批评与建议可通过信箱和博客纸条发给我。

电子信箱：cgq8620@ vahoo. com. cn

个人博客：花间茶的 BLOG http：//blog. sina. com. cn/hivhc

辛卯秋月于盛京浅绛轩